Friedrich Wilhelm Bergmann

Allweise's Sprüche, Thryms-Sagelied, Hymis-Sagelied und Loki's Wortstreit

Friedrich Wilhelm Bergmann

Allweise's Sprüche, Thryms-Sagelied, Hymis-Sagelied und Loki's Wortstreit

ISBN/EAN: 9783742812209

Hergestellt in Europa, USA, Kanada, Australien, Japan

Cover: Foto ©Andreas Hilbeck / pixelio.de

Manufactured and distributed by brebook publishing software
(www.brebook.com)

Friedrich Wilhelm Bergmann

Allweise's Sprüche, Thryms-Sagelied, Hymis-Sagelied und Loki's Wortstreit

ALLWEISE'S SPRÜCHE

THRYMS-SAGELIED, HYMIS-SAGELIED

UND

LOKI'S WORTSTREIT

(ALVISSMAL, THRYMSKVIDA, HYMISKVIDA, LOKASENNA)

VIER EDDISCHE GEDICHTE DES THÔR-CYCLUS

KRITISCH HERGESTELLT, ÜBERSETZT UND ERKLÄRT

VON

Dr FRIEDRICH WILH. BERGMANN

PROFESSOR AN DER PHILOS. FACULTÄT IN STRASSBURG

STRASSBURG

VERLAG VON KARL J. TRÜBNER

1878.

ALS SÜHNOPFER DARGEBRACHT
DEN BELEIDIGTEN MANEN
DER LANGVERKANNTEN EDDADICHTER.

*

DURCH ACHTHUNDERTJÄHRIGE TEXTVERDERBNISS
UND MANNIGFACH IRRIGE ERKLÄRUNG
IST DER WERTH UND RUF IHRER DICHTUNGEN
VIELFACH GESCHÄDIGT WORDEN.

*

MÖGEN DIESE STUDIEN ES BEWIRKEN
DASS DIESEN DICHTERN ANERKENNENDE GERECHTIGKEIT
UND IHREN MANEN BEFRIEDIGENDE VERSÖHNUNG
WIEDERUM ZU THEIL WERDEN.

Strassburg, 1. Mai 1878.

F. W. BERGMANN.

DER THÔR-CYCLUS.

ALLGEMEINE EINLEITUNG.

1. Die mythischen erzählungen, in prosa oder versen, können, je nach den thaten, welche darin dieser oder jener gottheit beigelegt werden, in verschiedene götter-cyclen eingetheilt werden. Die ältesten mythen sind traditionnell erzählte götterthaten, und diese sind die sinnliche auffassung von naturphänomenen, oder die anschauung wodurch die naturerscheinungen als direkte wirkung oder als that derjenigen gottheit betrachtet werden, deren spezieller karakter oder götterkraft eben durch diese ihr beigelegte that gekennzeichnet wird. In den ursprünglichen mythen blickt die anschauung des naturphänomens in der erzählten götterthat, als grund und sinn der erzählung, ziemlich deutlich hindurch. Die erzählte götterthat ist der ausdruck und das erkennungszeichen (symbol) des, in der anschauung, halb sinnlich halb geistig, aufgefassten, naturphänomens. Diese ursprünglichen mythen haben demnach eine naturphänomenale bedeutung, oder einen symbolischen sinn. Später aber verwischt sich diese symbolische bedeutung in der erzählung der götterthat immer mehr, und wird geradezu durch die erzählung immer mehr überwuchert. Man bemerkt dann in der erzählung mehr das darin vermeintlich geschichtliche, als dessen symbolische bedeutung. Die erzählte götterthat und deren symbolische bedeutung treten ganz

auseinander, und die erste verdeckt endlich völlig die
zweite. Von nun an behandelt die mythische dichtung die
ursprünglich symbolischen mythen blos als traditionnell
epische geschichten der anthropomorphischen götter,
deren thaten sich von den menschlichen geschichten nur
dadurch, unterscheiden, dass sie mächtiger, göttlicher,
wunderbarer erscheinen. Demnach sucht die dichtung
diese ursprünglich ganz kurzgefassten symbolischen erzählungen immer mehr episch vollständiger, ausführlicher, und als erzählung interessanter auszumalen und
darzustellen. Die früher symbolische mythe geht nun in
der epischen erzählung fast ganz unter.

2. Ursprünglich waren die symbolischen mythen wenig
zahlreich; sie waren stets ganz kurz gefasst, und, als
anschauungen einer götterthat, waren sie leicht, als einer
bestimmten einzelnen gottheit angehörig, zu erkennen.
Durch die epische erzählung aber entwickelten (speziali-
sirten) sich die mythen zu einer grössern anzahl; als
thaten eines einzelnen gottes wurden sie in beziehung
gebracht mit den thaten anderer götter, so dass, durch
diese verbindung der epischen mythen unter sich, die
zugehörigkeit oder der mythische cyclus sich verallge-
meinerte, und nun nicht immer leicht angegeben werden
konnte, welchem speziellen gotte oder welchem mythen-
cyclus die epischen mythen genau angehörten. Aeusser-
lich scheinen sie sogar mehreren göttercyclen zugleich
anzugehören. So wie aber, in der sprachenkunde (glosso-
logie), die wörter, welche, dem verwirrten sprachgefühl
nach, manchmal fälschlich zu verschiedenen wortsippen
hin und her geschoben worden sind, dennoch, nach der
wissenschaftlichen etymologie, ursprünglich in der regel
nur einer bestimmten wortsippe angehören, eben so
dürfen die epischen mythen nur dem göttercyclus bei-

gezählt werden, dem sie, abgesehen von ihrer spätern verallgemeinerung, durch ihre ursprüngliche form zu anfang angehört haben. Deswegen sind die vier hier zu erklärenden Eddagedichte zum Thôr-cyclus zu rechnen, weil in den mythen die sie dichterisch behandlen, Thor es ist welcher die in ihnen, neben andern thaten erzählte hauptthat verrichtet, oder wenigstens dieselbe zur entscheidung gebracht hat. So erzählt erstens Alvîss mâl (Allweise's Sprüche), wie Thôr es listig angegriffen, um die Ansen, welche dem bergriesen Allweise die ehe mit der ansischen Thrudur (Traute) zugesagt hatten, von diesem bergriesen durch den tod, ohne dass er selbst an ihn gewaltsam hand anlegte, zu befreien. Zweitens erzählt Thryms kvida (Thrym-sagelied) wie Thôr den ihm von riesen Thrym gestolnen Hammer wieder erlangte. Drittens erzählt Hymiskvida (Hymi-sagelied) wie Thôr den grossen braukessel des riesen Hymi gewann, in dem das bier gebraut werden sollte für das bei Œgir mit den Ansen abzuhaltende versöhnungs-trinkgelag. Viertens erzählt Loka senna (Loki's Wortstreit) dass Thôr es war welcher schliesslich den alle Ansen und Ansinen beschimpfenden Loki zum schweigen brachte und abtrieb.

A.

ALVÎSS MÂL.

(Allweise's Sprüche.)

I. EINLEITUNG.

1. Der dem gedicht zum grund liegende mythus.

1. Der in Allweise's Sprüchen behandelte mythus ist ein vom dichter abgezweigter theil eines umfassenderen epischen mythus. Diese weitläufigere mythische erzählung bestand, ihren hauptzügen nach, in folgendem : Die im kriege zwischen den Ansen und Vanen von letztern niedergeworfene ringmauer von Ansengart, musste nach dem friedensschluss wieder aufgebaut werden. Da dieser aufbau eine riesenarbeit war, so wandte sich der boshafte Loki im geheimen an einen bergriesen, der den bau zum vortheil der Jotnen und nachtheil der Ansen einrichten sollte, und bewog ihn dass er den Göttern anbiete die ringmauer möglichst schnell aufzubauen. Da kein feindlicher Jotne in Ansengart erscheinen durfte, so kam der Bergriese dorthin in der angezauberten gestalt eines Zwergs, und gab sich den namen Allweise, in bezug auf seine alles genau unterscheidende einsicht (s. s. 23). Auf den rath des Loki hin bedingte er für sich, als zu zahlenden

lohn nach beendigter arbeit, die Thrûdur, welche die unehliche tochter der Sif und des Loki, und durch die Sif die stieftochter des Thôr war. Die Ansen sagten ihm die Thrûdur zur ehe zu, indem sie hinterlistig hofften den baumeister um seinen lohn dadurch zu betrügen dass sie ihm zum bau bedingungen stellten, welche dieser am ende nicht zu erfüllen im stande sein würde, und somit des versprochenen lohnes verlustig gehen müsste. Sie stellten nämlich die bedingung dass der bau müsste vor dem ersten frühlingstage in einem wintersemester beendigt werden. Allweise nam diese bedingung an und der contract wurde beiderseits durch schwüre gefestigt und verwahrt. Thôr, der pflegevater der Thrûdur, der wie gewöhnlich zu anfang des winters nach Jotnenheim zur bekämpfung der Jotnen ausgefahren war, nam nicht theil an der zusage und den schwüren der Ansen; er hatte auch den baumeister nicht gesehen, und war ihm gleichfalls unbekannt. Als, beim herannahen des ersten frühlingstages, die arbeit fast zu ende war, zwangen die Ansen den Loki auf mittel zu sinnen wodurch der baumeister an der beendigung seines baues verhindert würde. Loki verzauberte sich in eine stute, näherte sich dem hengst Svadilfari, der dem baumeister die baumaterialien zuführte. Der brünstige hengst lief der stute Loki nach in den wald, so dass die arbeit unterbrochen wurde. Da Allweise hierüber in Jotnenwuth gerieth, so verrieth er sich hiedurch als einen Jotnen, so dass die Ansen nun im recht zu sein glaubten den verkappten feind um seinen lohn zu betrügen. Da indessen dennoch der bau zu rechter zeit beendigt wurde, so bedeuteten die Ansen dem Bergriesen, er möge vorerst nach hause gehen und innerhalb der gewöhnlichen frist von neun tagen die braut Thrudur zur hochzeit abholen. Kurz vor frühlingsanfang kehrte Thôr aus Jotnenheim zurück, und als er den vertrag und den versprochenen lohn des jotnischen baumeisters erfuhr, gerieth er in eine solche wuth, dass er sich vornam die schwüre zu brechen, und darauf sann wie er den baumeister tödten könne (s. Weggewohntslied etc., s. 181). Da er ihn aber ohne schmählichen mord zu begehen nicht mit eigener hand tödten durfte, so brachte er es durch list dahin dass der Riese durch die sonnenstrahlen beim tagesanbruch versteinert wurde.

2. Obigen mythus erzählt ausführlich auch Snorri in der Gylfaginning (s. *Fascination de Gulfi*, p. 313, 314). Da aber seine erzählung meistens der volkstradition folgt, und er im mythus manches missverstanden hat, so finden sich zwischen seiner erzählung und obigem mythus folgende verschiedenheiten :

1) Snorri nimmt irrthümlich an dass der bau der ringmauer, von dem hier die rede ist, in der urzeit, als die Ansen sich in Ansgart niedergelassen, vorgenommen worden, also nicht erst nach dem krieg mit den Vanen erfolgt sei ;

2) Snorri weiss dass der baumeister, der als Zwerg in Ansgart erschien, eigentlich ein Bergriese war ; er kennt aber nicht oder nennt wenigstens nicht dessen namen Allweise;

3) Nach Snorri hätte der Bergriese zum lohn seines baues sich die Freyia und überdiess noch die sonne und den mond (was offenbar ein volksthümlicher zusatz ist) ausbedungen. Richtiger sagt der ursprüngliche mythus dass die Götter ihm die Thrûdur zusagten ; die Freyia hätte ja, als hohe mitberathende göttin, gegen diese zusage ihrer person, sogleich heftigen protest eingelegt (s. Thrymskvida, str. 11).

2. Der im gedicht Alvíss mâl behandelte theil des mythus.

1. Das gedicht Allweise's Sprüche behandelt nur den letzten theil der vollständigen mythenerzählung; es stellt blos dar wie Allweise von Jotnenheim, als Zwerg, nachts nach Ansgart kommt, um seine braut, vor anbrechendem morgen, abzuholen; wie Thôr ihn als gast im gehöft von Ansgart empfängt; wie dieser gott sich als pflegevater der braut zu erkennen gibt, und ihm hinterlistig eröffnet er wolle ihm seine pflegetochter zusagen, wenn er die ihm vorzulegenden fragen beantworten würde; wie, endlich, Allweise die von Thôr, um ihn aufzuhalten, vorgelegten fragen beantwortet, bis dass die sonne hervorbricht und ihn, den verkappten Zwerg und freier, in stein verwandelt.

2. Die im gedicht dargestellte götterthat des Thôr ist, nach unseren begriffen, keine eigentlich göttliche und heroische. Thôr überwindet den Bergriesen nicht mit eigner hand, aus eigner kraft, und mit persönlichem muth; er führt blos hinterlistig die umstände herbei in denen Allweise naturnothwendig untergehen musste. Es fehlt eben der that des Thôr der eigentliche karakter des heldenthums, nämlich die ausserordentliche persönliche kraft, der ungewöhnliche muth, und der sich darin be-kundende edle aufopferungszweck, wodurch allein eine that als eine heroische und göttliche bezeichnet zu werden verdient. Bedenkt man aber dass fast alles was in der alten geschichte und poesie als heroisch gelobt wird, dieses lob moralisch nicht verdient, dass die gerühmte kraft der helden keine persönliche sondern eine der magie (wie übernatürliche gefeite waffen) und der hülfe anderer (wie grosse heeresmacht) entlehnte war, dass der gerühmte muth der helden ihnen, bei dem zugesicherten siege, leicht

war, und dass endlich ihre heldenthaten meistens nur
zur verherrlichung ihrer persönlichen macht dienten, so
wird man zugestehen müssen dass es überhaupt mit dem
heroismus der meisten götter und heroen in geschichte
und mythologie kläglich bestellt war. Aber vom stand-
punkt der begriffe jener zeiten aus haben wir auch hier
die götterthat des Thôr als eine heroische dahinzunehmen.
Sie ist zwar eine hinterlistige, der geradheit des Thor
unwürdige, aber, nach der ansicht der damaligen und
leider auch der heutigen zeiten, eine moralisch erlaubte
that; sie bewirkt zwar nichts allgemein wohlthätiges, sie
nützt aber den Göttern und schadet ihren feinden, und
gilt somit für eine heroische götterthat.

3. Der alte glaube dass lebende wesen augenblicklich
zu stein werden, entsprang ursprünglich aus der ge-
machten erfahrung dass ungeheurer schmerz, oder plötz-
licher grosser schrecken, die glieder erstarren macht, oder
sie versteinert. Daher bei den Griechen der mythus der
Gorgôn, des Medusenhaupts, der Ægide, der versteinerung der Niobe etc. Nachtwesen werden, glaubte
man, durch plötzliches tageslicht erschreckt und versteinert. Aus solchen mythischen versteinerungen erklärte
sich der volksglaube reelle gegenstände der natur, wie
berge, felsen, steine, welche, weil sie ähnlichkeit mit
menschlichen formen hatten, als früher lebende, dann versteinerte wesen angesehen wurden; so war, z. b., im
hebräischen mythus, Loths frau versteinert zum salzbild;
so, im nordischen mythus, die Jotnentochter Hrîmgerdur
welche, durch das tageslicht versteinert, als schiffer-
zeichen vor dem hafen stand (Helgakv. 30). Die nordische
mythologie spricht häufiger von versteinerten Riesen; erst
später, in der volkstradition kommen auch versteinerte
Zwerge vor, und zwar hauptsächlich darum, weil in der

spätern tradition der unterschied zwischen Riesen und Zwergen nicht immer festgehalten wurde, und besonders künstler, welche ursprünglich Jotnen waren, wie Ivald, Regin, Völund etc., später zu Elfen und Zwergen herunter sanken. Der mythus in unserm gedicht will auch wahrscheinlich andeuten dass der Riese oder Zwerg Allweise im gehöft von Ansgart oder am himmelsgewölbe versteinert worden ist, wo ihn die menschen noch als gebilde (sternbild) und siegeszeichen schauen können, sowie die zehe des riesen Orvendill und die augen des Thiassi.

4. Die versteinerung Allweise's erfolgt dadurch dass Thôr den Riesen so lange im gehöft zurückhält, bis der erste sonnenstrahl, der ihn versteinert, hervor bricht. Das von Thor hinterlistig gut gewählte mittel den Allweise zurückzuhalten, bestehet weder in anwendung von körperlicher gewalt, auch nicht, wie im Graubartslied, in fortgesetztem wortstreit wodurch Loki den reisenden Thôr aufhält; das aufhaltungsmittel besteht hier in vorgelegten fragen, womit Thôr so lange fortfährt, bis dass das verhängnissvolle tageslicht anbricht.

5. Die von Thôr vorgelegten fragen beziehen sich nicht auf mythen und mythische sachkenntnisse, wie in Vafthrudnismâl, Grimnismâl, und anderen eddischen gedichten, sondern auf wortkenntnisse, speziell auf die verschiedenen namen einzelner gewöhnlicher naturgegenstände, so wie sie zur bezeichnung derselben, in den nach der ansicht des dichters verschiedenen sprachen der neun welten, gebräuchlich sind. Selbstverständlich hat der dichter die namen, so wie er sie den verschiedenen sprachen der welten und deren bewohner zuschreibt, nicht aus der mythologie überkommen und entnommen; er hat sie aus eigner erfindung und eigner wahl denselben zugetheilt. Da aber in allen geisteserzeugnissen,

somit auch in der dichtung, alles einen zureichenden
grund oder eine gewisse wahrscheinlichkeit haben muss,
so frägt es sich hier warum unser dichter den oder jenen
namen, der sprache dieser oder jener weltenbewohner
speziell zugetheilt hat. Im ganzen ist nun diese zutheilung
im gedicht, nach gewissen wahrscheinlichkeitsgründen,
ziemlich passend erfolgt, wie in der erklärung unten
gezeigt werden soll; andere namen hingegen sind aufs
geradewohl gewählt worden, und haben keinen anderen
grund als den dass diese namen am besten dem dichter zur
alliteration passten, und derselbe die etymologische oder
wahre bedeutung dieser namen nicht kannte, also sie auch
nicht, mit genauerer kenntniss, bestimmt auszuwählen
wusste. Lexikalisch betrachtet sind die angeführten namen
theils die im sprachgebrauch gewöhnlichen (wie z. b.
sonne, mond etc.), theils aussergewöhnliche, somit mehr
poetische bezeichnungen (wie z. b. Immer-glühend,
für sonne, Zeitzähler, für mond). Die gewöhnlichen
namen, weil sie in der regel die ältesten, sind deshalb
auch sprachlich meistens einfache (unzusamengesetzte)
namen (wie z. b. wolke, wind); die aussergewöhnlichen
poetischeren hingegen, weil späteren ursprungs, sind
meistens abgeleitete und zusamengesetzte wörter (wie
z. b. Wetter-zeugend, für wolke, Wieher-gebläs,
für wind); doch da das gedicht nicht der ganz späten zeit
angehört, so befinden sich darin noch keine doppelt
zusamengesetzte wörter (z. b. Iða-munn-tal, Idis mund-
fülle, für gold), wie solche in der Skaldenpoesie zahlreich
vorkommen.

6. Da anzunehmen ist dass diese namen der sprache der
neun welten dem Thôr eben so gut bekannt waren als dem
Allweise, und dass Thôr sie erfragte, nicht um sich zu be-
lehren, sondern um den Riesen aufzuhalten, so stempelt

diese aufzählung der namen, wiewohl sie den grössten
theil des gedichts ausmacht, dasselbe doch nicht zu einem
eigentlich didaktischen gedicht, obgleich der dichter
didaktische tendenzen besessen, und sich auf sein talent
dichterische ausdrücke zu schaffen viel zu gut gethan
haben mag. Da der zweck der Allweise's Sprüche der ist,
die am Bergriesen verübte götterthat des Thôr darzustellen,
so ist dieses gedicht, obgleich der grösste theil desselben
didaktisch verfährt, doch ein mythologisch episches. Zu
bemerken ist aber dass die hauptsache des gedichts, der
epische zweck, nicht, wie in dem Thrym-sagelied und
Hymi-sagelied, rein episch oder erzählend ausgedrückt
ist, dass vielmehr im dialog des gedichts ein anflug zur
dramatischen form besteht, so dass dieser dialog nicht
als ein blos referirter oder erzählter, sondern als ein direkt
dramatischer dargelegt wird; deswegen dürfen auch
keine anführungszeichen zu anfang der verse gesetzt
werden.

3. Titel, abfassungszeit und verfasser des gedichts.

1. Da Thôr die handelnde person im gedicht ist, weil
er durch arglistiges hinhalten den Allweise ins verderben
stürzt, und da somit das gedicht zum Thôr-cyclus gehört, so wäre ein auf Thôr bezüglicher titel angemessen
gewesen. Weil aber die antworten oder aussprüche des
Allweise auf die hinterlistigen fragen des Thôr das haupt-
mittel sind wodurch der gott den Riesen zum fall bringt,
so ist der titel Allweise's Sprüche eben so passend, und
wahrscheinlich vom dichter selbst gewählt worden.

2. Die abfassungszeit des gedichts lässt sich nur an-
nähernd, nach wahrscheinlichkeitsgründen, bestimmen.
Bedenkt man: 1) dass das gedicht, nicht nach art späterer
Eddagedichte und prosaschriften wie Gylfaginning, Braga-

rœdur, Skaldskaparmàl etc. didaktisch ist, 2) dass die kennzeichen der Skaldenpoesie darin nicht erscheinen, 3) dass darin der mythus sich noch in einfach epischer form darstellt, 4) dass wörter wie giafari (brautvergeber), of-rök (aufschlüsse), Up-Regin (Muspelheimer), My-linn (Plinze), Hialm-Hulids (Tarn-hut), Ving-þôrr (Vingi-Thôr) etc., noch der älteren sprache, poesie und mythologie angehören, so ist anzunehmen dass das gedicht vor die anfänge der Skaldenpoesie, also ins 8. jahrhundert zu setzen ist, und einer zeit angehört, wo der alte versbau fornyrdalag (altverseweise) schon durch den liôða-hâttr (liederweise), in der epischen poesie, bisweilen ersetzt worden ist.

3. Erwägt man endlich: 1) dass Thôr vorzüglich in Norvegen verehrt wurde und die mythen (über Ving-þorr, Thrudur) und dichtungen des Thôrcyklus vorzugsweise diesem lande angehören, 2) dass ausdrücke wie mægi (magschaft, verheirathung), frekr (gierig), mylinn (kuchen), giafari (brautvergeber), vegir (wege, für land, vgl. Norvegr, Austrvegr) etc. der alten norvegischen sprache angehören, so ist daraus zu schliessen dass die Allweise Sprüche eher in Norvegen als in Schweden und Dänemark verfasst worden sind. Der name des norvegischen dichters ist aber, bis jetzt wenigstens, unbekannt geblieben.

II. TEXT.

Alvíss mâl.

Alvìss (fyrir innan Asagarða).

1. *Bekki* skal *breiða* ;   nû skal *brûðr* með mèr
     heim, î *sinni, snûask* !
   *hra*ðat um mœgi   mun *hv*eriom þykkia ;
     *hei*ma skal-at *hv*îld nema.

þôrr (fyrir innan Asagarða).

2. Hvat er þat *fî*ra ?   hvî ertu svâ *f*ölr um nasar ?
     var-tu î *n*ôtt með *n*û ?
   þ*u*rsa lîki þ*y*kki mèr   â þèr vera ;
     ert–attu til *brû*ðar *bo*rinn.

Alvîss.

3. *Al*vìss ek heiti ;   bŷ-ek fyr *iör*ð neðan :
     â ek undir *stei*ni *sta*ð ;
   *v*agna-vœrðs em ek   â *vit* kominn ;
     bregði eingi *f*östo heiti *fî*ra.

þôrr.

4. Ek mun *bre*gða ;   þvî-at ek *brû*ðar â
     *fl*est um râð sem *fa*ðir ;
   var-at-ek *hei*ma   þà-er þèr *hei*tið var ;
     Sâ einn er *gia*fari með *Go*ðom.

Alvîss.

5. Hvat er þat rekka   er î râðum telsk
      fliôðs ins fagur-glôa?;
   fiâr aflaðan   þik muno fâir kunna;
      hverr hefir þik baugom borit?

þôrr.

6. Ving-þôrr ek heiti   ; ek hefi vîða rataÐ;
      sonr em ek Siðgrana :
   at ôsâtt minni skal-attu   þat it unga man hafa,
      ok þat giaf-orð geta!

Alvîss.

7. Sâttir þînar ær   ek vil snemma hafa,
      ok þat giaf-orð geta !
   eiga vilia heldr,   enn ân vera,
      þat it miall-hvîta man.

þôrr.

8. Meyiar âstom   mun-a þèr verða,
      vîsi gestr !, of varið,
   ef þû or heimi kant   hveriom at segia
      alt þat er vita ek vil.

Alvîss.

9. Freista mâttu, Vîng-þôrr!,   alls þû frekr ert
      Dvergs of at reyna dug;
   heima alla nîu   hefi'k of-farit,
      ok vitat vœtna hvat!

þôrr.

10. Segðu mer þat, Allvîss !,   (öll of-rök fîra
       voromk, Dvergr ! at vitir),
    hvê sû iörð heitir,   er liggr fyr alda-sonom,
       heimi hveriom î.

Alvîss.

11. *Iörð* heitir með Mönnom, enn með *Â*som Fold,
     kalla *Vega Vanir*,
   *I*grön *Iö*tnar, *A*lfar Grôandi,
     *A*ur kalla *U*p-Regin.

þôrr.

12. Segðu mèr þat, Alvîss!, (öll *of-*rök fîra
     *v*oromk, Dvergr! at *vitir*),
   hvè sâ *h*iminn heitir, er â'k â *h*endi,
     *h*eimi *h*veriom î.

Alvîss.

13. *H*iminn heitir með Mönnom, enn *Hlý*rnir með Goðom;
     kalla *V*indofni *V*anir,
   *U*ppheim *Iö*tnar, *A*lfar Fagra-rœfr,
     *D*vergar *Driu*pan Sal.

þôrr.

14. Segðu mèr þat, Alvîss!, (öll *of-*rök fîra
     *v*oromk, Dvergr! at *vitir*),
   hvè sâ *m*âni heitir, sâ er *m*enn sîa,
     *h*eimi *h*veriom î.

Alvîss.

15. *M*âni heitir með *M*önnom, enn *My*linn með Goðom;
     kalla *H*verfanda Hvel *H*elio î,
   *Sky*ndi Iötnar, enn *Sk*în Dvergar,
     kalla *A*lfar *Â*r-tala.

þôrr.

16. Segðu mèr þat, Alvîss!, (öll *of-*rök fîra
     *v*oromk, Dvergr! at *vitir*),
   hvè su *s*ôl heitir, er *s*îa alda--synir,
     *h*eimi *h*veriom î.

Alvîss.

17. *Sôl* heitir með Mönnom,　enn *Sunna* með Goðom;
　　kalla *Dvergar Dvalins*-Leika,
Ey-glô *Iötnar*,　*Alfar* Fagra Hvel,
　　Al-Skîr *Ása*-synir.

þôrr.

18. Segðu mèr þat, *Alvîss*!,　(öll *of*-rök fîra
　　voromk, Dvergr! at *vitir*),
hvè þau *sky* heita,　er *skûrom* blandask,
　　heimi hveriom î.

Alvîss.

19. *Sky* heitir með Mönnom,　enn *Skûrvân* með Goðom;
　　kalla *Vind*-flot *Vanir*,
Ur-vân *Iötnar*,　*Alfar* Veðr-megin,
　　kalla î *Helio Huliðs*-Hialm.

þôrr.

20. Segðu mèr þat, *Alvîss*!,　(öll *of*-rök fîra
　　voromk, Dvergr! at *vitir*),
hvè sâ *vindr* heitir,　er *víðast* ferr,
　　heimi hveriom î.

Alvîss.

21. *Vindr* heitir með Mönnom,　enn *Vaf*-uðr með Goðom;
　　kalla *Gneggi*-ôð *Ginn*-Regin,
Œpi Iötnar,　*Alfar* Dyn-fara,
　　kalla î *Helio Hvið*-uð.

þôrr.

22. Segðu mèr þat, *Alvîss*!,　(öll *of*-rök fîra
　　voromk, Dvergr! at *vitir*),
hvê þat *logn* heitir　er *liggia* skal,
　　heimi hveriom î.

Alvîss.

23. *Logn* heitir með Mönnom,   enn *Lœgi* með Goðom;
    kalla *Vind-slot Vanir,*
Of-hly *Iötnar,   Alfar* Dag-sœva,
    kalla *Dvergar Dags*-vero.

þôrr.

24. Segðu mèr þat, Alvîss!,   (öll *of*-rök fîra
    voromk, Dvergr ! at *vitir*),
hvè sâ *marr* heitir,   er *menn* rôa,
    *h*eimi *h*veriom î.

Alvîss.

25. *Sœr* heitir með Mönnom,   enn *Sî*-lœgia með Goðom;
    kalla *Vanir Vâg,*
Âl-heim *Iötnar,   Alfar* Laga-staf,
    kalla *Dvergar Diu*pan Mar.

þôrr.

26. Segðu mèr þat, Alvîss !,   (öll *of*-rök fîra
    voromk, Dvergr ! at *vitir*),
hvê sâ *eldr* heitir,   er brenn fyr *alda*-sonom,
    *h*eimi *h*veriom î.

Alvîss.

27. *Eldr* heitir með Mönnom,   enn með *Âsom* Fûni;
    kalla *Vanir Vâg,*
Frekan Iötnar,   enn *For*brenni Dvergar,
    kalla, î *Helio, Hröð*-uð.

þôrr.

28. Segðu mèr þat, Alvîss !,   (öll *of*-rök fîra
    voromk Dvergr ! at *vitir*),
hvè sâ *vîðr* heitir,   er *veks* fyr alda-sonom,
    *h*eimi *h*veriom î.

Alvîss.

29. Vîðr heitir með Mönnom, en *Vallar*-Faks með Goðom;
     kalla *Hlið*-þang *Hâlir*,
Eldi Iötnar,   Alfar Fagur-Lîma,
    kalla *Vanir Vönd*.

þôrr.

30. Segðu mèr þat, *Alvîss!*,   (öll *of*-rök fîra
     voromk Dvergr ! at *vitir*),
hvê sû *nôtt* heitir,   in *Nörvi* kenda,
    heimi hveriom î.

Alvîss.

31. *Nôtt* heitir með Mönnom, enn *Niôl* með Goðom;
     kalla *Grîmo Ginn*-Regin,
Ôliôs Iötnar,   Alfar Svefn-Gaman,
    kalla *Dvergar Draum*-Niorun.

þôrr.

32. Segðu mèr þat, *Alvîss !*,   (öll *of*-rök fîra
     voromk, Dvergr ! at vitir),
hvê þat *sâð* heitir,   er *sâ* alda-synir,
    heimi hveriom î.

Alvîss.

33. *Bygg* heitir með Mönnom,   enn *Barr* með Goðom;
     Vakst kalla *Vanir*,
Æti Iötnar,   Alfar Laga-staf,
    kalla, î *Helio*, *Hnipin.*

þôrr.

34. Segðu mèr þat, *Alvîss!*,   öll *of*-rök fîra
     voromk, Dvergr ! at *vitir*),
hvê þat *öl* heitir,   er drekka *alda* synir,
    heimi hveriom î,

Alvìss.

35. Öl heitir með Mönnom, enn með *Á*som Biòrr;
    Veig kalla *Vanir*,
*Hrei*na-lög Dvergar,   enn, î *Helio*, Miöð,
    Sumbl kalla *Sûttungs-synir.*

þòrr.

36. I *eino* briosti   ek sâ *aldregi*
    fleiri forna stafi;
miklom *tâlom*   ek kveð *teldan* þik:
    uppi ertu, *Dvergr!* um *dagaðr;*
    nû skinn *Sôl* î *sali* !

III. TEXTKRITIK und WÖRTERKLÄRUNG.

Strophe 1.

1. Allvìss (der alles gut unterscheidet, nichts verwechselt, deswegen über alles gewiss ist) ist verschieden von all-vitr (der alles kennt, weiss) und von allfrôðr (der alles wissen erlernt hat).

2. fyrir innan Asgarða ist von mir in die 1. und 2. str. eingesetzt worden, zur erklärung des orts des dialogs.

3. statt bekki breiða ist bekki skal breiða zu lesen; skal ist ausgefallen wegen des folgenden skal; — breiða (breit machen) ausbreiten, bedeutet hier in reihe stellen, so wie þrymskv. 16 breiða steina, steine neben einander legen, bedeutet.

4. i sinni (in begleitung) bedeutet hier im brautgefolge, also mit mir beim brautheimführen.

5. hraðat (für hrataðt) das beeiltsein.

6. Statt megi ist, mit Egilsson, mægi (magschaft, heirath) zu lesen.

7. þykkia (dünken) hat die bedeutung gut dünken; vgl. lat. videtur, gr. dokei.

8. heima bedeutet hier nach haus führen; vgl. heimð (das einheimsen).

Strophe 2.

1. Der plur. lìki (aussehen) bezeichnet die ganze äussere erscheinung.

2. borinn til (geboren für) bedeutet angethan, bestimmt, berechtigt, zu etwas.

Strophe 3.

1. fyrir iorð neðan (drunten vor der erde) bedeutet absichtlich zweideutig (weil Allweise der Riese für einen Zwerg gelten will) sowohl unterhalb der Niðafiöll, in Jotnenheim, als unterhalb Niðafiöll in Svartalfaheim.

2. værz steht für værðs, (des verwahrten) schatzes; vagna-værð (brautwagen-schatz) bezeichnet den im wagen heimzuführenden schatz (braut); værð ist verwandt aber nicht synonym mit varð (die verwahrte) ehefrau; s. Lokasenna, str. 33.

3. â vit eins koma (einer sache zum einsehen beikommen) heisst an etwas gehen um es zu besorgen; (vgl. Des Hehren Sprüche, str. 64).

4. bregða (wenden, abwenden) verweigern; vgl. lat. nuo; adnuo (zusagen), renuo (verweigern).

5. Der genitif fira (der wackern) hängt ab von eingi (keiner).

Strophe 4.

1. eiga rað brûðar (die berathungen der brauthaben) heisst für die braut sorge zu tragen haben, ihr besorger, vormund sein.

2. Statt var-k-a-ek ist var-at-ek (ich war nicht) zu lesen.

3. heitið (verheissene als braut, zugesagte).

4. Statt at sâ einn er giöfir ist zu lesen sâ einn er giöfari (der allein ist der zusager).

Strophe 5.

1. rekkr (aufrecht, stolz) der rekke, der, im gefühl seiner kraft, stolz sich in die brust wirft.

2. Statt des unsinnigen fiarrafleina lese ich einfach fìar aflaðan (den durch besitz gekräftigten).

3. baugum borit (für besitzthümer erzeugt) als reicher sohn und erbe erzeugt.

Strophe 6.

1. Vìng-þôrr (für Vingni-þôrr, vgl. Yngvi-Freyr für Yngvinar-Freyr) bezeichnet den Thôr als pflegesohn seines grossvaters des Thursen Vingnir. Vìngnir (personalform für vìnginn beschwingt) war der gemal der Hlôra (Glurende) und vater der Iörd, der mutter des Thôr. Thôr, der sohn des Odin (Siðgrani Tiefbärtig), weil bei seinen grosseltern erzogen, hiess der pflegesohn des Vingnir und der Hlôra (Snorra Edda I, 252).

2. it unga man (das junge mensch, junge mädchen) ist die þrûður, die tochter der Sif und wahrscheinlich des Loki (s. Lokis Wortstreit, str. 54); sie ist die stieftochter und das pflegekind Thôrs. Der name þrûður (f. þrûgður) gehört zur sippe þruga (altlat. forcere drängen, drücken, bewältigen), und bezeichnet die kraft, gewalt (vgl. lat. fortis f. forctis, drängend, kräftig).

3. giaf-orð (zusage-worte) hier zusage zur brautschaft und ehe.

Strophe 7.

1. Statt er ist zu lesen œr (eher, vielmehr).

2. miöll (f. miöld, gemahlene) bezeichnet den, wie mehl, feingemahlenen schnee und reif, im gegensatz zu den grossen schlossen und schneeflocken des gewitters und schneesturms.

3. hvìta (weiss) wird lobend von dem feinen adeligen frauenzimmer gesagt, sowohl in bezug auf das weisse (hellblonde) haar, als auf die weisse haut.

Strophe 8.

1. vîsi gestr (vorsichtiger gast) ist hier eine (von dem auf hinterlist sinnenden Thôr) nicht ohne ironie ausgesprochene bezeichnung des Allweise, der hier vorsichtiger sein sollte.

2. Statt ek vil vita ist ek vita vil zu setzen, da zwei accentuirte alliterirende silben nicht ohne disjunction neben einander stehen dürfen.

Strophe 9.

1. Die ächtheit dieser strophe, die im C. R. fehlt, scheint mir dadurch erwiesen 1) dass sie in form und inhalt passend ist, 2) dass im ganzen gedicht die reden des Thôr und des Alleweise in jeder strophe alterniren, und nie einer person zwei strophen zugetheilt werden.

2. frekr (frech, kühn, ungestüm) bedeutet hier blos begierig.

3. dugr (das taugen) ist hier das verstandes-vermögen; vgl. œði dugir (Vafthruðnismâl 20. 22).

4. vætna gehört nicht zu vœtr (f. vagtr, bewegung, lebendiges, ding) sondern zu væta (f. vœhta gewicht; vgl. vîtti); vœta bezeichnete das kleine gewicht (vgl. ei-vîtti (nicht um ein gran; Des Hehren Sprüche, s. 47), dann das wichtige oder unwichtige ding, wesen: hvœtna hvat oder hot vetna (was auch der dinge) bedeutet demnach jedes ding.

Strophe 10.

1. Statt of rök ist of-rök zu lesen : 1) weil rök den accent hat, also auch die alliteration haben soll; rök aber nicht allein sondern nur als compositum of-rök, die alliteration hat; 2) weil vita den accusatif ohne of (in bezug) regirt; 3) weil wenn of als präposition stünde eher alt of rök

als öll of rök zu lesen wäre; 4) weil rök (darlegungen) geschichten bedeutet, was hier nicht passt, aber of-rök (aufschlüsse, erklärungen), die antworten auf fragen, hier passend, bezeichnet.

2. voromk steht hier nicht für vorum-ek (ich und du und meinesgleichen wahren uns), sondern für varir um mik (es gewärtiget mich) ich erwarte.

Strophe 11.

1. iörð (für karið, gekehrte, gepflügte, lat. arata) bezeichnet ursprünglich das plugland, später, allgemeiner, die erde, und den erdkreis.

2. fold (für folgda, gepflegte) gehört zur sippe fela (f. felga sorgen, pflegen, wahren, bergen) und bezeichnete ursprünglich die felge oder das durch die pflege besorgte land, im gegensatz zum rauh land (lat. rûs) des gebirgs und des wilden waldes; später bezeichnet folda die gras-ebene im gegensatz zum steinigten nackten feld; zur selben sippe gehört das deutsche feld (gefilde, engl. field) als grasbewachsene ebene, slav. polja (ebene), das norr. fiall (f. filgd, schützend, fels) und das lat. pellis (f. pelhis schützende) haut. Unverwandt sind norr. völlr (wildniss), das deutsche wald (s. Weggewohntslied, s. 200). Dass der name pflug (norr. plôkr, s. Rigs Sprüche, s. 53) zur sippe pflegen (vgl. lat. colere) gehöre, bezweifle ich sehr, da ich pflegen von uplega (einer sache obliegen) ableite, und pflicht, obliegenheit, lat. obligatio, bedeutet.

3. vega (wege, bahnen) bezeichnet die durch gehölz und gestein durchbrochenen wege, dann die gegenden die man bereist; wie Norðvegr (Nordgegend, Norvegen), Austrvegr (Ostgegend).

4. Îgrœn (stark-bewachsene, ganz-grüne) von î (für

in, lat. intus, penitus) und grœnn (für gróinn gewachsen, grün), bezeichnet die erde als stark mit pflanzen bewachsene, ganz grüne.

5. Gróandi, die mit wachsthum (gróa) sich überdeckende erde.

6. aurr (für gaurr), die mit feuchtem gührendem koth (gór) übergossene (ausin f. gausin) lehm- und sanderde.

7. Up-Regin (Hoch-Grössen) bezeichnet die ältesten göttlichen Naturmächte oder Grössen (Regin), welche im südlichen himmel, im obersten flammenäther (vgl. up-himinn, oberer himmel) walten, also die söhne des Muspil (Holzverderbers, Feuers); die Up-Regin heissen auch Gin-Regin (betäubend-schreckliche Grössen), s. str. 21. 31 und Weggewohntslied, s. 199.

Strophen 12, 13.

1. Himinn ist spätere form für himils (got. himils) und gehört (da *m* mit *v* permutirt) zur selben sippe wie lat. cavus (caverna, camurus, gr. kamara, kamarinè). Vom lat. cavus (hohl) bildete sich das diminutif cavilus (leicht gehöhlt); ihm entspricht das gr. koilos (für kavilos), das deutsche hohl (für havil) und das got. himils (f. havils), das lat. coelus. Himinn bezeichnet also den himmel als den leicht gewölbten; und hat nichts gemein mit sansc. açman (für daçman, geschärft, beissend) stein, noch mit dem slav. kamen (s. akmen, für dakmen, scharf, stein), auch nichts mit hamarr (schläger, hammer) welches zur sippe gr. kopis (schläger, messer), got. hamfs (zerschlagen, zerstümmelt), lith. kapoti (schlagen), gehört.

2. Hlýrnir (s. Glýrnir) ist die personalform des adj. glúrinn, abgeleitet von glóra oder hlóra (gluren, lauern, mit anstrengung sehen). In Strassburg sagt man

glürè für bei halblicht die augen zum sehen anstrengen. Hlôra, name der pflegemutter des Thôr, bedeutet das halbdunkle licht des nordischen himmels; Hlŷrnir ist der mit seinen augen (sternen) glurende Nachthimmel.

3. Goðom bezeichnet gewöhnlich alle angebeteten, angerufenen (gu, hu, rufen) gottheiten; hier bezeichnet es aber speziell die Ansen mit ausschluss der Vanen, welche auch speziell, hier in der strophe, angeführt werden; vgl. str. 19, 23, 25, 29, 33.

4. Vindofnir (f. vind-vavnir, wind-webend, wind-wabernd) bezeichnet den himmel als ursitz der leichten winde, welche alle beweglichen gegenstände in webende bewegung setzen.

5. Uppheim (Hochheim) bezeichnet den himmel als das über der menschen-erde und über dem, unterhalb der erde liegenden, Jotnenheim, hoch erhabene Götter-heim; vgl. upp-himinn und up-Regin.

6. Fagra-rœfr (Glanzgewölbe); rœfr und râfr, ver-wandt mit hrôf (engl. roof) gehört zur sippe got. hvairba, gr. hrepo (erefo), und bezeichnet die neigung oder wölbung des dachs. Fagra-rœfr (schön-dach) be-zeichnet den himmel als ein gewölbe über der erde, welches tag und nacht von gestirnen schön erglänzt.

7. Driupan-sal (Trauf-Saal) bezeichnet den himmel als einen wohnsitz (saal) woraus der regen auf die erde herabträufelt.

Strophen 14, 15.

1. Mâni ist schwache form für die starke form mâinn (gemessen), und bezeichnet den mond, als den in phasen abgemessenen oder abgetheilten.

2. Mylinn (gemahlen, gewalzt, geknetet) gehört zur sippe d. mahlen, lat. molere, slav. mlieti, sansc.

mar, und bedeutet einen runden mehlkuchen, sl. mlin (kuchen, 2. Könige 6, 19), mlinze (kleiner kuchen) plinze; bezeichnet hier den mond als einen mehlkuchen; das fem. mylin (gewalzte) ist ein volkswitziger ausdruck für die sonne, als einem runden pfannenkuchen ähnlich.

3. Hverfanda-Hvel (Kreisendes rad) bezeichnung des monds als einer rollenden scheibe oder schwungrads.

4. Skyndir (Verschwinder, schnell entfliehend) gehört zu skyndi (schwund, durchbruch, hast) und ist verwandt mit skîn (schein, schimmer); hier bezeichnet das wort den mond als vor dem verfolgenden wolf Managarmur immerfort schnell fliehend.

·5. Skîn (schimmer, schein) ist verwandt mit skyndir (durchbrechend), mit sindri (f. skindri, funkenschimmer, hammerschlag), mit gr. spinther (f. skinther funke), mit altl. scinter (funke) noch erhalten im diminutif scintella (f. scinterula kleiner funke, wie stella für sterula, kleiner stern). Alle diese wörter beruhen ursprünglich auf der anschauung des hervorkeimens, hervorbrechens der keime, der spitzen pfeile, der lichtstrahlen, der leuchtfunken. Skîn bezeichnet hier den mond, als den nächtlichen schein oder schimmer.

6. âr-tal (Zeit-zähler) bezeichnet den mond, als den zeit-abzähler, weil man im Norden nach nächten und wintern des mondjahrs rechnete, und die tage und wochen nach den mondsphasen abzählte (s. Weggewohntslied, s. 200).

Strophen 16, 17.

1. sôl (f. sval schwellung, rundung) ist die jüngere form für das ältere svar (wölbung, rundung); daher sansc. svar (wölbung, himmel; rundung, sonne), lat.

sól (schwellung, rundung, sonne), got. soïl (f. sôli, n. sonne), sl. slavin (sonnig, sonnenkind, Slave); slônze (f. slavin-iza, liebes sönnchen, sonne), sansc. svaraya (fr. soleiller), glänzen, suryas (f. svaryas glänzend, sonne), gr. hælios (f. safelios, abelios; Apelles f. Apelias; Apollôn f. Apeliuns Sonne liebend). Sól ist im Norden die sonnengöttin die an die stelle des ältern sonnengottes getreten ist.

2. sunna (f. svinda geschwinde, rasche) ist das feminin des alten adj. svindas (rasch, kühn, gesund, geschwind), got. svinths (rasch), norr. sviðr (rasch); als nebenform besteht schwaches masculin sunna (f. sunda; angels. sunna, engl. sun) und das fem. sunna (f. sundâ, got. sunno, altd. sunna, norr. sunna). Das masculin ist noch erhalten im compositum sund-gau (sonnengau) und im subst. der süden (sonnengegend), neben dem aber, im norränischen, ein neutrum sûðr (f. sundr) besteht. Die sonne (rasche) trägt ihren namen davon, dass der ursprünglich zoomorphische sonnengott als rasches ross, oder als rennthier (gr. tarandus, norr. þrandr) den himmel durchlief, und später als sonnengöttin, wie der mond (skyndir), dem sie verfolgenden wolf rasch zu entkommen strebt.

3. Goðom bezeichnet hier die Vanen mit ausschluss der Ansen welche im 4. vers dieser strophe speziell angeführt sind.

4. Dvalins-Leika (des Aufhalters gespielin) ist eine bezeichnung der sonne, weil der alte Dvalin (s. Weggewohntslied, s. 209) der untergegangenen sonne, während der nacht, in Schwarzelfenheim, durch spiel die zeit zu vertreiben bemüht ist.

5. Ey-glô (Immer-Glühe) bezeichnet die sonne, weil

sie durch ihre ewige gluth den Jotnen, welche die kälte und finsterniss lieben, verhasst ist.

6. Fagra-Hvel (Schön-Rad) ist bezeichnung der sonne als einer glänzenden scheibe oder als glänzendes rad, und ist analog dem Hverfanda Hvel (Schwung-rad) welches den mond bezeichnet (str. 15).

7. Al-skîrr (Ganz-leuchtend) bezeichnet die sonne als die hell-leuchtende, im gegensatz zu dem blassen schein des nächtlichen monds; skîrr (got. skeirs scharf-abgeschnitten, scharf-sichtlich, klar) gehört zur selben sippe wie skiarr (scharf, rasch).

Strophen 18, 19.

1. Sky (Deckungen, deckwolken) gehört zur selben sippe wie skûr (schauer, regen-wolke) und bezeichnet besonders die dunklen wolken.

2. Skûr-vân (Schauer-hoffnung) bezeichnet die wolke welche schauerregen verspricht oder erwarten lässt.

3. Goðom bezeichnet hier auschliesslich die Ansen (s. str. 13, 19, 23, 25, 29, 33).

4. Vind-flot (Wind-schwimmend) bezeichnet die wolken als segler der lüfte (Schiller), die wie schiffe vom wind getrieben in den lüften schwimmen.

5. Ur-vân (Nässe-hoffnung) bezeichnet, wie skûr-vâr, die wolke als nässe oder regen versprechend.

6. Veðr-megin (Wetter-zeugend) bezeichnet die wolken als die ursache der wetterveränderungen.

7. Da der accent auf Huliðs liegt, so muss dies vor hialm stehen. Huliðs-hialm (des Unsichtbaren be-deckung). —Huliðr (verhohlen, unsichtbar) ist der allen lebenden unsichtbare gott des todes (dauðr), der gemahl der todesgöttin Hel; er entspricht, mythologisch, dem griechischen Hàdes (a-eidès, unsichtbar). Huliðr ist in

nacht und dunkel gehüllt, er trägt, episch ausgedrückt, eine bedeckung (kaputze, helm) welche ihn unsichtbar macht, so wie Hadès eine kopfbedeckung oder helm aus hundefell (gr. kunea) trug; die dunkel-kaputze wurde, in der spätern deutschen mythe, zum tarn-hût (dunkel-kappe) das symbol der finsterniss, wodurch man sich magisch unsichtbar machen konnte. Huliðs hialm bezeichnet die helische finsterniss, und die Helischen nennen so die finstern wolken die auf der Unterwelt immerfort liegen und sie verdunkeln wie der Helm des Huliðr.

Strophen 20, 21.

1. vindr (f. vahinds wehend, lat. vêntus) ist das active particip von wehen, sansc. vâ (f. vaha, bewegen, wehen); das passive particip ist uðr (ôðr, f. vahaðs gewehet), sansc. vatas.

2. Vaf-uðr (Web-gewähe) bezeichnet das gewähe oder den wind als webend oder sich und die gegenstände hin und her bewegend.

3. Goðom bezeichnet hier alle angebeteten götter sowohl die Vanen als die Ansen (s. str. 15, 21, 31).

4. Gneggi-oðr (Wieherendes gewähe) bezeichnet den wind als (wie ein ross wodurch er symbolisirt ist) wieherend. Hnik-uðr Wieher-gewähe, und Hnigg-hâr, Alter wieherer, alter Neck, vgl. Nykr) sind epithetische namen des windgotts Odin, der die gestalt eines rosses oder flusspferds (nykr) annehmend, ein plötzliches lachen oder gewieher hören liess (s. *Fascination de Gulfi*, p. 160). Hróp-uðr (Ropf-gewähe) bezeichnet den Odin als gott des windes der die bäume rauft und die blätter zerzaust.

5. Ginn-Regin (Betäub-grössen) bezeichnet hier die Muspels-synir (str. 31), die auch Up-Regin (str. 11) genannt werden.

6. Œpir (f. væpir, weinend, heulend, engl. weeper) bezeichnet den wind als kläglich heulend.

7. Dyn-fari (Saus-fahrend) bezeichnet den wind der im saus und braus einherfährt.

8. Hviðuð (Rülps-gewähe) bezeichnet den wind der, wie ein .ekelhafter rülps (hviða stoss, rülps), tönt und riecht.

Strophen 22, 23.

1. logn (niedersenkung) bezeichnet die windstille als ein niedersinken, sich legen des windes, bei faulem wetter.

2. skal (ist verpflichtet, soll) hat hier die bedeutung von pflegt.

3. lægi (senkung, niederlage) bezeichnet die windstille als ein faules sinken und sich niederlegen des fahrwinds.

4. Goðom bezeichnet hier blos die Ansen; vgl. str. 13, 19, 23, 25, 29, 33.

5. Vind-slot (Wind-abschluss) bezeichnet die windstille als ein abschluss (slot) oder aufhören des windes.

6. Of-hlẏ (Überflaue) bezeichnet die windstille, der temperatur nach, als über-flaue luft; hlẏ (f. hlavi, flau, lau) gehört zur sippe got. þlaqus (weich, zerflossen, unentschieden), lat. flaccus (flatterig, flau), ital. fiocco (flau, undeutlich).

7. Dag-sævi (Tag-schlummer) bezeichnet die windstille als die zeit wo der wind, am tag, als ob es nacht wäre, seine regsamkeit einstellt, und einschläft.

8. Dags-vera (Tags-ruhe) bezeichnet die windstille als die zeit wo der wind am tag zur ruhe (vera f. vesa; got. vis) sich begibt, gleichesam seine siesta (m. lat. secesta abtreten) vornimmt.

Strophen 24, 25.

1. marr (f. varr wallend, wellend, vgl. sansc. vari wasser) bezeichnet das meer als das aufwallende und wellenwerfende gewässer.

2. sær (f. sæv-r, got. saivs) gehört zur sippe gr. seio (schüttlen), d. sähen (schüttlen, streuen), und bezeichnet die see als die stete erschütterung und bewegung der gewässer.

3. Sî-lægia (Immer-fliessend) bezeichnet die see als eine immer im fluss sich befindliche fläche: lægia (das flachliegen) bezeichnet die flüssigkeit, weil, während das feuer aufsteigt, das flüssige fällt und zur fläche sich legt, vgl. lögr (flüssige fläche, see), lat. lacus (see). — Um das stätige, wie aus einem stück bestehende (uno tenore), auszudrücken, gebrauchte man, im germanischen, das wort sî (für sin, vgl. sin-grün stät-grün; sin-fluot stätige allgemeine fluth, sinfluth; sin (einzig) entspricht dem sanscrit sanas abgeleitet von sa (dieser, der eine, der erste), gr. henos (einzige); und da das einzige, erste, auch das vordere und geehrte ist, so gehört zu dieser sippe auch das lat. senis (ehrwürdiger, greis).

4. goðom bezeichnet hier speziell die Ansen (s. str. 13, 19, 23, 25, 29, 33).

5. vâgr (schaukelnd) bezeichnet die see wegen der stets schaukelnden wellen.

6. Al-heim (des Als heim) bezeichnet das meer als den aufenthaltsort des ungeheuren âls (âll f. vaglr, aglr, lat. anguis, gr. echis) oder der mythischen Schlange welche im meer liegend den erdkreis umfasst.

7. Laga-stafr (des flüssigen urstock) ist eine bezeichnung des meeres welches, durch die ausdünstung seiner gewässer und deren verwandlung in wolken, zu-

gleich der urgrund (stafr) alles flüssigen auf der erde
ist, und den urstoff (stafr) dazu hergibt.

8. Diupan mar (tiefe meer) bezeichnet die see als
eine un Tiefe (holl. deep).

Strophen 26, 27.

1. eldr (f. valiður wallung, das aufflackern, angels.
äled) bezeichnet das feuer als etwas wallendes, wellendes
und quellendes (vgl. brennen und brunnen; sieden
und sod).

2. funi (rein, reinigend), got. fòn, d. funke (klein-
feuer), sansc. pavanam (angeblasenes), gr. pur (f. paver
reinigend), lat. purus (putus abgeblasen), rein, gehören
alle zur sippe pu (blasen, um zu reinigen); daher drückt
heb. pu^{a}ch!, gr. feu!, d. pfui! das blasen aus, um unreines, oder gestank zu entfernen, und ist ausruf des
abscheus, des ekels; s. *Cours de linguistique*, p. 250.

3. vâgr (wogend) bezeichnet das feuer als etwas wo-
gendes, bewegtes, so wie auch das wasser mit demselben
namen vâgr (str. 25) bezeichnet wird.

4. Frekr (Gierig, frech) ist hier bezeichnung des
Feuergottes, der auch Logi (Flamme), Muspell (Holzverderber), Surtur (geheiligt, s. Weggewohntslied,
s. 231, 232) und Valtivi (Wärme-gott) heisst. Eine
spezialisirung des feuergottes Frekr ist der wolf Freki
oder der Fenriswolf (s. Weggewohntslied, s. 222,
228) der sohn des Loki.

5. Forbrenni (Verbrennend) ist auch ein epithetischer
name des Feuer-gottes der, am ende der tage, die welt
verbrennt, und deshalb, im sanskrit, djagad-bakchakas
(welt-verschlinger) heisst; brenna (f. vrinda, aus-
stossen) bedeutet quellen, sprudeln (als quelle) und
brodlen (quirlen als feuerwallung).

6. Hröð-uðr (Zerstör-gebläse); da das flackern des
feuers dem flackern (gebläse) des windes gleicht, wie das
brodeln dem sprudeln, so bezeichnet Hröð-uðr die
flackernde, verzehrende flamme; als person ist Hröðuðr
ein feuerriese (vulkan), und verwandt mit dem feuer-
riesen Hröðung (Zerstörungssohn), so wie mit dem lava-
speienden Fenriswolf der auch Hröð-vitnir (Zerstörungs-
anzeichen) heisst.

7. Hel (für Halia, versteck) entspricht dem sansc. kâli,
got. halia, altd. hella, gr. kalia, lat. cella (versteck,
abort), und bezeichnet ursprünglich den finstern, geheimen, unsichtbaren ort der todten; die örtliche bedeutung wurde später zur persönlichen, so dass Hel zugleich
die hölle und die Höllen-göttin bezeichnet.

Strophen 28, 29.

1. viðr (für vinðr, windung) bezeichnet ursprünglich
die sich windenden, gewundenen, verstrickten schling-
pflanzen des urwalds, dann den baum mit gewundenen
ästen, und speziell die weide, als den baum der die
schlingweiden zu stricken liefert.

2. Vallar-Faks (Wald-wuchs) bezeichnet den baum
der ein erzeugniss (vaks erwecktes, erzeugtes, angels.
vaken erweckt, geboren, lat. augeo erwecken, ver-
mehren, auctor erwecker, erzeuger) des waldes (völlr,
wildniss, wald, unbebaute ebene, s. s. 27) ist.

3. Goðom sind hier speziell die Ansen.

4. Hlið-þang (Halden-tang) bezeichnet das gehölz,
das, so wie die wasserschlingpflanzen oder der tang (þang
anhäufung) in der see sich anhäuft, in den wäldern, auf
den berghalden (hlið neigung, halde) anwächst.

5. Hàlir sind die bewohner der Hel; verschieden von
halir (verehrten, ehrbaren, wackeren).

6. **eldir** (anfeuernd, abgeleitet von **elda** zum feuer anfachen) bezeichnet das holz als brennmaterial.

7. **Fagur-lima** (Schön-armiger) bezeichnet, dem namen nach, einen speziellen mythologischen baum bei den Alfen, entweder die **Yggdrasills**-esche oder den **Munameïdr** (Lüste holz; s. **Vielgewandts Sprüche** s. 42), weil dieser baum besonders schön **beastet** (**limi**, adj. von **limr** glied, arm, ast) war.

8. **vöndr** (gewunden) bezeichnet den baum (vgl. **viðr** windung) als mit gewundenen ästen versehen; angels. **vudu**, engl. **wood** (vgl. sansc. **mûtas**); hier bezeichnet es den mastbaum.

Strophen 30, 31.

1. **nôtt** (für **nahti** geneigte, gesunkene) gehört zur sippe sansc. **naç** (absterben), **niç** (nacht), lat. **noct-s**, got. **nahts**) und bezeichnet die nacht als die in ruhe, schlaf, und tod gesunkene.

2. **Nörvi kenda** (dem Nörr zuerkannte) ist, mytho-logisch, epithetischer name der Nachtgöttin, weil sie als tochter dem **Nörr** (absterbend, abend) **zuerkannt** (**kenda** f. **kendta**, zugeschrieben) war. **Nörvi** ist der datif von **Nörr** (für **Navrr**), und gehört zur sippe sansc. **naç** (absterben), gr. **nekus**, **nekros** (abgestorben), norr. **nâr** (verblichen), **nôrðr** (abgestorben in nacht und kälte, der Norden). Neben **Nörr** besteht die schwache form **Narvi** (f. **Navri**) und **Niarvi**; dieser ist der name des sohnes des **Loki**, (Schlüssig, symbol der abenddämme-rung) und das symbol des abenddunkels und **Westens**. **Niarva-sund** (Westen-sund) bezeichnet die Hesperos-meerenge der Alten, oder die meerenge von Gibraltar (ar. **djebel-al-Tàrik**, Fels des Tarik).

3. **Niôl** habe ich früher (**Weggewohntslied**, s. 115)

zur sippe sansc. niç (neigung) gestellt, und als die
Kleine nacht erklärt; der name steht aber vielleicht
für nivola und entspricht dem sansc. nihâras (nebel),
abgeleitet von nabhas (nebel, norr. nifl), und würde
demnach nachtnebel oder nebelsturm (altrom. neula
f. nebula) bedeuten.

4. Goðom sind hier die Ansen sammt den Vanen.

5. grîma (grause, grimme) bezeichnet die schauer-
liche nacht (s. Des Hehren Sprüche, s. 206).

6. Ginn - Regin (Betäub-Grössen) sind die schrecklichen Mächte der Feuerwelt (Muspilheim).

7. Óliôs (Unlicht) bezeichnet die nacht als die licht-
lose.

8. Svefn - gaman (Schlaf-genuss) bezeichnet die nacht
als die zeit des schlafgenusses und als erholung durch
schlaf.

9. Draum - Niorun (Traum-spenderin); von draugr
(trug, zend drudg trug, gespenst, geist) stammt draumr
(für draugmr truggesicht, traum), lat. dôrmîre (f. dorc-
mire, träumen, schlafen). Niorun gehört zur sippe got.
nisan (nasian stützen, halten, unterhalten); nasiands
stützend, helfend), lat. ansa (f. nâsa halt, handhabe),
norr. Norn (die das leben unterhaltende), nœra (näh-
ren), angels. ner (stütze, rettung), niorun (die nährende
hausfrau, die spenderin).

Strophen 32, 33.

1. sâð (gesähete, saat) gehört zur sippe got. saian
(schüttlen, streuen), gr. seio (schüttlen), lat. sero (f. se-
sevo, öfter schüttlen, ausstreuen).

2. Bygg (Angebautes) bezeichnet die gerste, weil sie
nicht, wie der hafer, wild wächst, sondern angepflanzt
werden muss.

3. barr (ertrag; lat. farr) bezeichnet die gerste, weil sie der feldertrag des angebauten bodens ist; got. bari-zeins (gersten, zur gerste gehörend), lat. farina (ger-stige) gersten-mehl; vgl. engl. bar-ley, vom kymr. bar-llys, aus bara (korn) und llys (pflanze).

4. vakst (erzeugniss) gehört zur sippe vaksa (erzeugt werden, wachsen); vgl. getraide (f. getragede, ertrag).

5. Æti (Geäss, speise) bezeichnet vorzugsweise das kornbrod als die gewöhnlichste speise; die senner der Schweiz nennen eben so den käs spise, und das milch-wasser sufi (gesöff, trank).

6. laga-staf (flüssigkeiten-stoff) bezeichnet die gerste, weil sie den stoff (stafr) liefert zu den biersorten oder trinkbaren flüssigkeiten; ist blos, der bedeutung nach, verschieden von lagastaf (urstoff der flüssigkeiten) in strophe 25.

7. hnipinn (gesenkter) auch hnipin (gesenkt) be-zeichnet die haferstaude, deren ähre gesenkt ist und nicht aufrecht wie die der gerste und des korns steht. Der hafer wächst wild und ist die geringste der getraidearten. Plinius nennt ihn eine abart des getraides; deswegen heisst er auch aber-korn (falsch korn) und kaffkorn (spreu-korn); die Nordländer nannten ihn hafri (bocks-korn, habern, bocksgerste (vgl. bocksbrod, hasenbrod).

<h3 style="text-align:center">Strophen 34, 35.</h3>

1. öl (für valu gewelltes, gekochtes) bezeichnet das bier, weil es gekocht, und im Norden meistens warm getrunken ward.

2. biorr (für brîor, sud, bräu) bezeichnet das bier, weil es, wie der brei und die brühe, gekocht oder ge-braut (gr. bruton) wird.

3. **veig** (bewegung, gährung) bezeichnet das bier, als ein gährendes getränk.

4. **hreini lögr** (klare flüssigkeit, klaret-trank) bezeichnet das reine quell- und trinkwasser, welches die Zwerge statt bier trinken ; desgleichen nennt in Strassburg das volk spottweise das quellwasser **wakkelstein-** (kieselstein)-**reps** (würzwein).

5. Statt **Jotnar** ist nothwendig **Dvergar** zu setzen : 1) weil die Jotnen schon durch die **Suttungssynir** (s. Des Hehren Sprüche, s. 67) bezeichnet sind, 2) weil die Zwerge allein den **hreini lögr**, statt bier, tranken.

6. **miöðr** (süsstrank) gehört zur sippe **mad** (weich, angenehm, süss), gr. **madao** (fliessen), lat. **madeo** (fleissen), sansc. **mattas** (zerflossen, trunken); **madhu** (süsstrank, gr. **methu** (süsswein), altd. **metu** (meth), lith. **midus** (süsser, honig). Es scheint mir wahrscheinlicher dass in den wörtern dieser sippe frühzeitig ein *l* oder *r* ausgefallen sei, eher als dass die dentalen später sich in linguale umgesetzt hätten ; die ältere form wäre demnach **mar** (zerrieben, weich) gr. **meilein** (weich lieblich sein), lith. **meilus** (lieblich), sansc. **mrdus** (erweicht), gr. **meli(t)** (mild, süss, honig), lat. **mell** (f. meld) honig, slav. **mladi** (weich, jung), norr. **bliðr** (weich, sanft), **blauðr** (weich, blöde).

Ich glaube dass der name **Amlet** (Hamlet) ursprünglich abzuleiten ist vom slavischen **mladi** (junge, unerfahren, thor); das meer hiess die mühle des thoren (**Amloda kvern**; Snorra Edda I, 328), weil kinder und thoren den meersand der dünen für mehl aus einer mühle ansahen. Die Normänner setzten das slavische **mladi** (thor) in **amloði** um, und erklärten es sich sprachlich als blöden verstand habend (**aml-öði**; gr. **hapalo-phrón**), so dass, in Island, amlöði noch jetzt den blödsinnigen (lat. brutus) bezeichnet.

7. sumbl (für sùfl, saufen) gehört ursprünglich zur sippe lat. sugere (flüssigkeit ablassen, saugen), got. saggqs (senkung), lith. sunkti (ablassen, versenken); der guttural hat sich zu *gu, hv, v, f, m* umgesetzt, so dass, aus sùgva, sùva (sùfa saufen) entstand, wovon suppe (geschlürfte, brühe, suppe) kommt.

8. Suttungs synir (söhne des Suttung) sind die Jotnen; Suttungr bedeutet abkomme des Svip-uðr (Schwipp-gebläse), da Svip-uðr sich in Sùptr, und Suptr in Suttr, umgeändert hat.

Strophe 36.

1. briost (gebrause, brust) bezeichnete ursprünglich die laut-athmende lunge, so wie pectus (vgl. pecten kamm) ursprünglich die wie aufgeblasene kämmwolle oder wie flaum (pulmon f. plucmon, gr. pneumon) aussehende lunge bezeichnete.

2. sîa (f. siha, trennen, unterscheiden) gehört zur sippe lat. scio (f. sico unterscheiden, wissen), sansc. kchi (f. stchi erkenne) und bezeichnet hier, nicht das sinnliche, sondern das geistige sehen.

3. stafr (stütze, stab) bedeutet auch element, materie, sache; fornir stafir (alte staben) sind die der vorzeit überlieferten wissensmaterien (sansc. purâna, alte kenntnisse), welche durch die of-rök (ausbreitungen, lat. explicationes) dargelegt werden.

4. uppi (oben), wenn auf ertu bezogen, bedeutet: du bist umtagt aufrecht (stehend auf der obern lichtwelt, im gegensatz von unten liegend oder in Jotnenheim schlafend); wird es zu umdagaðr gezogen, so bedeutet

es aufgehend (zu ende gehend, tödtlich), umtagt; letzteres scheint mir das richtige.

5. umdaga (umtagen) mit dem tödtenden tageslicht beleuchten.

6. Der letzte vers der strophe, den ich, obgleich überzählig, nicht für unecht halte, erklärt den grund des umtagens, weil nun die sonne in die wohnungen scheint.

IV. ÜBERSETZUNG.

Allweise's Sprüche.

Allweise (im Ansengehöft).

1. Bänke zu rüsten sind ! nun soll die braut mit mir
   nach haus, mit gefolg, sich wenden !
   mit der heurath zu eilen wird jedem klug dünken ;
   mit heimführen ist nicht zu zögern !

Thôr (im Ansengehöft).

2. Welch wackerer ist das? woher so fahl um die nasen?
   warst du, die nacht, bei verblich'nen ?
   Thursen-gestalt, dünkt mich, an dir du hast ;
   du bist für die braut nicht gemacht.

Allweise.

3. Allweise ich heiss' ; ich wohn' abwärts der erde ;
   hab' unterm fels meinen sitz ;
   den Wagen-schatz bin ich zu besorgen gekommen ; —
   kein wackerer bricht feste zusagen.

Thôr.

4. Ich brechen sie werd', weil für die braut ich hab'
   zu sorgen am meisten als vater ;
   ich war nicht daheim, als verheissen sie ward ;
   bei Göttern ist Dieser allein der vergeber !

Allweise.

5. Welch stolzer ist das, der sich rühmt der versorgung
       jener schön-glänzenden braut?
für besitzthums-stark wird wohl keiner dich nehmen;
       wer hat dich zum reichthum erzeugt?

Thôr.

6. Schwing-Thôr ich heiss'; bin weithin gestreift;
       des Tiefbärt'gen sohn ich bin;
bei unfrieden mit mir sollst du die jungfrau nicht
       noch erlangen das zusage-wort!   [haben,

Allweise.

7. Frieden mit dir möchte schnell ich haben,
       und erlangen das zusage-wort;
eher besitzen möcht' ich, als sie entbehren,
       diese reifweisse jungfrau.

Thôr.

8. Des mägdleins liebschaft soll dir nicht sein,
       weiser gast! verwehret,
wenn, aus jeglicher welt, du verstehest zu sagen
       alles was wissen ich will.

Allweise.

9. Prüfen du magst, Schwing-Thôr!, weil gierig du bist
       des Zwerges tucht zu erproben;
der welten neun hab' bereiset ich alle,
       und der aufschlüss jeden erlernt.

Thôr.

10. Sag' Allweise! diess (der wackern aufschlüss' alle,
       ich denk mir's, Zwerg! du weisst),
wie diese erd', den Alter-söhnen bestimmt, heisset
       in jeglicher welt.

Allweise.

11. Erde bei Menschen sie heisst, bei Ansen Gras-
      Vanen sie Wegbahnen nennen,   [fläche;
  Jotnen Ganz - Grüne, Alfen Bewachs'ne;
    Feuchte nennen sie Hoch-Grössen.

Thôr.

12. Sag' Allweise! diess (der wackern aufschlüss' alle,
      ich denk mir's, Zwerg! du weisst),
  wie dieser himmel, der zu hand mir ist, heisset
    in jeglicher welt.

Allweise.

13. Himmel bei Menschen er heisst, bei Göttern Glü-
      Vanen ihn Wind - Webend nennen,   [rend;
  Jotnen Hoch-heim, Alfen Schön - Dach,
    Zwerge Trauf - Saal.

Thôr.

14. Sag' Allweise! diess (der wackern aufschlüss' alle,
      ich denk mir's, Zwerg! du weisst),
  wie dieser mond, den die Menschen ersehen, heisset
    in jeglicher welt.

Allweise.

15. Mond bei Menschen er heisst, bei Göttern Plinse;
      in Hel man ihn Schwung - Rad nennet;
  Jotnen ihn Geschwind, Zwerge Glanz-Schein,
    Alfen ihn Zeitzähler nennen.

Thôr.

16. Sag' Allweise! diess (der wackern aufschlüss' alle,
      ich denk' mir's, Zwerg! du weisst),
  wie diese sonne, von Alter-söhnen geseh'n, heisset
    in jeglicher welt.

Allweise.

17. Sonne bei Menschen sie heisst, bei Göttern Ge-
[schwinde;
Zwerge sie Hinhalters-Gespielin nennen,
Immer-Glühend Jotnen, Schön-Rad Alfen,
Ansen-söhne Ganz-Klar.

Thôr.

18. Sag' Allweise! diess (der wackern aufschlüss' alle,
ich denk mir's, Zwerg! du weisst),
wie diess gewölk, mit schauern gemischt, heisset
in jeglicher welt.

Allweise.

19. Wolke bei Menschen sie heisst, bei Göttern
[Schauer-zeichen;
Wind-Flott Vanen sie nennen,
Nässe-aussicht Jotnen, Wetter-zeugend Alfen,
in Hel man Tarns-Hut sie nennet.

Thôr.

20. Sag' Allweise! diess (der wackern aufschlüss' alle,
ich denk mir's, Zwerg! du weisst),
wie dieser wind, der so weit hinfährt, heisset
in jeglicher welt.

Allweise.

21. Wind bei Menschen er heisst, bei Göttern Web-
[Gebläs;
Wieher-Gebläs Stark-Grössen ihn nennen,
Jotnen Heuler, Alfen Säusel-Fahrer;
Gerülpst man ihn nennet in Hel.

Thòr.

22. Sag' Allweise! diess (der wackern aufschlüss' alle,
        ich denk mir's, Zwerg! du weisst),
    wie diese windstill', die zu ruhen pflegt, heisset
        in jeglicher welt.

Allweise.

23. Windstill bei Menschen sie heisst, Liegen bei
                                        [Göttern;
        Vanen nennen sie Wind - Verschluss,
    Jotnen Über - Flau, Alfen Tag - Schlummer;
        Tag - Ruhe Zwerge sie nennen.

Thòr.

24. Sag' Allweise! diess (der wackern aufschlüss' alle,
        ich denk mir's, Zwerg! du weisst),
    wie diess meer, auf dem leute rudern, heisset
        in jeglicher welt.

Allweise.

25. See bei Menschen es heisst, bei Göttern Immer-
        Vanen Schaukelnd es nennen,   [Fluss;
    Jotnen Aal - Heim, Alfen Wasser - Urgrund,
        Zwerge nennen es Tief - Meer.

Thòr.

26. Sag' Allweise! diess (der wackern aufschlüss' alle,
        ich denk mir's, Zwerg! du weisst),
    wie dieses feuer, das für Alter-söhnen brennt, heisst
        in jeglicher welt.

Allweise.

27. Feuer bei Menschen es heisst, Reinigend bei Ansen;
    Vanen Lebendig es nennen,
    Jotnen Ungestüm, Zwerge Welt - Brenner;
    Zehr - Wind sie es nennen in Hel.

Thôr.

28. Sag' Allweise! diess (der wackern aufschlüss' alle,
    ich denk mir's, Zwerg! du weisst),
    wie diess gewind', das für Alter-söhne wächst, heisset
    in jeglicher welt.

Allweise.

29. Gewind bei Menschen es heisst, bei Göttern Wald -
                                              [wuchs,
    die Hel'schen nennen es Halden - Tang,
    Feu'rung Jotnen, Alfen Schön - Armig;
    Maste Vanen es nennen.

Thôr.

30. Sag' Allweise! diess (der wackern aufschlüss' alle,
    ich denk mir's, Zwerg! du weisst),
    wie diese nacht, die dem Nor zuerkannte, heisset
    in jeglicher welt.

Allweise.

31. Nacht bei Menschen sie heisst, Nebelig bei Göttern;
    Stark-Grössen nennen sie Grause,
    Unlicht Jotnen, Alfen Schlaf - Genuss,
    Zwerge sie Traum - Spenderin nennen.

Thôr.

32. Sag' Allweise! diess (der wackern aufschlüss' alle,
       ich denk mir's, Zwerg! du weisst),
    wie das gesäte, das Alter-söhne säen, heisset
       in jeglicher welt.

Allweise.

33. Pflanze bei Menschen es heisst, Getraid bei Göttern;
       Vanen nennen es Wuchs,
    Essbar Jotnen, Alfen Getränk - Stoff;
       in Hel sie es Senk - ährig nennen.

Thôr.

34. Sag' Allweise! diess (der wackern aufschlüss' alle,
       ich denk mir's, Zwerg! du weisst),
    wie dieser sud, den Alter-söhne trinken, heisset
       in jeglicher welt.

Allweise.

35. Sud bei Menschen er heisst, bei Ansen Gebräu;
       Vanen nennen es Gährend,
    Klar - Nass Zwerge, und in Hel Süss - Trank;
       Saufe Suttungs-Söhne ihn nennen.

Thôr.

36. In eines einzigen herz ich niemals ersah
       mehr alte wissens-stoffe —
    doch erklär ich dich betrogen durch gewaltigen trug,
       zum verderb bist, Zwerg! du umtagt!
    nun die Sonn' in die wohnsitze scheint!

V. ERKLÄRUNG zur ÜBERSETZUNG.

Titel.

, Allweise's Sprüche bezeichnet die Aussprüche
(antworten) Allweise's auf die von Thôr ihm vorgelegten
fragen : der name des sprechers deutet auf die einsicht
desselben die verschiedenen namen der dinge einzusehen
und angeben zu können.

Strophe 1.

1. Nachdem der jotnische baumeister Allweise,
gegen frühlingsanfang, von den Ansen die zusage der
Thrudur zur ehe erlangt hatte, kehrte er vorerst nach
Jotnenheim zurück, um später, innerhalb der gebräuchlichen frist von neun nächten, und, noch zu der ihm
günstigen winter- und nachtzeit, wieder in Ansengart zu
erscheinen, daselbst seine braut zu erhalten, und sie nach
haus zu führen.

Das gedicht beginnt im augenblick wo Allweise im
gehöft von Ansengart erscheint, woselbst ihm Thôr ent-
gegengegangen ist. Dem ihm noch unbekannten Thôr
kündigt er an dass er nun gekommen sei um die ihm zugesagte braut abzuholen, und mit gefolg nach Jotnenheim
zu führen; man möge den saal in Ansengart zu seinem
trauungsfest ausrüsten ; es habe dazu grosse eile, da er
noch vor anbruch des ihm schädlichen tageslichts mit der
braut abreisen müsse.

Strophe 2.

Thôr, der den Allweise hier zum ersten mal sieht, aber, seiner ankunft gewärtig, ihm in das gehöft entgegen-gegangen war, frägt ihn, als kenne er den angekommenen bräutigam nicht, wer er sei. Dieser, wohlwissend dass er, als Jotne, in Ansengart nicht erscheinen durfte, hatte, wie früher als baumeister, jetzt wiederum durch magie die gestalt eines Zwergen angenommen, konnte aber nicht ganz seine Jotnennatur verbergen; er verrieth dieselbe durch seine äusserlich rohe statur und durch seine von nacht- und winterkälte gebläute bleiche nase. Thôr frägt ihn daher schalkhaft wie es komme dass er, der mit seiner Thursengestalt und fahler nase ein Jotne zu sein scheint, als Zwerg und bräutigam in Ansengart erscheine, um eine ansische braut abzuholen.

Strophe 3.

Der bräutigam antwortet dass er der in Ansengart als baumeister und Zwerg bekannte Allweise sei, dem man die braut eidlich zugesagt habe; seine nase sei fahl, und sein äusseres rauh, weil er bei nacht gefahren sei, und als Zwerg seinen wohnsitz unter einem felsen habe (was er zweideutig und ohne gerade eine unwahrheit zu sagen aussprechen konnte, da sowohl Jotnen als Zwerge in felsenhöhlen wohnten); er sei nun gekommen um seinen schatz (geliebte) versorgend im brautwagen abzuführen, und erwarte dass man ihn nicht daran verhindere, da die Ansen die braut zugesagt haben, und kein ehrlicher mann seine feste zusage bricht.

Strophe 4.

Thor eröffnet dem bräutigam dass er nicht an die zu-sage der Ansen, an welcher er nicht theil genommen, gebunden sei; er allein als pflegevater der zugesagten braut habe, unter den Göttern, das recht seine pflegetochter zu vergeben, und könne demnach die von andern gewährte zusage brechen.

Strophe 5.

Allweise, der den Thor, da er ihn früher nie gesehen, nicht kannte, und ihn in seinem schlichten bäuerlichen anzug vor sich stehen sieht, zweifelt daran dass dieser ärmliche recke der vergeber der schönglänzenden reichen braut sein könne; er frägt ihn daher spöttisch wer er denn sei, und wer sein vater sei, der ihn als seinen reichen erben gezeugt habe.

Strophe 6.

Um dem Allweise seinen zweifel zu benehmen, gibt sich Thor zu erkennen; er sagt sein name sei SchwingThôr, ein name der den Jotnen bekannt sein müsse, da dieser aussage dass er als Thor der pflegesohn seines grossvaters des Jotnen Schwing sei; er habe diesen namen längst erhalten, als er, in seiner jugend, bei seinem grossvater auferzogen, in Jotnenheim öfters weit herumschweifte; er sei zudem der sohn des Odin, welchen die Jotnen, da dieser, bei ihnen als greis erscheinend, einen tiefherabfallenden bart getragen, den Tief-bärtigen nennen; er Schwing-Thôr sei der pflegevater der von den Ansen zugesagten braut Thrudur; dass man aber von ihm allein die einwilligung zu begehren habe, und diese, gegen seinen willen, nicht wohl erzwingen könne.

Strophe 7.

Als Allweise erfährt dass der vor ihm stehende recke Thôr der pflegevater seiner braut sei, stimmt er seinen anfangs gebieterischen ton herunter, sagt dass er die ein-

willigung des pflegevaters sehr wünsche, und ihn bitte
sie so schnell als möglich zu gewähren, damit er, vor
morgenanbruch, mit der braut abreisen könne; er nehme
gern alle bedingungen, an um die braut zu bekommen,
und sei keineswegs gewillt auf sie zu verzichten.

Strophen 8, 9.

Thôr findet nun Allweise in der gemüthslage worin er
ihn wünschte um seinen mörderischen plan an ihm in's
werk setzen zu können; er beabsichtigte den Jotnen
durch versteinerung zu tödten. Damit die versteinerung
erfolgen konnte, musste Thôr den Jotnen im gehöft aufhalten, bis die ersten sonnenstrahlen auf ihn fallen
konnten. Um ihn bis zum morgen aufzuhalten, schlug er
dem Allweise hinterlistig vor, um die zusage der braut zu
erlangen, ihm die fragen zu beantworten die er ihm vor-
legen wolle, und welche dieser, wie Thôr ironisch sagt
(da er sich, seinem namen nach, für einen allweisen
Zwerg ausgibt), leicht zu beantworten im stande sein
werde. Diese fragen gedenkt Thôr so lange fortzusetzen,
bis das verhängnissvolle tageslicht auf den Jotnen fallen
würde. Die nun von Thôr hinterlistig zu stellenden fragen
betreffen keine realien, sondern vocabeln; Thôr begehrt
von Allweise zu erfahren welches die ausdrücke sind
deren man sich, zur bezeichnung verschiedener naturgegenstände, in den neun welten bedient. Da für Allweise die beantwortung dieser fragen die bedingung der
zusage der braut ist, so ist er ganz bereit dieselben zu
beantworten, und fühlt sich dazu befähigt, da er, der
angebliche zwerg, den namen Allweise trägt, und wie er
sich rühmt die neun welten bereist hat, so dass er im
stande ist die von ihm begehrten aufschlüsse alle zu
geben.

Strophen 10, 11.

1. Auf die erste frage des Thôr gibt Allweise die ausdrücke an, welche, in den neun welten, zur bezeichnung der erde gebräuchlich sind. Selbstverständlich sind alle im gedicht sich vorfindenden namen keine historischwahren, auch keine durch die mythische tradition überlieferte, sondern sie sind rein vom dichter, nach irgend einem wahrscheinlichkeitsgrund, erfunden, und somit mehr oder weniger passend gewählt. Die neun welten und die sie bewohnenden geschlechter sind die in der mythologie überlieferten (s. *Poëmes isl.*, p. 222). Die alten völker nehmen aber in ihrer mythologie stets an, dass, in aller welt, ihre sprache gesprochen werde. Deswegen sind die von Allweise gegebenen ausdrücke, zur bezeichnung desselben gegenstands, zwar verschiedene namen, aber alle diese namen gehören nur einer sprache an, hier natürlich der norränischen.

2. Das wort erde bedeutet eigentlich die gepflügte (s. s. 27); der dichter schreibt es speziell der menschensprache zu, weil, in den neun welten, die menschen allein es nöthig haben ihren leiblichen unterhalt durch arbeit, und besonders durch ackerbau, selbst zu gewinnen.

3. Von den bergen und vom himmel herab gesehen erscheint die erde als eine grüne Grasfläche; deswegen schreibt der dichter den namen grasfläche, für erde, der sprache der den himmel bewohnenden Ansen zu.

4. Die menschen bahnten ursprünglich durch gestrüpp und gestein die ersten wege, worauf die erde bereist werden konnte; der dichter gibt daher der erde den namen Wegbahnen, und stellt diesen namen als bei den slavischen Vanen gebräuchlich dar, wahrscheinlich weil die Skytho-▮▮▮ zuerst heilige kreuzwege (vgl. Heg-

samu-vaihus) anlegten, und ihre wege dem Sonnengott, wie die Nordmänner später dem Freyr und dem Rigr, zu weihen pflegten.

5. Die Jotnen lebten in einem kalten, steinigten, unfruchtbaren heimathlande, ganz verschieden von der fruchtbaren, grünen erde der menschen. Den aus ihrem lande kommenden Jotnen musste Menschenheim (Mannheim) auffallend als ganz grün erscheinen (vgl. Grœnland), und deswegen mag der dichter den namen Ganz-grüne für erde, der sprache der Jotnen zugewiesen haben.

6. Die Alfen als sommer- und lichtwesen haben ihre freude am wachsthum (vgl. die göttin Idun), deswegen heisst die erde, in der sprache der Alfen, die Bewachsene.

7. Im gegensatz zur dürren Feuerwelt im südlichen hochäther, wo die Hoch-Grössen oder Muspilheimer hausen, ist die menschen-erde durchfeuchtet von quellen, flüssen, mooren etc., denen die feuerwesen feindlich sind. Deswegen geben die Muspilheimer der feuchten menschen-erde, im gegensatz zu ihrem trocknen land, den namen Feuchte.

Strophen 12, 13.

1. Die zweite von Thôr vorgelegte frage betrifft die bezeichnungen des himmels. Das wort himmel bedeutet eigentlich den leicht-gewölbten (s. s. 28), weil er sich als eine wölbung, die sich weit hinauszieht, darstellt. Den ausdruck himmel, als den allergewöhnlichsten, legt der dichter der sprache der menschen bei.

2. Die Götter (Ansen) welche den äther-himmel (uphimin) über sich hatten, nannten den himmel, den sie bewohnten, Glürend, weil er am tag mit dem sonnenauge, und des nachts mit den mond- und sternenaugen

vom himmel herab auf die erde glüret (s. s. 29) oder mit anstrengung ausschaut.

3. Der himmel erregt und webt die winde vermittelst der flügel-schwingungen des adlers Leichenschwelg (Hræsvelgr), der am himmelsende sitzt; daher nennen die Vanen (Niordr, Freyr, Freyia), die den guten winden vorstehen, den himmel, in ihrer sprache, Windwebend.

4. Der himmel erscheint von der erde aus schon hoch, und noch höher von Jotnenheim aus, welches tiefer als die menschenerde liegt; deswegen nennen die Jotnen den himmel Hoch-heim.

5. Die glänzend-schöne himmelsdecke, über der die Alfen wohnten, nannten diese, in ihrer sprache, Schön-dach.

6. Die Zwerge, als meteorologische geister, hatten ihre freude am träuflenden thau und am erfrischenden regen; sie nannten deswegen den himmel Trauf-saal (Tropfen-sitz).

Strophen 14, 15.

1. Die dritte von Thôr vorgelegte frage betrifft die be-nennungen des monds. Das wort mond bedeutet eigentlich abgemessen, weil er nach den mondphasen abgetheilt ist. Nach dem dichter wird er so genannt in der sprache der menschen, weil diese vorzüglich nach dem abgemes-senen mond die zeiten abmaassen.

2. Die runde weisse mondscheibe verglich der volks-witz mit einem kleinen runden mehlkuchen oder plinse, und nannte so den mond, den man auch noch heute als pfannenkuchen bezeichnet. Da plinse ein aussergewöhn-licher, von vielen nicht verstandener ausdruck war, so legt ihn der dichter der sprache der Götter (Ansen und Vanen) bei.

3. Die bewohner der Hel, die nie die sonne, selten den mond zu gesicht bekamen, verglichen den fahrenden mond mit einem kreisenden rad, und gaben ihm deshalb den namen Schwung-rad.

4. Um dem ihn verfolgenden jotnischen wolf Hasser (Hati) zu entfliehen, bewegt sich der mond schnell am himmel; über seine schnelligkeit erzürnt, nennen daher die Jotnen den mond Geschwind.

5. Die Zwergen und Elfen liebten den milden glanz-schein des mondes, in dem sie spielten und tanzten. Deswegen nannten sie den mond in ihrem dialekt (fr. patois vatersprache, ramage, vom gr. hrèma, hrèmatico sprechart) Glanz-schein.

6. Da man im Norden die zeiten nach den abtheilungen des mondes (s. s. 59) abmass, so hiess der mond Zeit-zähler; es ist nicht klar warum der dichter diesen ausspruch der sprache der Alfen zuweist.

Strophen 16, 17.

1. Die vierte von Thôr vorgelegte frage betrifft die namen der sonne (Sôl). Sôl bedeutet eigentlich ge-schwellte (gerundete), weil die sonne als eine kugel oder scheibe aufgefasst wurde; da dies der gebräuchlichste ausdruck für sonne im norränischen ist, so schreibt der dichter denselben der menschensprache zu.

2. Das wort sonne bedeutet eigentlich geschwinde (s. s. 31) weil die sonnengottheit ursprünglich, zoo-morphisch, als ein schnelles ross oder rennthier (gr. tarandus, norr. þrandr) aufgefasst, und später die sonnengöttin, mythologisch, gedacht wurde als den himmel schnell durchlaufend, um dem sie verfolgenden jotnischen wolf Skoll (s. *Fascination de Gulfi*, p. 209) zu entgehen. Da die Götter sich über ihre geschwindigkeit

freuen, so glaubt der dichter die bezeichnung der sonne als Geschwinde der göttersprache zuweisen zu müssen.

3. Die schnellfahrende sonne gelangt des abends zum Wahrungen-wald (varna-viðr), so benannt weil sie daselbst, vor dem verfolgenden wolf, in verwahr kommt (*Message de Skirnir*, p. 297); hier empfängt die geängstigte der Schwarzelfe Dvalin (Hinhalter; s. Weggewohntslied, s. 209), so genannt weil er die göttin in Schwarzelfenheim bis zum morgen zurückhält, und, um sie zu zerstreuen, mit ihr spielt. Deswegen heisst die sonne Hinhalters-gespielin. Da Hinhalter zum Zwerggeschlecht gehört, so weist der dichter diesen namen der sonne der Zwergsprache zu.

4. Weil die Jotnen, welche nacht und kälte lieben, die warmleuchtende sonne hassen, so bezeichnen sie, wie der dichter vorgibt, die sonne mit dem ihnen verhassten namen Immerglühend.

5. Ursprünglich war die sonne als eine zoomorphische gottheit oder als ein feuriges geschwindes thier angebetet; später stellte man sich die sonne als eine anthropomorphische göttin vor, welche dem gestirn oder der sonnenscheibe vorsteht, und hinter derselben sitzend im sonnenwagen einherfährt. Hier wird die sonne blos als gestirn, das man mit einem glänzenden rad vergleicht, bezeichnet, und Schön-Rad genannt. Da besonders die Alfen ihre freude an dem schönen gestirn haben, so weist der dichter den ausdruck Schön-Rad der sprache der Alfen zu.

6. Den Ansen die im himmel über den wolken wohnen erscheint die sonne stets unumwölkt, klar; daher nennen sie die sonne, wie der dichter vorgibt, in ihrer sprache Ganz-klar.

Strophen 18, 19.

1. Die fünfte von Thôr vorgelegte frage betrifft die bezeichnungen der wolke. Das wort s k ỳ (gewölk) bedeutet eigentlich, oder etymologisch, d e c k u n g, weil das gewölk das licht der sonne, des mondes, und der sterne verdeckt. Da die menschen unter den wolken wohnen welche ihnen das licht verdeckt, so heisst, in ihrer sprache, das gewölke D e c k u n g (sky).

2. Da der regenschauer den die wolke erzeugt von den Göttern (Ansen) öfters erfleht, und von ihnen den menschen in aussicht gestellt und angezeigt wird, so heisst die wolke, von der der mensch sich regenschauer verspricht, in der sprache der Ansen, S c h a u e r - a n z e i g e.

3. Was schwimmt ohne unterzusinken heisst f l o t t (fr. à flot): die wolke, von dem wind getrieben, schwimmt flott in der luft; sie ist, wie Schiller sagt, ein segler der lüfte. Die Vanen (Niorðr, Freyr und Freyia), welche den fruchtbaren regenwolken vorstehen, nennen sie, in ihrer sprache, W i n d f l o t t.

4. Die Jotnen, die nur schwarze schneesturm-verkündende wolken kennen, nennen die regen-wolken N ä s s e - a u s s i c h t.

5. Die Alfen, die über den wolken wohnen welche das regenwetter erzeugen, nennen die wolke W e t t e r - z e u g e n d.

6. Der finstere Gott der dunkeln Unterwelt (Hel), der bruder und gemal der dunkeln göttin Hel (sansc. Kâli), heisst der V e r h ü l l t e (Huliðr); die finsterniss die ihn deckt wird sein ihn verhüllender h u t, kaputze, oder h e l m genannt. Für die bewohner der dunkeln Hel ist die wolke nichts als finsterniss, welche dieselben durch F i n s t e r n i s s - h e l m bezeichnen: deswegen nennen sie

die wolke den Helm des Verhüllten (Tarn-hut). Da der
Verhüllte (Dunkle, sansc. Kalas, slav. Tcharni) später
auch der Dunkle (engl. dark, altd. tarkn, tarn,
fr. terne) hiess, so entspricht der unsichtbar machende
Tarn-hut (des Dunkeln kaputze) dem ältern Huliðs
hialm (des Verhüllten Helm).

Strophen 20, 21.

1. Die sechste von Thôr vorgelegte frage betrifft die
benennungen des windes. Wind bedeutet, etymologisch,
wehend (bewegend, webend), und da dies wort in
allen goto-germanischen idiomen das gebräuchlichste ist,
so weist es der dichter der sprache der menschen zu.

2. Der wind ist ein bläser oder ein gebläse, welches
leichte gegenstände hin und her bewegt oder webt;
diesen webenden wind nennen die Ansen und Vanen,
welche ihn lieben und ihm vorstehen, Webegebläs.

3. Das schrille pfeifen des winds verglich man mit dem
pferdegewieher; und da der schnell dahin fahrende wind
unter dem bild eines raschen pferdes symbolisirt war,
so nannte man den zoomorphisch hypostasirten wind,
Wieherender Wäher. Ursprünglich war der sturmgott Odin (Wüthend), zoomorphisch als wieherendes ross
hypostasirt, und hiess Wieherender Bläser (Hneck-
Udr). Später, als anthropomorphische personification des
sturmwindes, erschien er bisweilen als Wieherender
greis (Nek-hârr) oder als Alter-Wieherer (s. *Fascination de Gulfi*, p. 160).

4. In Jotnenheim gibt es nur heulende sturmwinde;
deswegen nennen die Jotnen den wind Heuler.

5. Die im Aether wohnenden Alfen kannten nur den
geräuschvollen wind der menschenwelt; deswegen nennen

sie den irdischen wind, wie der dichter behauptet, Ge-
räusch-fahrer.

6. In der Unterwelt kennt man nur das aufstossende
mephitische gebläse; daher benennt man daselbst den
wind mit dem ekelhaften namen Gerülpst.

Strophen 22, 23.

1. Die siebente von Thôr gestellte frage betrifft die
bezeichnungen der windstille. Da der fahrwind (byr)
als der thätige rüstige gedacht wird, so sind die bezeichnungen der windstille dem begriff des unthätigen
darniederliegens, der ruhe, der trägheit, entlehnt. Der
gewöhnliche ausdruck logn (niederliegen, windstille) ist
der in der sprache der menschen gebräuchliche; in der
sprache der Götter (Ansen) ist es der ausdruck Liegen
(das darniederliegen).

2. Da bei der windstille der thätige wind gefangen wie
hinter schloss und riegel gelegt ist, so bezeichnen die
Vanen die windstille durch Wind-verschluss.

3. Den Jotnen, welche den raschen kalten wind lieben,
ist die flaue windstille verhasst, und sie nennen sie deswegen, mit unwille, Überflau.

4. Die menschen, vorzüglich die Sudländer, unter-
brechen gewöhnlich gegen mittag ihre thätigkeit um auszuruhen, und eine zeitlang zu schlafen; der Spanier, um
auszuruhen, entfernt sich von der arbeit und der gesell-
schaft, oder hält, wie er sagt, seinen abgang (m. lat. secesta, sp. siesta). Da der thätige wind gewöhnlich sich
gegen mittag legt, so hielt man die windstille für einen
tag-schlummer, oder eine tag-ruhe, im gegensatz zu
der längern nachtruhe. Deswegen nennen die Alfen die
windstille Tag-schlummer, und die Zwerge nennen sie
Tag-ruhe.

Strophen 24, 25.

1. Die achte von Thôr gestellte frage betrifft die bezeichnungen des meers. Da das meer als etwas wellendes, wallendes aufgefasst wurde, so bedeutet etymologisch das wort meer, das wallende (s. s. 35).

2. Die stäte schäumende bewegung des meers verglichen die hirtenvölker mit dem schäumenden durchschüttlen der milch im milchfass; deswegen nannten sie see (durchschüttelung) das stets durchschüttelte meer.

3. Die Götter (Ansen) nennen das meer Immerflüssig, weil es in ewigem fluss ist.

4. Wegen der schaukelnden wellen heisst das meer Schaukelnd; diesen namen weist der dichter der sprache der Vanen zu, weil diese götter, welche besonders dem fischfang vorstanden, diesen namen liebten, da der fischfang am besten bei leicht bewegter schaukelnder see geschieht.

5. Das furchtbar wogende arktische meer wurde, mythologisch, durch eine sich schrecklich windende wasserschlange symbolisirt, welche um die erde, im kreis, gelagert war. Da der aalfisch für eine schlange galt, so nannte man diese wasserschlange auch aal, und das meer Al-heim; diesen ausdruck weiset der dichter passend der sprache der Jotnen zu, weil die meeresschlange jotnischen geschlechtes war, und die Jotnen ihre freude hatten an dem allen andern wesen verhassten ungeheuer.

6. Das meer, aus dessen ausdünstung wolken, regen, quellen, bäche, flüsse entstehen, betrachtete man als den urstoff alles flüssigen; deswegen nannten die Alfen das meer Wasser-urgrund. Nach philosophischer ansicht des alterthums ist das meer nicht allein der urgrund des flüssigen, sondern auch der urstoff der welt (gr. ariston

men hudor, das erste ist das wasser). Nach mythischer
ansicht aber ist das irdische meer (sansc. varunas) abgeleitet vom himmlischen meer (gr. ouranos), oder von
den wolken-bergen des himmels; da diese wolken-berge
beweglich waren, so sagt der indische mythus aus, dass,
ursprünglich, die berge beweglich waren.

7. Die Zwerge können, nach der volkstradition, nicht
schwimmen, und scheuen das wasser, welches, wie man
sagt, für sie keine balken (fussboden) hat; als hirtenvolk
lieben sie das feste land, welches die seeleute den kuh-
estrich (fr. plancher des vaches) nennen. Weil die Zwerge
im meer besonders dessen grundlose tiefe fürchten, so
nennen sie es Tief-meer (holl. deep).

<h3 align="center">Strophen 26, 27.</h3>

1. Die neunte frage des Thôr betrifft die namen des
feuers (eldr); eldr (f. veldr, wellend) bedeutet eigentlich
das feuer als wellend, kochend; es ist dies der gewöhnliche namen, den deswegen der dichter der sprache der
Menschen zuschreibt.

2. Das feuer ist läuternd, reinigend, ein fegefeuer, das
am ende der tage die welt durch verbrennen reinigen
wird; deswegen bezeichnen die Ansen das feuer als
Reinigend.

3. Durch seine webende, wabernde bewegung ist das
feuer das lebendige, das den dingen leben gibt, und vor
allen dingen zuerst bestand; deswegen nennen die Vanen,
die dem belebenden nützlichen feuer vorstehen, das feuer
Lebendig, so wie sie auch die lebendige, rührige see
mit demselben namen bezeichnen (s. str. 25).

4. Dem nützlichen feuer der Menschen und der Götter
war das schädliche feuer der Feuerwelt (Muspilheim) und
der Feuer-Riesen entgegengesetzt. Dieses riesenfeuer war

durch den könig der Feuerwelt Logi (Flamme) personifizirt, der auch Surtur (s. Weggewohntslied, s. 231) und Frekr (Ungestüm, Gierig) heisst. Dieser Ungestüme war, nach einem andern mythus, der sohn des feurigen Loki. Nach diesem ihrem jotnischen verwandten, nennen die Jotnen, oder speziell die Feuerriesen, das feuer, wie der dichter behauptet, Ungestüm.

5. Die ängstlichen, behutsamen Zwerge, welche die wassertiefen fürchteten, hüteten sich auch, wie gebrannte kinder, vor dem feuer; und da sie wussten dass das feuer einstens der Weltverbrenner (sansc. Djagad-bakchana, Weltverschlucker) sein wird, so nennen sie das feuer überhaupt Verbrenner.

6. Das feuer ist, wie der wind, wabernd, und trägt deshalb auch den namen wind; als zerstörend ist es der Zerstörwind; hier ist Zerstörwind der name eines personifizirten feuerriesen (Vulkan).

Strophen 28, 29.

1. Die zehnte frage des Thôr betrifft die benennungen des holzes; der begriff und name holz entwickelte sich aus der anschauung des gehölzes, welches das holz liefert. Das gehölz der urwälder stellte sich den augen dar, als sich windende reiser und äste, so dass, im norränischen, oder in der Menschensprache, das gehölz und das holz nach dem sich windenden (vîðr gewinde) oder gewundenen (engl. wood) gestrüpp und geäste, benannt wurde.

2. Da das holz in der wildniss oder im wald, als gestrüpp und gehölz, wächst, so heisst es, wie der dichter behauptet, in der sprache der Ansen, Waldwuchs.

3. Der seetang ist gleichsam das reisig das im meer wächst; seeleute konnten demnach das reisig oder holz

das an den berghalden wächst, Halden-tang nennen;
warum der dichter diesen namen der sprache der bewohner der Dunkelwelt (Hel) zuschreibt, ist nicht leicht
einzusehen.

4. Da das holz hauptsächlich ein brennmaterial zur
feuerung ist, dessen die Jotnen nicht bedürfen, so nennen,
wie der dichter behauptet, die Jotnen das holz verächtlich
Feuerung.

5. Da die Alfen, in ihrer lichtregion, nur den schönarmigen baum, die Yggdrasill-esche, besitzen, so nennen
sie das holz, nach diesem schönarmigen baum, das
Schönarmige (Schön-ästige).

6. Die Vanen (Niordr, Freyr) standen den schiffen und
der schifffahrt vor; deswegen sahen sie in den bäumen
besonders ihre verwendung zu mastbäumen, und nannten
daher, in ihrer sprache, das holz oder den baum, Mast.

Strophen 30, 31.

1. Die elfte Frage des Thôr bezieht sich auf die benennungen der nacht; nacht bedeutet, etymologisch, neigung (vgl. genâde f. genagde), und (da das absterbende
sich neigt) die zu schlaf und tod sich neigende; der
dichter schreibt dieses wort, als das gebräuchlichste, der
Menschensprache zu. Mythologisch ist die personifizirte
nacht die tochter des Nor (Absterbenden, s s. 38).

2. Die Ansen- und Vanen-götter nennen die nacht
Nebelig, weil nacht und nebel das ihnen verhasste
dunkel bezeichnen, oder weil die nebel meistens in der
nacht aufsteigen.

3. Die an licht und hitze gewohnten Muspilheimer ver-
abscheuten die kalte, feuchte, dunkle nacht; deshalb
nennen sie sie die Grause.

4. Die im dunkel und in der kälte wohnenden Jotnen,

die das tageslicht hassen, bezeichnen die ihnen angenehme nacht durch das negative, aber für sie freundlich klingende wort, Unlicht.

5. Den ruhe- und schlafliebenden Alfen ist die nacht die zeit des schlafgenusses; deswegen nennen sie die nacht geradezu Schlafgenuss.

6. Die phantasiereichen Zwerge lieben, im schläfrigen, verduselten zustand, vorbedeutungsvolle, angenehme träume; daher begrüssen sie die nacht als die Traum-spenderin.

Strophen 32, 33.

1. Die zwölfte frage des Thôr betrifft die benennungen der nährenden und eingeärndeten samenpflanzen. Die saat oder das gesäte trug, bei den alten ackerbauenden stäm-men, je nach der pflanzenart, verschiedene namen, welche aber von einer ganz allgemeinen bedeutung abgeleitet waren.

2. Das was der reichere bauer hauptsächlich säte, baute und erndete, war die gerste (bygg, angebautes). Im gegensatz zum wildwachsenden hafer trug die gerste im norränichen den namen Angebaute.

3. Gerste und waizen als der hauptsächlichste ertrag des feldes hiessen ertrag (barr) oder getraide (getra-gide, ertrag), woraus man gersten- und waizenbrod machte. Da man die Götter um reichen feldertrag anrief, so bezeichnete, in der sprache der Ansen, das wort ertrag die gerste und den waizen.

4. Die Vanen, besonders Freyr, standen, so wie die Ansen, dem feldertrag vor; sie bezeichneten denselben durch das wort Erzeugniss (gewächs), welches eine eben so allgemeine bedeutung hatte wie getraide, oder frucht (lat. frumentum, fr. froment).

5. Ehe der ackerbau angefangen hatte, oder ehe man getraide, frucht, gewächs als angebautes erndete, begnügten sich die menschen als jäger, fischer, und hirten, mit wildwachsendem hafer (bockskorn); das haferkorn war das gewöhnliche brod und speise, und hiess deswegen geradezu das essen (angels. aten, fries. ôten, engl. oat), so wie der schweizer sennhirt den käs spîse, das milchwasser sûfi (gesöff), und der Beduine das reiswasser geradezu trank (ar. scharab) nennt.

6. Das getreide gibt den stoff her zu den gebrauten getränken; daher der name getränkstoff für getreide; welchen grund der dichter gehabt haben mag um diesen ausdruck der sprache der Alfen zuzuweisen, weiss ich nicht.

7. Statt aller andern bessern getreidesorten kennt man in der Unterwelt nur den magern wildhafer, den man daselbst Gesenkt nennt, weil er traurig seine auf dem stengel herabgebeugte ähre trägt.

Strophe 34, 35.

1. Die letzte frage des Thôr betrifft die benennungen des brautranks (öl); das aus getreidearten gekochte oder gewellte gebräu hiess gemeinhin gewelltes (sud, engl. ale) und wurde gewöhnlich noch warm getrunken.

2. Das wort bier bedeutet etymologisch gebräu (brühe), weil es aus getreidearten gebraut wurde: da es wahrscheinlich dem dichter für einen göttlichen trank galt, so weiset er diese benennung der sprache der Ansen zu.

3. Da das gebräu gührt, so nannte man das bier gührendes. Vielleicht war das gührende bier zuerst bei den Slaven gebraut; dann erklärt es sich warum der dichter

den ausdruck **gährendes** der sprache der Vanen (als ursprünglich slavischer gottheiten) zuweist.

4. **Klarr-nass** ist eine witzige bezeichnung des klaren quellwassers, welches der trank der Zwerge war, die es statt bier tranken (s. s. 41).

5. Den grund warum die Helischen ihr gebräu **Süsstrank** (meth) genannt haben sollen, weiss ich nicht anzugeben.

6. **Saufe** entspricht dem schweizerischen **sufi** (gesöff) und bedeutet, etymologisch, das gierige schlürfen und schlucken. In Strassburg nennt man ä **Schlurpfe**, eine kleine schenke, wo man wein, bier, cafee, behaglich einschlürft. Der dichter behauptet dass die söhne des Suttung (des abkommen des Suptr) oder die Jotnen ihr getränk **saufe** nennen; welchen grund er hatte dies anzunehmen kann ich nicht genau bestimmen; ist er vielleicht aus Hymiskvida, str. 2, entnommen?

7. Die letzte frage des Thor war die dreizehnte. Nach der gebräuchlichen abzählung bei Kelten und Germanen war zwölf oder das dutzend die regelmässige zahl; **dreizehn**, als überzählig, war eine gefährliche unheilbringende zahl. Deswegen ist die dreizehnte an Allweise gerichtete frage diesem den tod bringend; mit seiner antwort auf dieselbe ist die zeit gekommen, wo die sonne aufgeht und den Jotnen versteinert.

Strophe 35.

1. Im augenblick wo Allweise zu stein wird, lässt Thôr dem Jotnen, den er hinterlistig aufgehalten hat, zuletzt einen trost zu theil werden, und gerechtigkeit widerfahren, dadurch dass er ihm gesteht, er habe noch, in keines wesens geist (brust), so viel sprachliche gelehrsamkeit gefunden als bei ihm; er fügt aber ironisch hinzu

dass, bei all seiner intelligenz, Allweise sich hat grausam
betrügen lassen, indem nun der augenblick eingetreten
sei in dem das schicksal seine versteinerung bewirke. Mit
der erfüllung des von Thôr hinterlistig geplanten an-
schlags um den Jotnen und dessen ansprüche zu ver-
nichten, ist das gedicht Allweise's Sprüche vollständig
zum abschluss gekommen.

B.

THRYM-SAGE-LIED.

I. EINLEITUNG.

1. Der ursprüngliche symbolische mythus.

Von den Naturvölkern war das naturphänomen des gewitters angeschaut als eine that, bewirkt durch den wetternden Himmelsgott. Dieser himmelsgott war dann als Gewittergott spezialisirt, und hiess bei den vorfahren der Nordländer Fiörgynn, der identisch war mit dem indischen Parddjanias, dem slavischen Perkunas, dem griechischen Herkunos (Herakulos, Herakles), s. *Les Gètes*, s. 167. Sein name bedeutete Regenfreundlich (sansc. parddj-anias); er war auch der vater der Frigg (Regen; vgl. hregg), s. *Les Gètes*, s. 165.

Bei den Goto-Germanen erhielt dieser spezialisirte Regen- und Gewitter-gott den epithetischen namen Thôr (für Dun-hâr, Gedröhn-alter, s. Graubartslied, s. 4), wurde aber, als solcher, später getrennt von dem veralteten Fiörgynn, besonders verehrt, und endlich diesem als eigentlicher Gewittergott gänzlich substituirt.

Da der einschlagende blitzstrahl als das hauptmoment des gewitters aufgefasst wurde, so dachte man sich den

gewittergott Thôr als schleudernd den donnerkeil unter
der gestalt eines glühenden wurfhammers. Da ferner die
Ansen als sommerliche gottheiten im gegensatz zu den
ihnen feindlichen winterlichen Jotnen gedacht wurden,
so galt auch der Thôrshammer für die beste waffe um die
Jotnen, als feinde der Ansen, abzuwehren und zu vertilgen.
Deswegen musste das abhandenkommen dieser waffe
nicht nur allein von Thôr, sondern von allen Ansen als
ein grosser verlust empfunden werden.

Nun hatte man frühe schon die erfahrung gemacht
dass manchmal im frühsommer keine gewitter vorkommen. Man deutete dies dahin dass dem Thôr sein
Hammer auf einige zeit abhanden gekommen sei, und es
bildete sich darüber ein mythus, der, ursprünglich kurz
gefasst wie alle ersten mythen, in dem satz zusammengefasst war : Dem Thôr ist sein Hammer entwendet
worden. Diesen kurz und summarisch ausgedrückten
symbolischen mythus suchte man später, als geschichte
und erzählung, genauer im detail auszuführen, bestimmter episch zu motiviren, und poetisch interessant
auszumahlen. So kam man darauf den Entwender des
Hammers bestimmt anzugeben. Den diebstahl schrieb
man natürlich denen zu denen er nützte (fecit cui profuit),
nämlich den feindlichen Jotnen, und unter diesen bezeichnete man als den dieb den rivalen des Thôr, den
Thrym (Dröhner), der, bei den Jotnen, der Sturmwetter-
gott war, wie bei den Ansen Thôr für den Gewittergott
galt. Der ursprüngliche summarisch abgefasste mythus
sagte nun ausführlicher aus : der Jotne Thrym hat
dem Thôr den Hammer gestohlen. Da man aber
aus erfahrung wusste dass die gewitter nicht für immer
ausbleiben, dass also Thôr nicht für immer seinen
Hammer vermissen werde, so vervollständigte sich der

kurze mythus dadurch dass er nun aussagte : Thrym hat
dem Thor den Hammer gestohlen, aber Thôr hat ihn dem
Thrym durch list wieder abgewonnen. So gefasst wurde
nun der mythus das thema welches, durch die wiederholte
mythische tradition, ganz dem gebiet der erzählung anheim
fiel, und als erzählung durch die erzähler manchfach mo-
difizirt, bestimmter motivirt, und episch ausgeschmückt
worden ist. Nach diesen zahlreichen erzählern hat unser
dichter diesen mythus der tradition nacherzählt, und
ihn, natürlich, mehr oder weniger auch nach seiner art,
auffassung und talent, bereichert und abgeändert.

Was er von den verschiedenen erzählungsdetails in der
tradition bereits vorgefunden, und was er aus eigenem
schatze hinzugefügt hat, das lässt sich heute durch die
historische kritik nicht ermitteln noch auseinander halten;
und da dieses kein besonderes interesse für uns hat, so
braucht es auch nicht näher, nach wahrscheinlichkeitsgründen, untersucht und besprochen zu werden.

2. Der titel des gedichts.

Das gedicht hat bestimmter als viele andere Eddalieder
die eigentliche erzählende oder epische form; es gibt sich
auch von vorn herein durch den titel Thrymskviða
(Thrym-sage) als ein erzählendes sagenlied zu erkennen.
Denn kviða bedeutet aussage, erzählung, unterscheidet
sich aber von saga (aussage, erzählung) dadurch, dass
saga die traditionnelle erzählung in prosa ist, während
kviða eine sage in versen oder ein sögulioð (sagenlied)
bezeichnet. Da unser sagenlied sich auf den von Thrym
begangenen diebstahl bezieht, so trägt das gedicht den,
wahrscheinlich vom dichter selbst gewählten, titel
Thrymskviða (Thrym-sagenlied). Das hauptmoment
der erzählung liegt aber in der wiedererlangung des

Hammers durch **Thôr**; deswegen gehört das gedicht zum Thôrcyclus und trägt auch noch den spätern, in den papierhandschriften vorkommenden, titel **Hamars-heimt** (Des Hammers zurückheimsung).

3. Verfasser und abfassungszeit des gedichts.

Das gedicht gehört offenbar der mittleren heidnischen zeit, vom siebenten bis zum neunten jahrhundert, an. Der beweis liegt: 1) in der im gedicht noch vorhandenen älteren kunde der mythologie. Thôr trägt nämlich den ältern, später selten gebrauchten und nicht mehr ver-standenen, namen **Vîng-þor** (Schwing-Thôr); sein Ham-mer ist noch, wie im **Hymiskviða** (str. 33), eine blosse eiserne wurfwaffe, welche der Gott unter dem mantel am gürtel trägt; sie ist noch nicht, wie später, ein glühender donnerkeil, den Thôr selbst nur mit eisenhandschuhen angreifen kann; das gedicht kennt noch die göttin Vör (Gewähr) und besonders ihr symbol die **Gewähr-hand**, welche später unverständlich geworden ist;

2) finden sich im gedicht wörter vor, welche noch die ältere form und bedeutung haben, wie, z. b., **vreiðr** (für späteres reiðr), **öksn** (für späteres uksar), **arma** (mit der älteren bedeutung **schädliche**);

3) ist das gedicht in der versart des ältern fornyrðalag verfasst. Es ist aus diesem allen zu schliessen dass das gedicht spätestens in das achte jahrhundert gehört. Der abstand zwischen Thrymskviða und den spätern behand-lungen dieser sage ist, in inhalt und form, ein beträcht-licher. Wir besitzen noch hierüber vierzeilige **gereimte** strophen, welche **þrymlur** betitelt sind (s. Möbius, Edda Sæm., s. 235). Diese **rîmur** (reime), welche wahr-scheinlich ins vierzehnte jahrhundert gehören, erzählen denselben mythus wie die Thrymskviða. Wenn, was

wahrscheinlich ist, der verfasser der Thrymlur das eddische gedicht gekannt hat, so hat er es wenigstens nicht
direkt nachgeahmt und ausgebeutet. Die þrymlur enthalten übrigens keine mythologischen angaben die zur
exegese der Thrymskviða von nutzen wären. Sie bilden
überhaupt den übergang zu den spätern nordischen Balladen, wo die älteren mythen durch die spätere volks-
thümliche auffassung, in form und inhalt, verballhornt
worden sind. Zu diesen balladen gehörten, unter andern,
die dänische ballade T o r d   a f   H a f s g a r d   (s. Wilh.
G r i m m, altdänische Held. n⁰ 27; G r u n d t v i g, I. 1)
und das lied von T o r e k a l (þôrrkarl, der alte Thôr
oder Thord von Hafsgard) und von T o s s e g r e f v e T i u v a n
(Thursen-drost, der dieb), worin die Thrymkviða, mehr-
fach umgeändert, sich wieder vorfindet.

II. TEXT.

þryms kviða.

(Hamars Heimt.)

1.

Vreiðr var þà *Ving*-þôrr   er hann *vaknaði*
ok *sins* Hamars   um *saknadi*;
skegg nam at hrista,   *skör* nam at dýia,
rèð Iarðar burr   *rûm* um at þreifask.

2.

Ok Hann þat *orða*   *alls* fyrst um-kvað :
« *Heyr*ðu nû, Loki !   *hvat* ek nû mæli,
« er *eigi* veit,   *iar*ðar hvergi,
« nè *upp*-himins :   *Â*ss er stolinn Hamri.»

3.

Gèngo þeir *fagra*   *Frey*io at finna;
ok Hann þat *orða*   *alls* fyrst um-kvað :
« Muntu mèr, *Frey*ia!,   *Fia*ðr-hams lìa,
« ef ek *minn* Hamar   *mœtta*'k hitta. »

(Freyia kvað :)

« Munda-ek *gefa* þèr   þòtt or *gulli* væri
« ok þò *selia*   at væri or *silfri*. »

4.

Fló þâ Loki; *Fiaðr-* hamr dundi;
undst fyr *ûtan* kom *Âsa* garða
ok fyr *innan* kom Iötna heima.
þrymr sat â haugi þursa dróttinn;
greyiom sînom *gullbönd* snœri,
ok *mœrom* sînom *mön* iafnaði.

5.

(þrymr kvað :)

« Hvat er með *Âsom* ?, hvat er með *Alfom* ?,
« hví erþu *einn* kominn î *Iötunheima* ?»

(Loki kvað :)

« Ilt er með *Âsom* !, *ilt* er með Alfom !
« *hefir* þû *Hlôrriða* *Ha*mar um folginn.»

6.

(þrymr kvað :)

« Ek *hefir Hlôrriða* *Ha*mar um folginn,
« *âtta* röstum fyr *iörð* nèðan;
« hann *eingi* maðr *a*ptr um heimtir,
« nema *fœri* mèr *Freyio* at kvœn. »

7.

Flô þâ Loki; *Fiaðr*-hams dundi,
undst fyr *ûtan* kom *Iötna* heima,
ok fyr *innan* kom *Âsa* garða;
mœlti hann þôr *mi*ðra garða,
ok Hann þat *orða* *a*lls fyrst um kvað :

8.

(þòrr kvað :)

« Hefir þù êrendi   sem *erf*iði?
« segðu â *l*opti   *l*öng tîðendi!
« opt *s*itianda   *s*ögur um fallask,
« ok *l*iggiandi   *lý*gi um bellir.»

9.

(Loki kvað :)

« Hefi ek *erf*iði   ok *ê*rendi;
« *þry*mr hefir *þ*înn Hamar   *þ*ursa dròttinn;
« hann *e*ingi maðr   *a*ptr um heimtir,
« nema hanom *f*œri   *Frey*io at kvæn. »

10.

Ganga þeir *f*agra   *Frey*io at hitta
ok Hann *þ*at *o*rða   *a*lls fyrst um kvað :
« *B*ittu þik, Freyia!,   *brû*ðar lîni;
« við skolom *a*ka tvau   î *I*ötunheima! »

11.

*Vr*eið var þà *Frey*ia   ok *vn*asaði;
allir *Á*sa salir   *u*ndir bifðdisk;
stökk þat it *m*ikla   *M*en Brìsinga;

(Freyia kvað :)

« Mik *v*eitstu verða   *v*ergiarnasta,
« ef ëk ek með þèr   î *I*ötunheima. »

12.

Senn varo *Æ*sir   *a*llir â þingi,
ok *Á*synior   *a*llar â mali;
ok *u*m þat *r*èðo   *r*îkir Tìvar,
hve þeir *Hl*ôrrîða   *Ha*mar um sœkti.

13.

þâ kvað þat *Heimdallr*   *hâ*-vitastr Asa;
vissi hann *vel* fram   sem *Vanir* œðstir :
« *Bindo* vèr þôr þâ   *brûðar* lîni !
« hafi hann it *mikla*   *Men* Brîsinga;

14.

« Latom und *hanom*   *hrynia* lukla,
« ok *kven*-vâðir   um *knè* falla !
« enn â' *briosti*   *breiða* steina !
« ok *hagliga*   um *höfuð* typpom !

15.

þâ kvað þat *þôrr*   inn *þrûðugr* Ass :
« Mik muno *Æ*sir   *argan* kalla
« ef ek *bindask* lœt   *brûðar* lîni.

16.

þâ kvað þat *Loki*   *Laufeyiar* sonr :
« *þegi* þû, *þôrr*!,   *þeirra* orða!;
« *þegar* muno *Iotnar*   *Âsgarð* bûa,
« nema þû þînn Hamar   þèr um-heimtir. »

17.

Bundo þeir þôr þâ   *brûðar* lîni,
ok eno *mikla*   *Meni* Brîsinga;
lèto und *hanom*   *hrynia* lukla,
ok *kvenn*-vâðir   um *knè* falla,
enn â *briosti*   *breiða* steina,
ok *hagliga*   um *höfuð* typðo.

18.

þâ kvað þat *Loki*   Laufeyiar sonr :
« Mun ek *auk* með þèr   ambâtt vera !
« við skolom *aka* tvær   î *Iotunheima* ! »

19.

Senn varo *h*afrar *h*eim um reknir,
*sky*ndir at *s*köklum *sky*ldo vel renna :
*b*rotnoðo *b*iörg *b*rann iörð loga;
ôk *O*ðins sonr î *I*otunheima.

20.

þâ kvað þat þry*m*r þu*r*sa drôttinn :
« *S*tandit up, Iotnar!, ok *s*trâið bekki!;
« nû *f*ærið mèr *F*reyio at kvæn
« *N*iarðar dottur or *N*ôatûnom!

21.

« *G*anga hèr at *g*arði *g*ullhyrndar kyr,
« *a*llsvartir oksn *I*otni at gamni;
« fiold â ek *m*eiðma fiold â ek *m*enia;
« *ein*nar mèr Freyio âvant þikkir. »

22.

Var þar at *k*veldi um *k*omit snimma,
ok fyr *I*otna öl framborit.
*E*inn ât oksa, âtta laksa,
*k*rasir allar þæ*r* er *k*onor skyldo,
drakk *S*ifiar Verr *s*åld þriu miaðar.»

23.

þâ kvað þat þry*m*r þu*r*sa drôttinn :
« hvar sâttu *b*rûðir *b*îta hvassara?;
« sâ'ka-ek *b*rûðir bîta *b*reiðara,
« nè inn *m*eira *m*iöð *m*ey um drekka.»

24.

Sat in *a*lsnostra *a*mbâtt fyrir,
er orð um fann við Iotuns mâlí :
« *à*t *v*ætr Freyia *â*tta nôttum ;
« svâ var hon ôðfûs î *I*otunheima.»

25.

Laut und *lîno*,   *ly*sti at kyssa ;
cnn hann *û*tan stökk   *en*dlangan sal :
« hvî ero öndôtt   *au*go Freyio ?
« þikki mer or *au*gom   ôgur um brenna.»

26.

Sat in *a*lsnostra   *a*mbàtt fyrir,
er *or*ð um fann   við *I*otuns mâli :
« svaf *e*kki Freyia   âtta nòttom ;
« svâ var non ôðfùs   î *I*otunheima.»

27.

*I*nn kom in *a*rma   *I*otna systir,
hin er *b*r*û*ðfîar   *b*iðia þorði :
« Lâttu þèr af *h*önðom   *h*ringa rauða,
« ef þû öðlask vill   *â*stir mînar,
« *â*stir mînar,   *a*lla hylli.»

28.

þâ kvað þat *þry*mr   *þu*rsa drôttinn :
« *B*erið inn Hamar   *b*r*û*ði at vigia !
« leggið M*i*ollni   î *mey*iar knè !
« *vî*gið okkr saman   *V*ârar hendi !»

29.

*H*lô þâ *H*lôrrîða   *h*ugr î briosti,
er *h*arð–hugaðr   *H*amar um þekði.
*þry*m drap Hann fyrstan   *þu*rsa drôttin
ok *æ*tt Iotuns   *a*lla lamdi.

30.

Drap Hann ina öldno   *I*otna systur,
hin er *b*r*û*ðfîar   of *b*eðit hafði ;
hon *s*kell um hlaut   fyr *s*killinga,
enn *H*amars *h*ögg   fyr *h*ringa fiold.
Svâ kom O*ð*ins sonr   endr at Hamri.

III. **TEXTKRITIK** und **WORTERKLÄRUNG.**

———

Titel.

1. Der name þrymr (für älteres þrumias) ist abgeleitet von þrums (norr. thrumr, gr. thorubos), welches den sturmlärm und das schlachtgetümmel bedeutet (vgl. Dromi-chaites, s. *Les Gètes*, p. 39, norr. þrym-hetia, sturmhetzer, der kämpfer-anführer). þrymr bezeichnet ursprünglich den brausenden, mit adlerschwingen fahrenden Wintersturm-Iotnen.

2. *Kvi*ða (ansprache, aussage) bedeutet die poetische erzählung einer mythisch traditionnellen begebenheit; ist gleichbedeutend mit sögu-lioð (sagen-lied) und dem griechischen rhapsodie.

3. Ueber den Titel Hamarsheimt, s. ob. s. 76.

Strophe 1.

1. Der alliteration wegen ist statt reiðr bestimmt die ältere form vreiðr zu lesen.

2. þà (damals) bezieht sich auf das folgende er (als).

3. Thôr (f. Dun-hârs, Gedröhn-Alter), der alte Gott des Donnergedröhns. Ving-þòrr steht für älteres Vinginþôr. Vinginn (Beschwingt), als personennamen zu Vingnir umgesetzt, ist der name des jotnischen vaters oder grossvaters der Iörd, der mutter des Thôr (s. Alvîssmâl 6) und bezeichnet den Thor als den pflegesohn des Vingnir.

4. hamarr (schläger, hamel), gehört nicht zur sippe sansc. aç-man (scharf, felssplitter, stein, sl. kamen, welches aus aç-man entstanden, vgl. sansc. açru, gr. dakru), sondern zur sippe hama, gr. kam-no (schlagen, arbeiten), akmons (f. kamnos, geschlagen, bearbeitet, amboss, anschlag, mitteld. anapôz); hamarr ist hier der wurfhammer der zum zerschmettern geworfen wird; er war ursprünglich aus stein.

5. sakna; die wortsippe saka bedeutet hängen, anhängen, folgen, lat. sequi; saka (nachhang, betrieb, sache); sakn (verfolgung, nachsuchung); sakna (nachhängen, nachsuchen, vermissen), wird mit dem genitif construirt.

6. skegg (vorhang, zotte, bart) von skaga (vorstehen).

7. skör (schur, zu scherende), haupthaar.

8. raða, mit folgendem at oder dem infinitif, bedeutet an etwas gerathen, drangehen, vornehmen.

9. Da im zweiten halbvers des vierten verses die alliteration fehlt, so ist das ausgefallene rûm (raum, räumlichkeit) wieder einzusetzen; statt burr rûm las der copist burr um, und liess das folgende um irrthümlich als wiederholung aus; rèð at þreifask um rûm heisst: er dranging in den räumen herum zu tasten.

Strophe 2.

1. ok, das hier accentuirt ist und alliterirt, hat die bedeutung auk (auch) und zeigt wie dieses die folge von vorhergegangenen handlungen, gesprächen (hier nachsuchungen) an, welche der autor nicht weiter angeben, sondern blos als vorhergegangenes angedeutet wissen will; ok wäre demnach geradezu durch auk zu bessern.

2. Da in dringenden fällen man in der rede das, was einem am wichtigsten dünkt, vor allem andern zuerst

vorbringt, so bedeutet die häufig gebrauchte epische formel þat orða alls fyrst um kvað, er, von allen worten, dieses zuerst aussprach.

3. Da Thôr in Thrûdheim, zwischen Asgard (himmel) und Mannheim (erde) gelegen wohnt, so ist ihm upphimin der himmel der Ansen oberhalb seines wohnsitzes im Ansgart.

4. Thôr sagt hier von sich âs (der Anse) auf sich deutend (gr. deiktikôs, dieser Anse); er sagt es hier besonders im gefühl der beleidigten Ansenwürde (ich der gefürchtetste Anse).

6. stela (gr. stereo) hiess, ursprünglich, öffentlich mit gewalt berauben, bekam aber später die bedeutung von heimlich durch diebstahl (verdeckte beraubung) entwenden.

Strophe 3.

1. Statt Freyio tûna ist Freyio at finna zu lesen, denn der genitif tûna nach gengu wäre unerklärlich, weil hier nicht (wie Rigsmâl, s. 37) die modalität des gehens, sondern das ziel des gehens ausgedrückt wird. So wie str. 12 gengu fagra Freyio at hitta steht, so muss auch hier gengu fagra Freyio at finna stehen; statt finna (f. finda) schrieb man falsch vinna und sogar una, so dass aus at-una endlich (à) tuna entstand.

2. fyrst bedeutet das vorderste, hier nicht dem raume und der zeit nach, sondern der wichtigkeit nach.

3. ef (für älteres gif zugegeben) drückt die voraussetzung aus, dann die zweifelhafte vermuthung: ob; ef hat hier die bedeutung: ob vielleicht.

4. hitta (treffen) auf etwas beim suchen treffen, es wiederfinden.

5. Da die strophe des fornyrðalag nicht blos aus zwei

versen bestehen darf, sondern wenigstens aus drei und höchstens aus sechs, so bilden die zwei folgenden verse keine vierte strophe, sondern gehören zur dritten strophe.

6. þô zu anfang des fünften verses ist zu streichen, da es schon in þôtt (für þô at, doch dass, wenn auch) enthalten ist.

Strophe 4.

1. undst (unz; s. Weggewohntslied, s. 204) bedeutet hier so lang als, während, als.

2. da ûtan und innan dem sinn nach accentuirt sind, so enthalten sie auch die alliteration.

3. greyiom (greyen) grauwolfartige jagdhunde.

4. mârr (f. marhas, altd. marah, kelt. march, deutsch mohr bedeutete ursprünglich ein dunkelfarbiges schwarzes ross, rappen ; das wort gehört zur sippe gr. mauros (dunkel schwarz), norr. myrkr (dunkelheit), mörk (mark) (dunkler wald, als grenzzeichen), marka (schwärzen, mit schwärze zeichnen, bezeichnen, fr. marquer), fr. marcher (marquer le pas) marschiren.

Strophe 5.

1. hvat er með Asom (wie steht's bei den Göttern); da Thrym, mit hilfe des Loki, dem Thôr den Hammer entwendet, um dafür später die Freyia als ein lösegeld zu erhalten, so ist er begierig von Loki zu erfahren wie die Götter ihren verlust ertragen, und warum er allein, ohne das übliche gesandtschaftsgefolge, nach Jotnenheim gekommen ist.

2. Da Loki den entwender kennt, der den Göttern noch unbekannt ist, so muss der vierte vers nicht als frage gefasst werden, sondern Loki sagt bestimmt aus, dass die Götter darüber betrübt sind dass ihnen der Hammer, sie

wissen nicht durch wen, abhanden gekommen ist. Da Loki auch weiss dass Thrym den Hammer nicht entwendete um ihn als Donnergott zu gebrauchen, sondern um die Freyia zu gewinnen, so sagt er nicht, Thrym habe den Hammer gestohlen, sondern er habe ihn zur einlösung versteckt (folginn).

3. Hlôrriði (für Hlôð-riði Gluth-reitend) bezeichnet den Thôr als gluth (wetterstrahl) reitend (vorantreibend, s. rîða, Hâvamal s. 80).

Strophe 6.

1. Ek hefir, etc.; Thrym läugnet nicht, wie die diebe es thun, die that der entwendung, sondern, da er den Hammer entwendet um ihn als einlösung gegen Freyia zu gebrauchen, so sagt er entschieden heraus, er habe den Hammer, aber habe ihn so gut und so tief versteckt, dass niemand ihn zurückbekommt, wenn er nicht Freyia ihm zuführt.

2. fyr iörð neðan soll aussagen dass der Hammer verborgen ist in Jotnenheim, welches vor (fyr) der erde und tiefer (neðan) als diese liegt. Das mythologische maass aller dinge ist gewöhnlich neun, als multiplicat der heiligen zahl 3. Die ganze tiefe der erde in Jotnenheim wird also auf neun rasten oder neun iotnische tag-reisen angesetzt; acht rasten tief drückt demnach beinahe die völlige oder die fast unterste tiefe aus.

3. færi mèr (mir zufahren) heisst mir zuführen im brautwagen.

Strophe 7.

1. mætti hann Þôr miðra garða (er Loki begegnete dem Thôr in der gehöfte mitte); der genitif garða erklärt sich durch das ausgelassene î staö (auf der stelle) der

mittelgehöfte, das heisst da wo die mitte der gehöfte sich befindet (vgl. Rîgssprüche, s. 39).

2. Hann bezeichnet den Thôr.

Strophe 8.

1. èrendi (boten-ende) abgeleitet von âr (der sich bemüht; bote) bezeichnet den zweck des boten, die botschaft, und hier das botschaftsresultat.

2. erfiði (f. erbiði, mühegebot, auferlegte mühe) bezeichnet hier die mühe der botschaftsreise; hafa èrendi sem erfiði (botschaftsresultat im verhältniss zur botschaftsmühe haben) heisst eine für die mühe lohnende, günstige botschaft bringen.

3. löng tiðendi (lange zeitungen) steht hier für ausführliche nachrichten.(langar sögur).

4. sitianda (sitzend) bezeichnet den boten, der nach der rückkehr von der vollbrachten botschaftsreise behaglich zu tische beim mahle sitzt.

5. liggiandi (liegend) ist ein abends angekommener bote, der nach tisch zu bette sich legt und den bericht, den er den andern morgen erstatten soll, in der nacht überlegt und bei sich, nach verschiedenen rücksichten, zurecht macht.

6. bella (von baldr abgeleitet) bedeutet stark machen, sich erkühnen, wagen; mit dem instrumental lŷgi bedeutet es (lüge wagen) zur lüge sich erkühnen.

Strophe 9.

1. hefi ek erfiði (ich habe freilich botschaftsmühe gehabt) ok èrendi (aber dafür auch botschaftsresultat).

2. Als resultat seiner reise gibt Loki, der schelm, dem ehrlichen Thôr an, er habe herausgebracht, Thrym sei im besitz des Hammers, und dass er diesen gestohlnen Hammer

zurückgebracht hätte, wenn nicht þrym dafür Freyia zur frau begehrt hätte.

Strophe 10.

1. Hann bezeichnet den Thôr, s. str. 7.

2. lîn (für lign; vgl. linnr f. lignðr) gehört zur sippe lat. legere (zurückbeugen, verbinden) und bedeutet ursprünglich gewobenes (vgl. lat. lignum, verstricktes holz), leinwand (gr. lînon, lat. lînum), hier leinener schleyer; binda einu brûðar lîni (eine bebinden mit dem brautschleyer), ihr den brautschleyer vor das gesicht binden.

3. aka (fahren) bedeutet hier fahren im donnerwagen des Wagen-Thôr (öku-þôr).

4. das neutrum tvau (zwo) ist richtig gewählt zur bezeichnung, dass nämlich ein mann (Thôr) und ein frauenzimmer (Freyia), zu zwei, fahren sollen.

Strophe 11.

1. Statt reið ist (wie str. 1. 1) vreið zu lesen, welches mit Freyia und vnasaði alliterirt, da f und v mit einander permutiren.

2. fnâsa (f. vnâsa, schnauben) gehört zur sippe lat. nâsus (f. vnavsus, schnaufer), flâre (f. fnâre), gr. pneo (f. pneuo, schnaufen), pnigo (erschnaufen, ersticken), altd. vnehan, slav. plusta, norr. nef (f. vnev, nase, schnabel). Als organ des schnaubens ist die nase auch der sitz des zorns; cf. heb. âf (nase, zorn).

3. Statt allr salr ist allir salir zu lesen, weil 1) âsa salr nie für âsheim (Goðheim, Völuspâ 44) steht; 2) weil das einsilbige allr, welches den accent und die alliteration hat, nicht unmittelbar vor dem accentuirten und alliterirenden Asa stehen kann.

4. undir bifðisk (erbebte unter ihnen, unter ihren füssen), vgl. gnŷr allr Goðheimr (Völuspâ 44).

5. stökk (als band zersprengt); wegen des aus zorn angeschwollenen halses sprang es ab vom hals.

6. mikla drückt sowohl die herrliche kunstreiche verfertigung als die magische macht dieses halsbands aus.

7. über Men Brisinga, s. Vielgewandts Sprüche, s. 15, 92. Da im angels. Brosinga gebräuchlich, so steht Brisinga wahrscheinlich für Brysinga, welches abgeleitet ist von Brusi (Stirn- zottig) Bock.

8. Wenn veitstu (du weisst) hier richtig ist, so ist der sinn: muthe mir die fahrt nicht zu, da du weisst, dass ich alsdann zur mannssüchtigsten (für die mannssüchtigste gehalten) würde: besser scheint mir, statt veitstu, zu lesen den imperatif veittu (gestehe) von veita (zugeben) im sinn von: du mögst behaupten, ich werde, etc., wenn, etc.

Strophe 12.

1. senn (f. semð, zusammen) bedeutet hier alsbald und drückt aus, dass die Ansen und Ansinen, durch die verspürte erschütterung unter ihren füssen aufgeschreckt, alsbald alle zum thing eilten.

2. Die beiden ersten verse sind eine gebräuchliche epische formel um die schnelle versammlung der gottheiten zum Ding auszudrücken. Die formel findet sich auch Weggewohntslied (str. 5), ohne dass darum an eine direkte entlehnung aus diesem gedicht zu denken wäre.

3. hvê þeir sœkti (wie sie erlangen oder verschaffen könnten).

Strophe 13.

1. Statt hvîtastr (der weisseste) ist hâvitastr (der hochweiseste) zu lesen, aus folgenden gründen. Zwar steht irrthümlich (entweder durch den autor oder durch

den abschreiber) in der Gylfaginning (cap. 27) und
nach dieser in den Skaldskaparmâl (cap. 8) ohne weitere
erklärung, die kurze bemerkung, Heimdall werde hvîti
âs (der weisse Ans) genannt. Wäre dies richtig, so müsste
Heimdall dieses epithet davon haben entweder dass,
physisch, er eine feine vornehme weisse haut gehabt,
im gegensatz der schwärzern haut der andern Ansen, oder
dass er blondes (weisses) haar gehabt (vgl. inn hvîti
skald), oder aber dass er, symbolisch, das weisseste,
hellste licht darstellte. Nun ist aber Heimdall, als symbol
der Morgendämmerung, der sohn des Odin und der neun
Jotnentöchter (der neun Horen oder Abtheilungen der
nacht); er konnte also als tag- und nachtwächter nicht vor
den andern Ansen die lichte hautfarbe der Lichtalfen
haben. Es ist auch kein grund vorhanden, warum er
physisch oder symbolisch blonder gewesen sein soll als
die andern Ansen. Auch angenommen dass hier der
dichter, wie dies bei den alten und neuen poeten ja öfters
geschieht (s. Weggewohntslied, s. 151), das epitheton
ungeschickt gewählt hat, so begriffe man immer nicht
wie er hätte sagen können dass Heimdall, als blondester
der Ansen, vor allen andern zuerst das wort ergriffen habe,
und wie er habe sogleich beifügen können, er Heimdall
verstand sich auf list so gut wie die verständigen Vanen.
Es liegt daher auf der hand, dass hier statt hvîtastr âsa
richtiger hâvitastr âsa, und auch in der Gylfaginning
und Skaldskaparmâl, statt hvîti âs, besser hâviti âs
(hochweiser Ans) zu lesen ist. Dieses epitheton passt ganz
auf Heimdall in unserer stelle. Dieser gott besitzt nämlich
den verstand von seinem vater Odin und neunfachen
mutterwitz von seinen neun müttern. Er ist einsichtig und
vorsichtig, und als hochweiser zum burgwart und burgwächter der Himinbiörg eingesetzt; er hat physisch für

sein wächteramt ein so feines gehör, dass er das gras auf der erde wachsen hört, und ein so scharfes gesicht, dass er tag und nacht auf zehn tagreisen weit alles genau sieht. Da die Nordmannen nicht leicht die list von dem verstand trennen, so ist der verständige Heimdall auch listig. Im streit bei der Wogenscheer (Vagnasker) und dem Trugstein (Svigastein?) übertrifft er den listigen Loki. Als vorsichtiger beredter Anse wird er als hauptgesandter und wortführer von den Göttern, in begleitung von Loki und Bragi, zur Idunn nach Hel geschickt (s. Weggewohntslied, s. 137). In der Lokasenna (s. str. 47) gibt er dem Loki den rath eines verständigen gemässigten mannes; als Rîg gibt er in den Rîgs-sprüchen (s. s. 87) den urältern der drei stände die besten rathschlüsse, und lehrt als hochweiser den jungen Rîg die nützlichen rûnen. Hier in unserer strophe ergreift der hochweise Ans in der Götterversammlung zuerst das wort, da es ihm als wächter daran liegt, die aus dem abhandenkommen des Thôrhammers entstandene und drohende gefahr abzuwenden; und es wird gesagt dass er sich vorzüglich versteht auf list (vissi hann vèl fram) so gut wie die vîsir Vanir (s. Des Hehren Sprüche, s. 249).

2. Da Heimdall bestimmt als Anse bezeichnet wird und nicht zu den Vanen gehörte, so ist statt âðrir (die andern), æðstir (die höchsten) zu lesen. Die höchsten Vanen sind die unter die Ansen aufgenommenen weisen Vanen, (Niorður und Rindur, Freyr und Freyia).

3. bindo ver (f. bindum ver) ist ein imperatif und ist mit den instrumental lîni construirt.

4. Das neutrum lîn (lein, leinwand, s. s. 91) steht hier für das fem. lîna (umbundene) als schleier herabfallende leinene kopfbedeckung der bräute. Da die braut diese art undurchsichtigen schleier trug, so hiess sie, im alt-

slavischen, **neviesta** (ungesehene; s. Matth. 10, 35). Im lateinischen bedeutet **nûpta** nicht die **verhüllte**, sondern die zur ehe **verbundene** von **nûbo** (f. cnubo, knüpfen; **nodus** f. cnobdus, knoten).

5. **hafi** steht im desiderativen subjunctif (er möge haben).

Strophe 14.

1. **und hanom** (unter ihm) bezeichnet den gürtel an dem der schlüsselbund hängt, und der den **untern** theil des körpers umschliesst.

2. **um knê falla** (über die knie hinab fallen).

3. **breiða** (breiten, in die breite neben einander legen) ist ein infinitif, der, wie **hrynia**, von **latom** abhängt.

4. Von **toppr** (haarbüschel, zopf, zipfel) und **typpi** (zipfel) stammt das verbum **typpa** (gleich einem haarbüschel und zipfel, den fald auf dem kopf aufthürmen).

Strophe 15.

1. vor dem blos dreisilbigen **þrûðugr às** (trotziger Ans) ist offenbar **inn** (der als trotzig bekannte) ausgefallen.

2. **argr** (arg), metathesis von **ragr**, bezeichnet ursprünglich den trägen, feigen, hier den **unzüchtigen** weichling.

3. **ek bindask læt** (ich umbunden zu werden zulasse).

Strophen 16, 17.

1. Da **þaga** sich des sprechens enthalten bedeutet, so heisst **þegi orða** enthalte dich der worte.

Strophe 18.

1. Da **ok** den accent und die alliteration hat, so steht es hier für **auk** (auch).

2. **ambâtt** (f. and-baht, vgl. lat. **attenta**, beachtend, aufmerksam) drückt ursprünglich die aufmerksame, sorgliche dienerin aus, vgl. sansc. **bhaga** (beachten, aufmerken, ehren), sl. **bog** (verehrt, gott), pers. **pak-pur** (gottes sohn, könig), lat. **beare** (f. behare), verehren, beglücken.

3. **tvœr** (lat. ambœ, beide weibspersonen), Thòr als Freyia, Loki als zofe.

Strophe 19.

1. **skyndir** gehört, wie **skiarr** (springend), zur sippe **svina** (s. s. 30).

2. **skökull**, zur sippe **skaka** (schenkel) gehörig, bezeichnet die schenkelähnliche wagen-deichsel. Für ein zugthier hatte der wagen, wie noch heute, bei den bauern am Rhein, eine einzige deichsel; für zwei zugthiere, wie hier, hatte der wagen aber gewöhnlich eine scheere oder gabel, aus zwei schenkeln oder deichseln bestehend.

3. **loga** ist hier comitatif (mit flamme).

Strophe 20.

1. **strâ bekki** bedeutet mit streu oder heu bestreuen, um einen trocknen, warmen und weichen sitz auf den bänken zuzubereiten.

2. **fœriþ** ist hier kein imperatif, und bedeutet nicht **führet vor**, **präsentirt mir**, sondern es ist ein particip und bedeutet: nun hat man die Freyia als braut auf dem brautwagen **zugefahren**.

Strophe 21.

1. Wegen der nöthigen disjunction der alliterirenden silben ist **oksn** nach **allsvartir** zu setzen; **oksn** ist ältere

form für späteres uksar; sowie schwarze rosse (mær, s. s. 88), hatten die Thursen auch ganz schwarze ochsen.

2. Jotni ist hier persönliche bezeichnung (mir dem Jotnen), wie âs (strophe 2).

3. meiðma (für meitþma) gehört zur sippe meita (abhauen, vertheilen) und bedeutet das reiche lausa fê (fahrende privat-gut), als ringe, geld, waffen, rosse, schmucksachen (gr. keimelia), im gegensatz zum liegenden festen familien-gut (ôðal fê).

4. menia (mondliche, lat. monilia, heb. meni) bezeichnen ursprünglich runde glänzende, dem vollmond ähnliche brakteaten, medaillons, oder schmucksachen. Vgl. sigli (s. Lokasenna, str. 20).

5. Das adjectivische neutrum âvant (vermisst) bedeutet hier, substantivisch gebraucht, bedürfniss, entbehrung, vermissung.

Strophe 22.

1. var þar at kveldi um-komit snimma (es war damals bald zur abendkühle gekommen), der abend brach bald herein.

2. So wie drykkr (der trank) das gastmal überhaupt bezeichnet, so bezeichnet hier öl (bier), wie veig, das aufgetragene nachtmal.

3. krâsir, s. Rigssprüche (s. s. 5).

4. von skila (abtheilen, bestimmen) trennte sich ein schwaches verbum skulu (f. skalva, bestimmt sein) ab; skal (ich bin bestimmt, ich werde, ich soll); der accusatif þær er (welche) hängt von einem hinzuzudenkenden eta (essen) ab; konor skyldu (die frauen sollten essen).

5. sâld (behältniss) gehört zur sippe lat. serere (hineinstecken, verwahren), sera (verwahrung), und bezeichnet eine tasche (sâl), einen seih-korb, einen kübel

für flüssiges, einen sester für gesäme und frucht, und dann ein bestimmtes maas, welches aber natürlich, zu verschiedenen zeiten, von verschiedenem gehalt war.

6. miaðar zur sippe sansc. mad, lat. madeo gehörig, bezeichnet ein zerfliessenmachendes, das heisst berauschendes getränk; ist verwandt mit sansc. madh, gr. methu, hat aber nichts gemein mit gr. meli, lat. mel, welches zur sippe sansc. mar (zerreiben, erweichen), got. milds, weich, mild, sl. milosti (milde, liebe), gehört.

Strophe 23.

1. bîta hvassara (schärfer, mit grösserer gier, einbeissen).

2. bîta breiðara (breiter, grössere stücke, abbeissen), das gegentheil von nippen, dente superbo.

Strophe 24.

1. alsnostra (ganz gewandt, gewürfelt) bedeutet hier schnellbedacht zur treffenden gegenrede (orð).

2. Statt des einsilbigen fyr ist zweisilbig fyrir zu lesen.

3. væctr (gewicht, quentchen, wenigkeit) nichts; vgl. eyvîtti, Des Hehren Sprüche, s. 47.

4. ôðfuss (wuthgierig), tollverlangend, construirt mit dem accusatif î Iotunheima (nach Jotnenheim zu gehen).

Strophe 25.

1. lîno (der aus lein gemachte schleier).

2. lysti steht für lystti hann (ihn gelüstete); lysta (f. lustia) und got. lustus (begierde) gehören zur wortsippe lat. ludere (sich freuen, spielen).

3. kyssa (küssen) ist abgeleitet von koss (kuss); koss bedeutet ursprünglich liebesgenuss, und gehört zur

sippe got. kiusan (kosten, lieben, küren), gr. geusis (für geussis, kosten, genuss), sansc. goschâ (liebes-genuss, geliebte), lat. gustus (genuss), gustus (er-wählter) noch erhalten in au-gustus (der durch au-spicien erwählte), geweihte. Das got. kukian ist eine nebenform für kuçian (kusian, kussan).

4. utan stökk (davon absprang), s. Hymiskv. 11, s. s. 141.

5. Die entfernung wird in den meisten sprachen durch den accusatif wie hier ausgedrückt; endlangan sal (den saal entlang), den saal der länge nach, bis ans ende.

6. öndôtt (für and-ahtt) ist zusammengesetzt aus and (entgegen, vor) und ôtti (furcht); bedeutet also: begabt mit dem, was den schrecken vor etwas erregt, demnach furchtbar.

7. Da im Cod. R. vor brenna wenigstens zwei silben ausgefallen sind, so ersetze ich sie durch ôgur of; über ôgur (ôgr; sansc. vadjras), s. Graubartslied, s. 85.

Strophen 26, 27.

1. arma (schädliche) ist die echte lesart. So wie argr für ragr steht (s. s. 95), so steht armr für harmr und gramr, und bedeutet harm, schaden erzeugend; gramir sind schädliche wichte (s. Graubartslied, s. 75); in (jene) arma ist hier eine bekannte, jotnische alte zauberin (schädliche). Das wort armr (schädlich) hat erst später die bedeutung von elend, miserabel, arm angenommen.

2. Jotna systir (der Jotnen schwester) sagt aus, dass sie zum bösen Jotnengeschlecht gehörte; sie gehörte nicht zur nähern verwandtschaft des Thrym, da sie nicht am familienessen theil nam, sondern erst nach dem essen in den saal trat. Sie hatte auch kein recht als verwandte ein geschenk von der braut zu erhalten; deswegen ist gesagt,

sie wagte (þorði) geschenke sich zu erbetteln. Aus allem geht hervor, dass sie zu den alten jotnischen bösartigen weissaginnen (fiölkunnandi kona) gehörte, welche, wie die spätern völur, bei hochzeiten erschienen und sich geschenke dadurch erzwangen, dass sie glückverkündung versprachen, wenn sie durch gaben günstig gestimmt würden, aber mit unglück drohten, wenn man ihren unwillen durch verweigerung von geschenken erweckte.

Strophe 28.

1. vigia (weihen) gehört zur sippe vega (bewegen), weil man die den göttern dargebrachten opfer dadurch weihte, dass man sie ihnen hebend und webend vorhielt, gleichsam um ihre begehrungslust zu erwecken, und eben so, um gegenstände zu weihen, das weihinstrument, hier den weihhammer, über ihnen hin und her schwang; veigr ist ein dem tode geweihter. Das geweihte wird heilig, unantastbar (vgl. tabu). Daher bedeutet got. veihs (geweiht) auch heilig. Da die Griechen den laut v nicht hatten, so ersetzten sie ihn durch das digamma F oder H und oft durch den harten labial P. Daher heist bei Herodot sowohl der heilige ort als der heilige sonnen-kessel der auf dem kreuzweg (scyth. veg-sama, gr. heg-sama) stand, der heilige des kreuzwegs (scyth. veg-samu-vaihus, gr. Heg-sam-paihos; s. *Les Gètes*, p. 184).

2. Da Thrym erst später den Hammer an die (ihn für den austausch der Freyia zurückbegehrenden) Ansen ab-zugeben gedenkt, zuerst ihn aber noch benutzen will, um seine ehe mit Freyia damit einzuweihen, zu heiligen, oder einzusegnen, so bedeutet leggið i knê (legt auf die knie oder den schoos) nicht: überliefert ihn der Freyia zum besitz, sondern segnet vorerst ihren mutterleib ein, damit sie fruchtbar werde und leicht gebäre, und dann vigið

okkr saman (weihet uns zusammen), heiliget unsere
ehe, indem ihr über uns den Hammer hebet und webet,
als wäre er mit der hand (Varar hendi) der ansischen
nymphe Vör (Gewähr) geführt. Diese selbstverständlich
hier abwesende Nymphe ist das symbol der verwahrung,
der bewahrheitung, der festigung; sie weihet die ver-
bindungen und festigt sie, indem sie einen magischen
festen nagel (Varnar nagli, s. Des Hehren Sprüche,
s. 248) symbolisch einschlägt.

Strophe 29.

1. Hlð hugr; hugr (hauch, geist, gemüth) bedeutet
hier das herz in der brust. Das herz lacht in der brust
ist ein speziell germanischer ausdruck um die innere
freude zu bezeichnen, da lachen (got. hlahian) ursprünglich leuchten, glänzen, erheitern bedeutete.

2. lemia (f. hlemia) bedeutet verstümmeln, lähmen,
lahm legen; lamr (f. hlamr, verstümmelt, ist eine nebenform von halfr (verstümmelt, gr. kolobos, halb, s. Des
Hehren Sprüche, s. 50).

Strophe 30.

1. skellr (schall, klatsch, schmetternder schlag).

2. skillingr ist ein aus dem niedersächsischen entlehntes wort; es steht für skildingr und bezeichnete einen
runden brakteat oder eine geldmünze, welche wie ein
kleiner schild aussah.

3. wegen der nöthigen disjunction der alliterirenden
silben, ist högg nach Hamars zu setzen.

4. Der letzte vers, obgleich überzählig, ist echt; der
dichter fasst darin den inhalt und das endresultat des
sagenliedes in kurzem ausdrucke zusammen.

IV. ÜBERSETZUNG.

Thrym-lied.

(Des Hammers Zurückheimsung.)

1.

Erzürnt war da Schwing-Thôr, als Er erwacht war,
und seinen Hammer bei sich vermisste;
zu zausen den bart Er nahm, das haupthaar zu schütteln;
der Erde Sohn dran gieng die räum' zu durchsuchen.

2.

Er allererst drauf diese worte aussprach :
« Hör' du nun, Loki! was nun ich dir sage !
« was niemand noch weiss, weder auf erden
« noch im Hochhimmel; dem Ans der Hammer geraubt ist.»

3.

Abgiengen beide, schön Freyia zu treffen,
und Er diese wort' allererst aussprach :
« willst, Freyia! du mir deinen federnbalg leihen,
« ob ich meinen Hammer mög' wieder bekommen ? »

(Freyia sprach :)

« Dir ihn geben ich will, auch wenn er aus gold wär',
« und ihn gewähren, wär er auch aus silber. »

4.

Da wegflog Loki; der Federnbalg rauschte,
als hinaus er kam aus der Ansen gehägen,
und hinein kam in der Jotnen heimlande.
Auf der anhöh' sass Thrym der Thursen häuptling;
seinen greyen er goldne bänder schnürte,
und machte die mähnen seiner schwarzrosse glatt.

5.

(Thrym sprach :)

« Wie steht's bei den Ansen? wie steht's bei den Alfen?
« wie bist, allein, du nach Jotnenheim kommen? »

(Loki sprach :)

« Schlimm steht's bei Ansen! schlimm steht's bei Alfen!
« da du dem Glutreit seinen Hammer versteckt.»

6.

(Thrym sprach :)

« Dem Glutreit hab' ich den Hammer versteckt
« acht tagreisen tief vor der erde drunten;
« zurück ihn niemand heim wieder bringt
« wer mir nicht als eh'frau die Freyia zuführt.»

7.

Da wegflog Loki; der Federnbalg rauschte,
als er hinauskam aus der Jotnen heimlanden,
und hinein kam in der Ansen gehäge;
er begegnet dem Thôr in der gehäge mitte,
und dieser vor allem dies wort zuerst sprach :

8.

« Für botschaftsmühe hast du auch botschaftsbescheid?
« aus der höhe herab sprich genauen bericht!
« setzt einer sich, oft ihm die anzeigen entfallen,
« sich mancher beim liegen zum lügen erkühnt.»

9.

(Loki sprach :)

« Wie botenmühe, hab' ich auch botschaftsbescheid :
« deinen Hammer hat Thrym der Thursendrost ;
« zurück ihn niemand heim wieder bringt,
« wer ihm nicht als eh'frau die Freyia zuführt. »

10.

Abgiengen beide, schön Freyia zu treffen,
und Er allererst diese worte aussprach :
« umbinde dich, Freyia, mit dem braut-linnenschleier!
« wir zwo wollen fahren in der Jotnen heimlande. »

11.

Aufbrannte da Freyia und schnaubte vor zorn ;
aller Ansen wohnsitz unter ihnen erbebte ;
absprang jenes hehre Brisinger-geschmeid.

(Freyia sprach :)

« Gesteh dass ich die mannssüchtigste werde,
« wenn ich mit dir fahre nach Jotnenheim.»

12.

Bald waren alle Ansen zusammen zu ding,
und alle Ansinen zur rath-besprechung ;
darüber beriethen die himmlischen Mächte
wie sie dem Glutreit den Hammer gewännen.

13.

Der Ansen hochweisester Heimdall da sprach;
er auf list sich verstand wie die höchsten der Vanen:
« Binden wir dem Thor doch das brautlinnen um!
« er lege den hehren Brisinger-schmuck an!

14.

« Wir lassen an ihm unten die schlüssel erklirren,
« und weibskleider über die knie abfallen,
« und auf die brust zwei stein' ausbreiten,
« und geschickt wir aufs haupt den fald ihm thürmen. »

15.

Da sprach aber Thôr der trutzige Ans :
« Einen argen werden die Ansen mich nennen,
« wenn ich mir das brautlinnen umbinden lass!»

16.

Da sprach dies Loki der Laufeyia sohn :
« Thôr! sprich doch du solche worte nicht!
« sonst werden bald Jotnen in Ansengart wohnen,
« wenn du deinen Hammer dir nicht einheimsest. »

17.

Da dem Thôr sie anbanden den braut-linnenschleier,
und jenes hehre Brisinger-geschmeid' :
sie an ihm liessen unten die schlüssel erklirren
und weibskleider über die knie abfallen,
und auf die brust die steine ausbreiten,
und geschickt auf's haupt den fald ihm thürmten.

18.

Da sprach dieses Loki der Laufeyia sohn :
« ich werde auch mit dir als dienerin sein;
« wir werden zu zwei nach Jotnenheim fahren. »

19.

Bald waren die böcke nach hause getrieben,
schnell mussten sie an den deichseln rennen;
die felsen zerbrachen, die erd sprüht in flammen,
zu der Jotnen heimlanden hinfuhr Odins sohn.

20.

Da sprach dieses Thrym der Thursen drost :
« Erhebet euch, Jotnen! und bestreuet die bänke :
« nun wird als ehweib mir zugeführt Freyia
« die tochter des Niord aus Schiffzäunungen.

21.

« Im gehöft hier gehen goldhornige kühe,
« ganz schwarze ochsen, mir, Jotnen, zur lust;
« viel schätze besitz ich; ich besitz viele kleinod’,
« mich dünket mir fehlte allein noch die Freyia. »

22.

Drauf war man bald zum abend gekommen,
und den Jotnen ward das mahl aufgetragen;
einen ochsen, acht laxe, Er allein verspeiste,
die kuchen alle, die die frauen essen sollten;
der ehherr der Sif trank drei tonnen meth.

23.

Da sprach dieses Thrym der Thursen drost :
« sah’st bräute du irgendwo schärfer einbeissen?
« ich nimmer sah bräute breiter einbeissen,
« noch gröss’res maas meth eine jungfrau wegtrinken.»

24.

Dabei aber, schnellbedacht, die dienerin sass,
die antwort erfand auf die rede des Jotnen :
« Nichts gegessen hat Freyia, diese acht nächte,
« so tollgierig war sie nach der Jotnen heimlande. »

25.

Unter'n schleier er sich buckt'; ihm gelüstet' zu küssen;
aber entsetzt er wegsprang den saal entlang :
« Wie sind doch die augen der Freyia so furchtbar !
« wetterstrahl, dünkt mich, aus den augen aufbrennt. »

26.

Dabei aber, schnellbedacht, die dienerin sass,
die antwort erfand auf die rede des Jotnen :
« Nicht geschlafen hat Freyia diese acht nächte,
« so tollgierig war sie nach der Jotnen heimlande. »

27.

Jene schädliche schwester der Jotnen nun eintrat;
sie wagt' es um brautgeschenke zu bitten :
« Zieh' ab von den händen goldrothe ringe,
« wenn meine geneigtheit besitzen du willst,
« die geneigtheit mein und völlige huld. »

28.

Drauf sprach dieses Thrym der Thursen drost :
« den Hammer hereinbringt die braut zu weihen !
« den Zermahler legt auf der jungfrau knie !
« durch Gewähr-hand uns zusammen weihet ! »

29.

Da lachte dem Glutreit das herz in der brust
als starkmuthig er den Hammer bekam.
Den Thursendrost Thrym zuerst er erschlug;
und lähmte die ganze sippschaft der Jotnen.

30.

Er die alte erschlug der Jotnen schwester,
die brautgeschenke begehret hatte;
statt schillinge Er ihr schellen austheilte,
und Hammers schläge, statt vieler ringe.
So kam Odins sohn wieder zum Hammer.

V. ERKLÄRUNG zur ÜBERSETZUNG.

Titel.

1. Der titel Thrymlied sagt aus dass das gedicht ein in versen abgefasstes sagenlied ist, welches eine rhapsodie oder eine vom ganzen Mythen-cyclus abgetrennte sage über Thrym in versen behandelt.

2. Ueber den Titel: Des Hammers Zurückheimsung, siehe s. s. 76.

Strophe 1.

1. Zu bewundern ist wie die Edda-dichter, ohne litterarisch geschult zu sein, mit richtigem takt eine rhapsodie, in ihrer erzählung, abzugränzen und als ein ganzes, zwar lakonisch, aber doch vollständig darzustellen verstehen. Besser als es der vage ausspruch des Horaz, mitten hinein zu fahren (rapitur medias in res) ihnen hätte lehren können, verstehen sie, geschickt, den richtigen anfang zu finden, und treffen, instinktmässig, die regel welche bei einem anfang ex abrupto zu befolgen ist, und welche ich anderswo (*Le Message de Skirnir*, p. 112-114, Graubartslied, s. 26, Vielgewandts Sprüche, s. 94) dargelegt habe. Passend beginnt das Thrymlied im augenblick wo Thôr seinen Hammer vermisst, und gibt richtig an dass es der zorn ist der ihn vorerst ergreift über die frechheit dass man ihm seinen Hammer versteckt habe. Bei der lakonisch-summarischen darstellungsweise

der Edda-lieder muss, wie bei den ältesten gedichten der
Chinesen, Inder, Araber, etc., vieles was die dichter nicht
aussagen, zwischen den zeilen gelesen werden; wer dies
nicht zu thun versteht, kann überhaupt solche gedichte
nicht erklären. Bei diesem hinzudenken ist aber nur das
zulässig was, nach der ganzen darstellung des dichters, als
von ihm selbst hinzugedacht anzunehmen ist. Unsere
erklärung soll die nebenumstände, die der dichter ver-
schwiegen, aber die er sich nothwendig selbst vorgestellt
hat, kurz, bündig und lebhaft darlegen. Wo, wie in den
Edda-liedern, der dichter die umstände so kärglich aus-
malt, muss eine um so lebendigere aber stets historisch
richtige phantasie dem ausdruck nachhelfen.

2. Der ursprünglich symbolische mythus, der später zum
epischen, wie in unserm gedicht, geworden ist, sagte aus,
dass im frühjahr manchmal der gewitter-gott (Thôr) nicht
in thätigkeit treten kann (seinen Hammer vermisst), weil das
winterwetter (Thrym) fortdauert, und dem Thôr seinen
Hammer entzieht. Thôr ist der spätere gewittergott der
den frühern Fiörgynn ersetzt hat; er wurde gedacht
als sohn des Odin und der Jörd (Erde). Die iotnische
Jörd galt für die tochter des Jotnen Vingnir (Beschwingt)
und der Hlôra (Glühen, wetterleuchten). Da man annahm,
Thôr sei bei seinen grosseltern erzogen worden, so hiess
Thôr der pflegsohn des Vingnir und der Hlôra (Snorra
Edda I, 251). Vingnir war das symbol des arktischen
wettersturmes. Als nachkomme des personnifizirten sturms
trägt Thôr den epithetischen namen Schwing-Thôr,
welcher hier treffend ausdrückt dass der zorn dieses
gewitter-gottes ein titanisch stürmischer ist.

3. Durch die worte als er erwachte, drückt der
dichter episch aus dass dem Thôr der Hammer abhanden
kam während er schlief, des nachts, wo die macht der

Ansen vermindert ist, und die bösen Mächte freieres spiel
haben. Zum zeichen seiner stäten überwachung und seiner
ununterbrochenen majestät, behielt Thôr, selbst beim
schlafen, den Hammer immer an seiner seite. Auch die
Freyia schlief indem sie ihr geschmeide am halse behielt,
und die spätere legende über Karl den Grossen gibt an
dass der grosse kaiser sich mit der krone auf dem haupt,
und das scepter in der hand haltend, zu bette legte,
zum zeichen seiner stets dauernden majestät sowohl als
seiner furcht vor entwendung. Wie konnte es aber geschehen dass, bei solcher überwachung, der Hammer dem
Thôr entwendet werden konnte? Das spätere gedicht, die
Thrymischen (Thrymlur, s. ob. s. 76) betitelt, deutet
an dass Thôr ein gastgebot gegeben wozu allerhand leute
kamen, und dass, als Thôr und die Ansen betrunken ein-
geschlafen waren, der Jotne Thrym den Hammer entwendet habe. Diese populäre annahme ist gegen den geist
der nordischen mythologie, die hundertfach aussagt dass
kein Jotne in Ansengart, am allerwenigsten in Thrudheim,
den wohnsitz des Thôr, einzudringen vermochte, oder
darin gastlich aufgenommen ward. Wenn nun aber doch
der Jotne Thrym dem Thôr den Hammer von der seite
gestohlen hat, so nimmt der mythus und unser dichter,
ohne es zu sagen, an, dass Loki diese entwendung ver-
anlasst und dem Thrym den zugang zu Thôr vermittelt
habe. Loki nämlich, ein Mephistopheles von natur, freut
sich stets wenn er andere, sowohl freund als feind, in die
grösste verlegenheit bringen kann. So wie nach dem
Graubartsliede er den Thôr in seiner thätigkeit als
gewitter-gott aufhalten wollte, so will er hier ihn vom
Hammer-schleudern auf einige zeit verhindern. Loki
ist es der den bock des Thôr lähmt, der dem jotnischen
architekten Alweise (s. s. 5) zutritt in Ansgart ver-

schaffte, der dem Jotnen Thiassi die äpfel der Idunn in die hände spielte, der der Sif ihr schönes haar, der Freyia ihren halsschmuck entwendete, etc., etc.; er ist es auch der hier sich zum voraus freut zuerst den bestohlnen Thôr und dann den diebischen Thrym in grosse verlegenheit bringen zu können.

4. Wer in gewaltigem zorn und in grosser verlegenheit sich befindet, der benimmt sich wie hier Schwing-Thôr, er schüttelt das haupthaar und zaust sich den bart. Da Thôr den Hammer nicht in der nähe findet, so macht er sich dran die räume seines wohnsitzes zu durchsuchen.

Strophe 2.

Jedermann verbirgt seine verlegenheit so lang er kann, endlich aber sucht er sich rath und hülfe bei andern; er eröffnet dem ersten den er trifft, seine peinliche lage. Loki der schelm, um sich an.Thôr's verlegenheit zu weiden, stellt sich ihm in den weg. Diesem zuerst vor allen andern Ansen eröffnet Thôr was ihn quält, als sei diesem es noch ein geheimniss, wie für jedermann auf erden und im obern Ansheim. « Denke, spricht er, was mir geschehen, mir dem gefürchteten Ansen hat man den Hammer entwendet. »

Strophe 3.

Loki der schalk stellt sich als nähme er grossen antheil an der verlegenheit Thôr's, die dieser ihm eröffnet, und als wolle er den unbekannten dieb auskundschaften. Da er bereits den Thôr in der patsche sieht, will er nun auch den Thrym in die klemme bringen. Er beschliesst bei sich nach Jotnenheim zu gehen und sagt deshalb zu Thôr dass er wolle ausfahren gleichsam als müsste er den unbekannten dieb, gleich einem detector der Londoner polizei, erst recht entdecken. Damit aber die ausfahrt schnell

Odin.

23. Bedenk doch, wenn ich gab, dem ich nicht geben sollt',
   den sieg dem muthlosen,
acht winter, drunten, du warst ein zauberndes weib,
   und das ist, denk' ich, feiglings natur.

Loki.

24. Du aber hast, sagt man, auf Sams-insel, gesiebelt,
   und, wahrsaginnen gleich, an thüren geklopft;
in zauberer-hüll' über völker-stämm du fuhrst;
   und das ist, denk' ich, feiglings natur.

Frigg.

25. Von euren erlebnissen ihr niemalen solltet
   vor wackern erzählen,
was beid' ihr Ansen vor zeiten vollführt;
   helden übergehen stets vergangne vorfälle.

Loki.

26. Schweige du, Frigg!, du bist Fiorgyns tochter
   und stets gewesen mannssüchtig,
da du, des Viðri's frau, dich beiliesst Ve und Vili
   zu umarmen beide am busen.

Frigg.

27. Wahrlich!, wenn, in Œgi's hall, bei mir ich hätt'
   einen sohn wie Baldur,
hinaus von den Ansensöhnen du nicht entkämst,
   und zornig sie gegen dich kämpften!

Loki.

28. Willst du noch, Frigg! dass ich erzähle ein mehreres
   von meinen schmach-streichen?
dafür sorgt' ich, vordem, dass nicht mehr du reiten
   Baldur seitdem zu den sälen.   [sehest

Frey.

41. An der mündung der Wahr seh' ich liegen den Wolf,
        bis zergehen die Grössen,
zunächst diesem wird, wenn nun du nicht schweigst,
        man dich, unheils-schmidt, dort binden!

Loki.

42. Mit gold erkaufen du liesst die tochter des Gŷmir,
        und so vergabst du dein schwerdt;
wenn aber über Schwarzwald Muspelsöhn' reiten,
        dann weisst du nicht, armer!, wie kämpfen.

Bŷggvir.

43. Wahr! wenn einen stamm gleich Ingvi-Frey ich hätt'
        und so einen herrlichen sitz,   [krähe,
zermalmen ich würd, weicher als mark, diese unheil-
        und völlig an gliedern sie lähmen.

Loki.

44. Was für ein Kleines ist das? das wedeln ich seh'
        und das naseweis schnupert?
stets sollst du ja dem Frey an den ohren hängen,
        und bei mühlsteinen schnattern.

Bŷggvir.

45. Bŷggvir ich heisse, und hurtig nennen mich
        alle Götter und hauswirth',
drob bin ich stolz-froh dass hier Hropts-söhne trinken
        gastbier alle mit einander.

Loki.

46. Schweige du, Bŷggvi!, du niemals verstundst
        speis unter leut zu vertheilen :
und labsal, auf der flur-streu, konnten nicht finden
        nachdem sie gekämpft, die wehrhaften.

Heimdall.

47. Trunken bist du, Loki! so dass sinnlos du bist;
warum nicht dich sänftigen, Loki?
übermäss'ger trunk bewirkt ja einem jeden
dass er seine schwatzsucht nicht merkt.

Loki.

48. Schweige du, Heimdall!, dir ward in der vorzeit
dies läst'ge leben auferlegt;
bei dem Erd-Gurt hinten musst stets du warten,
und wachen als wächter der Götter.

Skadi.

49. Locker ist dir's, Loki! nicht wirst du lange so
den freien schweif schwenken;
denn auf scharfem fels werden, mit des reifkalten
gedärmen, dich fesseln die Götter.   [sohns

Loki.

50. Bedenk, wenn auf scharfem fels, mit des reifkalten sohns
gedärmen, mich binden sollen die Götter,
ich vorn war und eifrigst, zur lebensvernichtung,
als auf Thiassi wir losgiengen.

Skadi.

51. Bedenk, wenn eifrigst zur lebensvernichtung du warst,
als ihr auf Thiassi losgienget,
dass von meinen gehöften und gehägen sollen,
dir stets böse anschläge kommen.

Loki.

52. Lieblicher in worten warst du mit Laufeyias sohn,
als du dich beiliesst in dein bett mich zu laden;
erwähnt werd' uns solches wenn völlig wir sollen
jene unsere schmach erzählen.

Sif.

53. Auf's wohl nun dir, Loki! und empfang diese reif-
      mit firnem meth gefüllt,   [schal'
damit Diese eine du lässt, unter den Ansen söhnen
      den schmachlosen, bestehen

Loki.

54. Einzig du wärest, o Sif! wenn du wärest so
      keusch und spröde, als ehfrau;
aber einen ich kenn, den uns beide bedünket zu kennen,
      einen galan, selbst neben Gluthreit.

Bỳggla.

55. Alle felsen erzittern!, mich dünkt auf der fahrt ist
      nach hause Gluthreit;
er ruh wird dem schaffen der hier beschimpft
      die Götter all' und die hauswirthe.

Loki.

56. Schweige du, Bỳggla!, als Bỳggvi's weib bist du
      auch stark mit schmach vermischt;
kein grösseres scheusal je zu den Ansen kam;
      du bist, salopp! durchweg bedreckt!

Thôr.

57. Schweige du, arger wicht!; dir soll mein starkhammer
      Zermalmer, das wort abschneiden;
deine schulterkugel vom hals ich dir schlag',
      und fort mit deinem leben ist's dann.

Loki.

58. Der Erdbeschützer ist nun unter dach hier gekommen;
      drum bist du so kühn, Thôr!
aber dreist du nicht bist, den Wolf zu bekämpfen,
      nachdem er Siegvater völlig verschlungen.

Thôr.

59. Schweige du, arger wicht!; dir soll mein starkhammer
      Zermalmer, das wort abschneiden;
ich werfe dich auf, wie bei den Ost-kämpfen;
      dass niemand dich mehr dann sieht.

Loki.

60. Von den Ostfahrten dein, solltest du nimmermehr
      den männern erzählen,
seit, im handschuh-däumling, held! du hocktest
      und schienest da nicht mehr Thôr zu sein.

Thôr.

61. Schweige du, arger wicht!; dir soll mein starkhammer
      Zermalmer, das wort abschneiden;
mit dieser rechten, schlag ich mit Hrungnis-tödter dich
      dass an dir jedes bein wird gebrochen.

Loki.

62. Ich gedenke, vielmehr, noch langes alter zu leben,
      wenngleich mit dem Hammer du mir drohst;
Skrymni's riemen dünkten dir gar hart zu sein;
      gesunden leibs du vor hunger darbtest.

Thôr.

63. Schweige du, arger wicht!; dir soll mein starkhammer
      Zermalmer, das wort abschneiden;
Hrungnistödter wird nun in die Hel dich bringen
      vor die Leichengitter drunten.

Loki.

64. Gesprochen hab ich vor Ansen, vor Ansinen gesprochen
      was mein gelüst mir einschärfte;
vor dir allein aber ich ausweichen werd',
      weil ich weiss dass du kampflustig bist.

65. Ein trinken, Œgi! du gabst; aber nimmermehr wirst du
　　　　ferner ein trinkfest geben!
um all deine habe spiele die flamme
　　　　die hier innen brennt!
　　　　und verzehr' sie dir, hinter'm rücken!

V. ERKLÄRUNGEN zum ÜBERSETZTEN GEDICHT.

***

Loki's Wortstreit.

(Œgi's Trinkgelag.)

Strophen 1, 2, 3, 4, 5.

(Loki und Eldir.)

1. Der zweck des gedichts ist Loki's wortstreit mit den Ansen und Ansinen, bei Œgi's trinkgelag, dramatisch darzustellen. Als einleitung hierzu gibt der dichter, geschickt, ein vorspiel, zwischen Loki und Eldi, worin, als in einer dramatischen exposition, das böse vorhaben des Loki und zugleich dessen charakter trefflich bezeichnet werden.

2. Loki, der Mephistopheles der Ansen, ist, weil er von jedermann gehasst war, weder von Bragi im namen der Götter, noch von Œgi im namen der Jotnen, zum versöhnungsmahl eingeladen worden. Deswegen will er sich an beiden besonders, und an den Göttern und Göttinnen überhaupt rächen, indem er sie, während des gastmahls, beschimpft. Die gelegenheit war günstig, 1) weil alle Ansen und Ansinen, ausser dem gefürchteten Thôr, beisammen waren; 2) weil die sitte erlaubte, dass man beim trinken manches verwegene wort als blossen spass (s. Des Hehren Sprüche, st. 30) fallen lassen durfte; 3) weil der friede, der im hause und beim gastmahl herrschte, selbst wenn er gebrochen wurde, am friedenstörer nicht durch

blutigen kampf durfte gerächt werden. Frech, wie er war, erscheint, ungeladen, Loki an der thüre des trinksals, wo Eldir (Entzünder, das personifizirte meeresglühen) der Thorwächter des Meergottes Œgir stand, und, von der thüre aus, in den saal hinein und hinaus schauen und horchen konnte. Schuldbewusst und argwöhnend, man möge im saale auch von ihm sprechen, wie es auch der fall war, frägt Loki den diener, was für gespräche man drinnen führe. Er erfährt, dass die Ansen von ihren waffen und ihrem kampfruhm sprechen, und dass, im gespräch, keiner der gäste sich als Loki's freund äussere. Hierüber aufgebracht kündigt Loki sein vorhaben an, den Ansen krakeel und wirrwarr zu bringen, und er will, unter dem vorwand das gastmahl bloss als fremder aus neugierde sich anzusehen, in den saal treten. Der diener bemerkt ihm, dass, wenn er es wagen würde, die Götter in ihrem frieden durch beschimpfung zu stören, sie es ihm allesammt entgelten lassen werden, und dass er als einzelner durch so viele zum schweigen gebracht würde. Loki entgegnete aber, dass er im schmähen unerschöpflich sei, dass er dies schon sei, wenn er mit Eldi allein es zu thun haben würde, dass, wenn man bloss gegen einen schimpft, und sich nicht ungeschickt wiederholen will, man wohl bald zu ende ist, dass er hier aber den vortheil habe, bei vielen gästen, einen nach dem andern durchzunehmen, wodurch Loki anzeigt, dass er alle Ansen und Ansinen, der reihe nach, mit schmähung zu überschütten gedenke. Mit dieser entgegnung tritt Loki in den saal, ohne dass der diener im stande war, ihn davon abzuhalten, zumal da, bei gelagen, ungeladene und unangenehme gäste wie Loki, nicht geradezu von dienern, ohne wissen des hausherrn und vorsitzers des gelags, gegen die regel des gastrechts, durften abgewiesen werden.

Strophen 6, 7, 8.

(Loki und Bragi.)

Da Loki ungeladen sich einstellt, so gibt er, um sein erscheinen im gelagssale zu entschuldigen, sich für einen reisenden aus, der als solcher hier das gastrecht beansprucht. Da auf seine anrede allgemeines rückhaltiges stillschweigen erfolgt, so wirft Loki den Ansen unschicklichen, trotzigen stolz vor, und steigert frech seine ansprüche der art, dass er, als ein ihnen ebenbürtiger gast, auch einen ehrenplatz und einen hochsitz als ihm gebührend begehrt. Da nun, bei gelagen, der vorsitzende oder der amphitrio die angekommenen gäste zu begrüssen und zu versorgen hatte, so ergreift Bragi, als vorsitzer und sprecher der versammlung, das wort, um, im namen aller, zu sagen, dass die Ansen, die den Loki nicht eingeladen haben, recht wohl wussten, wem sie freundliche einladung zu ertheilen schuldig sind.

Strophen 9, 10.

(Loki und Odin.)

1. Loki antwortet dem vorsitzer Bragi nicht; ihn verächtlich übergehend, wendet er sich vielmehr an Odin, der zwar nicht vorsitzer und sprecher der versammlung, aber doch der oberste der Ansen war. Er erinnert diesen daran, dass sie ehmals blutbruderschaft (s. *Les Gètes*, p. 118) mit einander getrunken haben, dass also Odin, schicklicher weise, beim gelag nicht sitzen darf, während sein blutbruder davon entfernt gehalten werde. Auf diesen anspruch Loki's hin, wäre es an Odin gewesen, in eigener person dem Wolfsvater (Loki, vater des Fenriswolfs) als seinem blutbruder, die schale zu credenzen.

Aber, unwillig über das erscheinen des Loki und über
dessen zudringlichkeit, will Odin nicht sich allzu freundlich und zuvorkommend zeigen, sondern ersucht seinen
sohn Vidar, dem Loki, ohne umstände, einen platz beim
gelag anzuweisen

2. Vidar, der zwölfte Anse, ist der sohn Odins und der
riesin Griður (Schneesturm ; vgl. norr. hrið), welche
mit ihrem zauberstab (völr) die winterstürme erregt. Viðar selbst ist der ansische gott der stürme im winter. Sein
landgebiet heisst Weite (Viði), weil es die leere himmels-
strecke der winterstürme ist, welche nicht besucht wird
und von hochgras und gestrüpp überwachsen ist.

Es heisst (Grimnismâl 17):
«It tôlfða *hrisi* veks ok *hâ*-grasi.
« Viðars land, Viði.
« das zwölfte, mit reis und hochgras bewachsen, ist
« Viðar's land, Weite.»

Viðar, als der jüngste der söhne Odins und als Sturmgott, ist der liebling des vaters; er tritt in die fussstapfen,
oder wie man sagte, in den schuh[1] des vaters, er ist
sein schuhknappe (skôsveinn), sein schildträger, sein
eigentlicher erbe (s. Grimm Rechtsalterth.; art. schuh)
und nachfolger in dem erneuten Vindheim (Himmel).
Als erbe Odins ist er auch sein rächer. Am ende der
tage steigt er, in Weite, von seinem Sturmross, zieht den
grossen dicken schuh an (den die Ansen aus den von den
abschnitten der schuhe, welche die menschen ihnen
weihten, verfertigt haben), und tödtet, stehenden fusses,

---

[1] Schuh bedeutet daher auch, im sprichwort, das vatererbstück,
den vom vater angeerbten karakter; desswegen bessere ich den
corrupten vers : o bornom skior a skeid (Fafnismâl, 5) durch
â bornom skorr â skeid (bei Kindern geht der schuh (erb-
karakter) auf ihren lebenslauf über).

den Wolf. Viðar ist hier als diener seines vaters der geeignetste Anse, um, im namen Odins, dem Loki einen platz anzuweisen. Odin gibt ihm dazu den befehl, damit Loki nicht die Ansen lästere in der halle des Œgi, wo, wegen des versöhnungsfestes, mehr als anderswo, frieden herrschen müsse. Viðar befolgt schweigend den befehl Odins; er ist von natur ein schweigsamer held, und mischt sich hier nicht in den wortstreit mit Loki.

Strophen 11, 12, 13, 14, 15.

(Loki und Bragi.)

1. Loki, ehe er platz nimmt, begrüsst, nach damaliger sitte, die anwesenden gäste, indem er, mit der gewöhnlichen formel seyd heil!, die gesundheit der Ansen, der Ansinen und der Vanen (hochseligen Götter) ausbringt. Um sich aber an Bragi, der ihm, als Vorsitzer, die theilnahme am gelag anfangs verweigert hat, zu rächen, erklärt er, dass dieses zutrinken dem Bragi nicht gelte.

2. Dadurch dass Odin den Loki zum gelag zuliess, nachdem ihn Bragi abgewiesen hatte, ist dieser Vorsitzer zum neuen gast in falscher lage, dieweil es die pflicht des vorsitzenden ist, mit allen gästen auf freundlichem fusse zu stehen. Bragi sucht deswegen sich mit Loki zu versöhnen; er thut dies, hochherzig, im interesse der versammlung, damit Loki die ihm widerfahrene abweisung nicht den gästen entgelten lasse. Bragi geht daher so weit, dem Loki busse (ersatz, werthschaft) für die beleidigung zu zahlen; er will ihm, von seinem beweglichen privatgut (lausa fè), ein schlachtross, das gewöhnlich ein rappe war, und einen mäher (niedermähendes schwerdt) schenken. Die bussen (ersatzwerthschaften) bestunden anfangs, als man noch kein gemünztes geld hatte, in gold- und sil-

ber-spiralen, ringen oder buckeln (baugr, fr. bague, mittel-
d. buckel), welche man am arme trug; deswegen nannte
man auch die busse geradezu buckel (ring), und der eid,
wodurch man versprach, etwas zu büssen, hiess der
buckel-eid (baug-eið; s. Des Hehren Sprüche, s. 29).

3. Der boshafte Loki lässt sich durch die angebotene
busse des Bragi nicht gewinnen; sein zweck ist ja, um
jeden preis, wortstreit durch verspottung herbeizuführen.
Die Nordmänner, im allgemeinen, lieben witzelnden spott,
und durch ihre sprache, die viele doppelsinnige wörter ent-
hält, begünstigt, lieben sie, wie heutzutage die Nordfran-
zosen und Pariser, die beissenden wortspiele (quiproquo,
calembourgs). Da nun das wort buckel (baugr) nicht
allein ring (als werthschaft), sondern auch schildrand
(runder schild, fr. bouclier) bedeutet, so verdreht Loki
boshaft den ausdruck des Bragi, und gibt ihm den sinn
von arm-schild, indem er sagt: Bragi wird das schlachtross und den rundschild, die er abgibt, nicht sehr vermissen, da er von allen Ansen der unkriegerische ist, und
sich nicht allein gegen den schwerdthieb in der nähe, sondern sogar gegen den pfeilschuss aus der ferne zu verwahren sucht.

4. Der vorwurf Loki's: Bragi sei nicht kriegerisch ge-
sinnt, betraf zwar nicht die spezialität Bragi's als gott der
dichterkunst, weswegen er göttlich verehrt wurde, er betraf aber den kampfmuth des gottes, der, in jenen heroi-
schen zeiten, keinem gott, helden, skalden, als mann,
mangeln durfte. Bragi, der sohn Odins und der Gunnlada
(vgl. Gunn-glöð, Kampffreudige), war, obgleich gott der
dichtkunst, sich seines männlichen muthes bewusst, und
betrachtete deswegen den vorwurf des Loki als eine herausforderung zum kampfe. Als Vorsitzer des gelags aber, der
eintracht zu handhaben hatte, und der für den frieden,

drinnen in der Œgishalle und nicht für den kampf, draussen im freien, hieher gekommen war, hielt sich zurück, entgegnete aber dem Loki, dass er, unter allen andern umständen, den kampf aufnehmen und ihm seinen muth dadurch thatsächlich beweisen würde, dass er ihm, dem besiegten, den kopf abschlagen und diesen als siegeszeichen am sattelknopf seines kampfrosses davon führen würde. Diese krieger-sitte, die noch heute (man weiss es zur genüge) bei barbaren vorkommt, bestand noch allgemein zu den zeiten unseres dichters.

5. Loki stellt spottend die entrüstung und drohung Bragis als eine prahlerei dar, die dieser sich, auf der friedlichen bank welche er nicht zu verlassen gedenkt, erlaubt; er zeige sich in worten so muthig, weil er augenblicklich gereizt sei; er möge also den günstigen moment dieser aufregung ergreifen, um den kampf thätlich aufzunehmen; er gehöre ja nicht zu den von natur muthigen, die auch, ohne aufgeregt zu sein, kaltblütig und gelassen, vor keiner gefahr zurückschrecken. Diese spottrede Lokis war eine neue direkte, somit unabweisliche herausforderung zum kampfe; der feige und listige Loki wusste aber dabei wohl, dass er die thätliche folgeleistung dieser herausforderung, durch zufällig eingetretene oder von ihm hervorgerufene zwischenfälle, würde vereitlen können.

Strophen 16, 17, 18.

(Idun und Loki.)

1. Der von Loki gewünschte zwischenfall, der seine herausforderung zum kampfe vereitelte, trat natürlich dadurch ein, dass Idun, die frau des Bragi, die gereiztheit ihres gemahls, nach löblicher frauenart, zu beschwichtigen suchte. Die rolle der frauen, die gefahr für ihre

männer fürchten, ist ja den kampf zu verhindern und
frieden zu stiften, wiewohl es, bei der trotzigen race der
Nordmänner, auch sehr viele frauen gab, die leidenschaftlich ihre männer gegen ihre gegner aufstachelten.
Idun (Wiederwonne) ist aber das symbol des frühlings
(fr. renouveau), wodurch das vergehende, durch wiedergeburt und erneute jugend, ersetzt wird. Sie liebt demnach die kinder, die das geschlecht verjüngen, und hatte
deshalb stets verlangen nach künftigen geburten. Gemäss
ihrer göttlichen attribution sucht daher Idun ihren gemahl Bragi von der gefahr des kampfes und todes dadurch
abzuhalten, dass sie ihn, nicht allein an seine jetzigen
kinder, sondern auch an alle die söhne erinnert, die sie
beide, als eheleute, noch sich wünschen.

2. Dieser von Idun mit weiblicher naivetät ausgesprochene wunsch, der in ihrem sinn ein grund zum
frieden sein soll, wird von Loki boshaft aufgegriffen und
gegen die liebevolle frau gekehrt. Er wirft ihrer mütterlichkeit vor dass sie, durch ihre liebe für nachkommenschaft verführt, die ehre der familie aufopfere, und bereits schon früher aufgeopfert habe. Er deutet damit
darauf hin dass Bragi, als er um die Idun freiete, von
einem ihrer brüder abgewiesen und bekämpft worden
war, dass er aber diesen im zweikampf tödtete, und dass
dennoch, nach diesem brudermord, Idun ihren liebhaber
Bragi geehlicht habe. Nach unseren sitten würde diese
heirath der Idun nicht so strafbar erscheinen; bedenkt
man aber dass, im Norden, die familien-ehre über allem
stund, dass familienverletzung zu rächen, für alle familienglieder, die heiligste pflicht war, so begreift man, dass
Loki der Idun ihre ehe mit dem mörder ihres bruders vorwerfen konnte, und dass er, in seiner ungalanten bosheit, die sache so darstellte als ob diese liebevolle frau,

aus mannssüchtigkeit, nur um einen mann zu bekommen, der ihr nachkommenschaft geben konnte, alle rücksichten der familien-ehre hintangesetzt habe.

3. Idun die, bei dieser schmähung des Loki, sich keiner so grossen schuld bewusst ist, antwortet gelassen, dass sie nicht, durch retorquirte lästerungen gegen ihn, den frieden zu stören gedenke; dass das, was sie zu ihrem gemal gesprochen, sie deswegen gethan babe, um ihn, der durch's bier erhitzt sei, zu besänftigen; sie wolle überhaupt verhindern, dass nicht Loki und Bragi, von zorn und trank aufgereizt, sich, auf leben und tod, hier bekämpfen.

Strophen 19, 20.

(Gefion und Loki.)

1. Um diesen tödtlichen kampf zwischen Bragi und Loki zu verhindern, tritt auch noch eine andere göttin, die Gefion, als friedensstifterin, der Idun an die seite. Ohne die Idun, von dem gegen sie vorgebrachten vorwurf, hier rechtfertigen zu wollen, sucht Gefion den ausgebrochenen streit, scherzend, auf rechnung des launenspiels zu setzen; sie sagt, dass ja kein ernstlicher grund vorhanden sei dass zwei so ausgezeichnete Ansen, wie Loki und Bragi, sich durch bissige worte herausfordern; Loki treibe ja hier nur scherz, und seine ausgelassenheit führe ihn, im übermuth, nur etwas zu weit.

2. Bei diesen wohlgemeinten worten der Gefion richtet nun Loki seine bosheit gegen diese göttin; er greift sie, an der bei frauen empfindlichsten seite, an, indem er anspielung macht auf ihr früheres liebesverhältniss mit Odin (vgl. Gylfaginning, 1), der, in seiner jugend, als blonder geselle und liebhaber verzaubert, die Gefion, die als iotnische völva und fahrendes weib herumzog, durch

ein geschenktes halsband verlockt und zum liebesgenuss
bethört habe. Gefion (Gefn, angels. Geofon, Bucht,
Hafen, Meer) ist eine unter die Ansinen aufgenommene
iotnische Meeresgöttin, die besonders den, als hafen
dienenden, buchten vorstand, und von den seeleuten ge-
priesen wurde. Als gattin des Skiöldr des Odins sohnes,
war sie besonders in den seebuchten von Seeland verehrt.
Der bis jetzt unbekannte mythus, auf den Loki, als vorwurf gegen Gefion, hier anspielt, sagte wahrscheinlich
aus dass Gefion, durch ihre liebschaft mit dem blonden
gesellen, zugleich, als ehfrau des Skiold, sich ehebruch
mit ihrem eigenen schwiegervater Odin hat zu schulden
kommen lassen.

Strophen 21, 22, 23, 24.

(Odin und Loki.)

1. Es ist natürlich dass Odin, der durch den vorwurf
gegen Gefion gleichfalls getroffen wurde, hier, mit unwille, das wort ergreift, und, ohne die vorgehaltene that-
sache läugnen zu können und zu wollen, gegen den Loki
aufgebracht ist. Er hält diesem seine verrückte unüber-
legtheit vor, die er dadurch begehe, dass er sich mit der
Gefion verfeinde; denn diese frühere iotnische völva und
fahrende weissagin, vermag jedermann, also auch ihm
Loki, so gut wie er Odin selbst, die schicksale zu bestimmen; es sei also verrücktheit von Loki die Gefion und
ihn Odin leichtsinnig und unvorsichtig zu beleidigen.

2. Loki entgegnet dem Odin, dass wenn, wie er sagt, er
sich darauf verstehe die schicksale anderer zu bestimmen,
er um so strafbarer sei, darum dass er das schicksal,
gegen alle gerechtigkeit, öfters geleitet habe, indem er,
als kriegsgott, dessen göttliche spezialität es sei die
kämpfe nach recht zu schlichten, gar oft den sieg, statt

dem muthigsten, vielmehr dem schlaffen zugewendet
habe. Und in der that liegen viele mythologische beispiele
vor, welche zeigen dass die menschen die entscheidungen
Odins im kampf und krieg nicht immer als gerecht ansahen, und sich deswegen nicht entblödeten (wozu sie
übrigens berechtigt waren) ihm, in alten tonarten, zu
fluchen (vgl. Des Hehren Sprüche, s. s. 176). Wie wäre
es auch dem guten Odin möglich gewesen stets beiden
parteien gerecht zu werden? und warum sollte er nicht
als anthropopathischer gott, so gut wie die menschen,
seine lieblinge denen er wohl wollte gehabt haben? Was
soll man aber sagen wenn heutzutage, wo Christen den
heiligen Gott, den vater aller menschen nennen, man noch
von einem Dieu des armées spricht, dem der sieger ein
Te Deum laudamus frevelhaft vorsingt, nachdem er
seine brüder abgeschlachtet? hierauf ist die einzige antwort die bitter sarkastische des dichters:

> A ma barbe, quoi! des pygmées,
> m'appelant le Dieu des armées,
> osent, en invoquant mon nom,
> vous tirer des coups de canon!
> Si j'ai jamais conduit une cohorte,
> je veux, mes enfants, que le diable m'emporte,
> je veux bien que le diable m'emporte.

2. Odin lässt sich natürlich nicht herbei den recht-
fertigenden beweis über seine justice distributive, in
kampf und krieg, gegen Loki vorzubringen; er lässt,
klug und weise wie er ist, die beschuldigung Loki's ohne
protest über sich ergehen, und, als pfiffiger advocat,
schlüpft er von der unhaltbaren defensive zur tadelnden
offensive über. Odin sagt, dass um das schicksal zu bestimmen und zu vertheilen, er sich wenigstens nicht der

gräulichen magie bediene, während Loki, bekannter weise,
von seinen sämmtlichen neun jugend-jahren, acht winter
in Jotnenheim mit schändlicher magie und zwar sogar als
ein fahrendes zauberweib zugebracht habe, was besonders arg (unzüchtig) sei, da nur ganz heillose, feige
burschen weibernatur sich anzaubern.

3. Loki tischt dem Odin, in seiner entgegnung, einen
ähnlichen tadel auf; Odin, sagt er, behauptet die magie
zu hassen; aber alle welt weiss dass er sich, auf der
Samsinsel (s. s. 228) mit dem heillosen zaubersieb-
drehen (siebeln), wie es bei den Vanen (Slaven) geübt
wurde, abgegeben, dass er, in Magier-gestalt, in schnell-
fahrten (svipför), über viele menschenvölker gefahren sei,
und auch als zaubernde völva an alle thüren angeklopft
habe, um den leuten seine wahrsaginnendienste auf-
zudrängen; und das, fügt er bei, sei denn doch auch, für
einen gott und helden, eine grosse schmach.

Strophen 25, 26, 27, 28.

(Frigg und Loki.)

1. Die göttin Frigg, da Loki ihren eheherrn angegriffen
hat und sie diesen in verlegenheit sieht, sucht den wortstreit dadurch beizulegen, dass sie daran erinnert, es
seie unter männern ja nicht brauch sich ihre jugend-
streiche gegenseitig vorzuwerfen, und dieselben vor andern offen zu erzählen.

2. Statt nun die humane beurtheilung der streiche
ihres gatten und des Loki freundlich aufzunehmen, greift
dieser die Frigg, grob und ungezogen, an, indem er der
dame, höchst ungalant, vorwirft, sie sei als tochter ihres
wollüstigen vaters Fiörgyn (s. s. 279) eben so wollüstig
als ihr papa, sie sei mannssüchtig, und habe, während

der abwesenheit ihres eheherrn Odin (Wetterer), dessen brüder ihre eigenen schwäger, Ve und Vili, beide nach einander in ihr ehebett aufgenommen. Mythologisch ist diese unsaubere geschichte wahr; sie ist aber eines von den zahlreichen, in allen mythologien vorkommenden, beispielen, welche zeigen wie die ursprünglich symbolischen und, als solche, ethisch ganz unschuldigen gottheiten, später, durch die epische anthropomorphische fassung, zu sittlich kläglichen wesen, umgewandelt worden sind. Fiörgyn, zum beispiel, war ursprünglich das symbol des Himmelsgottes, der als befruchtender gewittergott die Frigg (befruchtender regen) zur tochter hatte; diese, als befruchtender regen, stand in einem natürlichen verhältniss mit dem Sturmwind (Odin), dem Gewitterregen (Vili), und dem Blitzfeuer (Ve), und diese verhältnisse, weil natürliche, waren weder moralisch-löbliche noch moralisch-tadelswürdige; als aber später die anthropopathischen götter in der epik immer mehr in menschliche, und somit ethische verhältnisse verwickelt wurden, als Frigg die gemahlin des Odin geworden, so wurde ihre früher natürliche beziehung zu Vili und Ve zu einem ethischen verhältniss, so dass nun die chefrau des Odin als ehebrecherin mit ihren schwägern Vili und Ve erschien. Je mehr also die mythologischen gottheiten in das gebiet der menschlichen sitte verfielen, desto mehr wurde ihr ursprünglich blos natürlicher karakter ethisch verschlechtert. Wäre Frigg, statt eine blos menschliche vorstellung zu sein, eine wirkliche person gewesen, so hätte sie dem Loki triftig antworten können: «du bist, wie unsere anbeter die uns götter erdacht haben, von beschränktem verstand, und noch dazu ein boshafter teufel; du sollst wissen dass mein papa und ich, als man uns erdachte, weder sittlich-heilige noch sittlich-tadelswürdige

wesen waren, dass aber die menschen uns nach ihrem
bilde immer mehr umgeschaffen haben, und, von dieser
uns angedichteten menschlichen natur ausgehend, uns
auch nach ihrer ethik beurtheilen; so dass nun folge-
richtig mein papa als ein Priâp (norr. friôfr) und ich als
eine mannssüchtige ehebrecherin, wie du sagst, in der
religion erscheinen müssen. Es gibt ja in der religion und
philosophie der menschen nichts so gründlich absurdes
worauf die gläubigen, von sonderbaren voraussetzungen
ausgehend, bei richtiger anwendung ihrer logik, nicht
immer verfallen müssten. »

Strophen 29, 30, 31, 32.

(Freyia und Loki.)

1. Die von Loki gegen Frigg vorgebrachte schmähung
war für ihre weiblichkeit so tief kränkend, dass die hohe
frau, weil gegen religiöse dummheit selbst götter vergeblich
kämpfen, moralisch berechtigt war auf blutige rache
gegen den beleidiger zu sinnen. Mütter übertragen natürlich die zu nehmende blutige rache, ihren wackern
söhnen, wovon manche beispiele in den sagas zu lesen
sind. Daher beklagt, in diesem augenblick, die entrüstete
Frigg, mehr als je, dass sie ihren trefflichen sohn Baldur
durch den tod verloren, der seine mutter hier blutig zu
rächen nicht ermanglen würde.

2. Bei der klage der Frigg über den verlust des Baldur
steigert sich die bosheit Loki's zur wahren verrücktheit;
er rühmt sich rücksichtslos, dass er es sei, der den tod des
Baldur herbeigeführt hat. Durch diese verrückte erwähnung seines jedermann bekannten verbrechens, stösst
er den schmerzensdolch völlig in das schon blutende und
rache-dürstende mutterherz, und reizt gegen sich alle
anwesenden Ansen auf, die in dem tod des Baldur den

grössten verlust für sämmtliche Götter zu beklagen berechtigt waren.

3. Loki glaubte doppelt zu triumfiren, erstens dass er
die Frigg beschimpfte, und zweitens dass er vorgab,
durch den tod Baldurs, der mutter das mittel, die beschimpfung an ihm zu rächen, entzogen zu haben. Frigg,
wissend dass sie auch, ohne den sohn, mittel der rache
in sich selbst besitze, schweigt, den groll im herzen be-
wahrend. Freyia tritt aber, im namen ihres geschlechts,
auf, um dem Loki zu sagen dass frauen, wenn sie auch
nicht auf männlichen beistand mehr zählen können, in
sich mittel zur rache finden ; dass Frigg, obgleich sie es
nicht aussagt, die geschicke zu lenken im stande ist, und
dass es daher völlige verrücktheit von seiten Loki's sei,
dass er so widersinnig die Frigg, die sich so gewaltig an
ihm rächen könne, sich zur erbitterten feindin mache.

4. Loki ist, bei der widerrede der Freyia, froh gelegenheit zu finden, sich an diese göttin zu machen, mit
der er öfters zu schaffen gehabt, und die er genauer kennt.
Freyia, als göttin der liebe, hat ja eine göttliche spezialität, die zwar, in den alten naturreligionen, eher einen
heiligen als einen unheiligen karakter hatte, die aber
später in der religion, ganz logisch, von allen spöttern
und moralisten öfters gar sehr bekrittelt, bestichelt, be-
spöttelt, und besudelt worden ist. Mit einem schlag trifft
Loki die Freyia und alle anwesenden männlichen Gottheiten, indem er aussagt alle Götter wären die galanen
oder doch die verführten der Liebesgöttin gewesen. Und
in der that erzählt die spätere nordische mythologie viele
unsaubere geschichten von den liebschaften der Freyia,
gleich denen der griechischen Aphrodite, der römischen
Venus, der egyptischen Isis, der assyrischen Mylitta,
etc., etc. Was Loki hier der göttin Freyia vorwirft, das

singt im jahr 999 der skalde Hiallti Skeggason, in seinem
spottlied (kveðling) :

> Die Götter will ich nicht anbellen;
> aber Freyia dünkt mich eine hündin, etc.

5. Das gewandte frauenzimmer Freyia lässt sich, durch
den plumpen angriff des Loki, nicht aus dem sattel heben.
Sie kennt das juridische axiom : nier est permis à l'ac-
cusé; sie erklärt den Loki für einen lügner; und wer
weiss dass dem Loki das lügen nichts kostete, der wird
auch so galant sein der hohen frau, auf ihr wort hin, zu
glauben.

6. Aufgereizt durch die drohung der Freyia, dass wenn
er fortfahre durch schmähungen die Ansen und Ansinen
gegen sich in harnisch zu bringen, er nicht ungestraft
von hier nach haus ziehen werde, führt Loki, als ob seine
vorigen grobheiten blosse plänkeleien gewesen, nun gegen
die Dame gröberes geschütz ins treffen. Er wirft ihr vor :
1) dass sie, die schwester der Freyr, mit ihm in blutschänderischer ehe lebe; 2) dass, obgleich ehefrau des
Freyr, sie noch die anderen Ansen (trauten Grössen),
durch die schändliche magie des siebdrehens (siebeln), in
ihre galane verzaubere. Diese vorwürfe sind mythologisch
begründet ; diese schuld der Freyia lässt sich zwar sittlich nicht rechtfertigen, aber erklärt sich wenigtens fol-
gendermaassen :

Die menschen tragen überall ihre sitten auf die von
ihnen erdachten vermenschlichten götter über. Bei den
Slaven, wie bei vielen andern völkern, war die geschwister-ehe (philadelfie) üblich. Freyr und Freyia als ursprünglich slavische gottheiten (Pravo, Pravaia) befolgten
demnach die slavische sitte der philadelfie.

Ferner ist auch zu bedenken, dass in den alten mythologien die ehefrauen der götter öfters nichts als die per-

sonificazionen der **attribuzionen** (sansc. çaktyas) dieser götter (vgl. sansc. Çivâ) sind, so dass diese göttinnen meistentheils, zugleich als schwestern und gemahlinnen dieser götter angesehen wurden.

Die göttin der liebe ist, in den naturreligionen, um so mehr in ihrer rolle je mehr sie die kraft der liebe, nicht allein bei ihrem eheherrn, sondern an allen wesen im himmel und auf erden ausübt. Mythologisch thut also Freyia nur das was ihres berufes ist. Wie viele ethische erscheinungen, so entstund auch die philadelfie aus mehreren ursachen zugleich. Die hauptursache aber war ursprünglich, dass, durch die geographische isolirung der familien, nähere verbindung der familienglieder und egoistische überschätzung des stammblutes herbeigeführt wurde. Bei der dünngesäten bevölkerung und abgeschiedenheit der landesfamilien nämlich, näherten sich einerseits die geschwister beiderlei geschlechts auch erotisch, und andererseits wuchs der familienstolz derart, dass verbindung und vermischung mit andern familien als eine verminderung der stamm-aristocratie erschien. Der stamm sollte sich rein in sich selbst erhalten, das familiengut (ôðal) ungetheilt in der familie bleiben, und auch die rache wegen schädigung des stammes das heiligste ausschliessliche geschäft der echten familienglieder sein. Wie diese ansicht zur geschwister-ehe führte zeigt deutlich und scharf eine überlieferung des Volsungengeschlechts. Um den stammvater Volsung kräftig zu rächen, mit der ganzen reinen wildheit dieses stammes, verbindet sich fleischlich die zwillingsschwester Signy mit ihrem zwillingsbruder Sigmund, um einen reinen vollen Volsung den Sinfiötli (f. Sindfiötli, Fahrt-verbündeter) zu zeugen, der seinem vater und onkel Sigmund ein verbündeter gefährte zur rache an Siggeir wird. So konnte auch, um die

reinheit des Vanenstandes völlig zu wahren, die Freyia
mit ihrem bruder Freyr ehelich sich verbinden.

Die persönliche macht der götter, helden, und menschen
war bekanntlich höchst beschränkt, wenn ihr nicht durch
die grössere macht der magie und zauberei manchfach
nachgeholfen wurde. Die liebesgöttin Freyia unterstützte
daher auch ihre macht durch anwendung magischer
mittel.

Da die Freyia eine Vanin war, so praktisirte sie auch
den bei den Slaven (Vanen) gebräuchlichen zauber des
siebdrehens. Die bezaubernde liebesgöttin Freyia ist sich
darob innerlich keiner schuld bewusst, und ist auch
durch die reden Loki's keineswegs eingeschüchtert. Diese
unverfrorenheit eben ärgert den Loki, der ihr deshalb
vorwirft dass, statt sich zu schämen und stillzuschweigen,
sie ihm pratzig zu widersprechen wage.

Strophen 33, 34, 35, 36.

(Niordur und Loki.)

1. Da Loki der Freyia ihre vanische philadelfie und
ihre vanische magie vorgeworfen hat, so ist es an Niordur,
dem vater der Vanen, seine tochter hierüber in schutz zu
nehmen. Als gott der see ist Niorður nicht in der ver-
theidigungskunst sehr geschickt: als derber seemann fällt
er barsch mit der thür ins haus hinein. Er findet es
keineswegs horrend, wenn ehefrauen irgend einen galan,
neben ihrem eheherrn, empfangen: den Loki aber, sagt
er, halte er für ein monstrum von unsittlichkeit, da er,
unzüchtig, sich weibernatur angezaubert, weibliches an
sich erduldet (muliebria passus), als ein weib nieder-
gekommen ist, und dann noch wagt, schamlos, hier in
der versammlung zu erscheinen (vgl. ob. str. 8).

2. Der seegott Niordur hatte, in der naturreligion, folgenden ursprung. In dem lande der vorfahren der Vanen (Slaven) oder der Vanen-söhne (Vanitai, Wenden) verehrte man als heilig einen sprudel oder springenden quell, unter dem namen Vnirdus (Vrindus, quell, sprudel, s. s. 232). Dieser zoomorphische quellgott galt als urquell (vgl. Gautr, guss) oder als vater aller gewässer des landes. Man gab später den namen Nerthus (f. Vnirthus) auch den heiligen seen, aus welchen viele bäche des landes ausströmten. Als die verehrung des quellen- und seegottes Nerthus von den Slaven (Vanen) zu den Goten (Ansen) übergieng, erhielten gewisse heilige seen des Nordlands den traditionnellen namen Niörðr. Da ein solcher reiner see Niörðr, von bergen umgeben, zu gewissen zeiten, durch die trüben gletscher- und bergwasser getrübt wurde, und man die bergwasser als gewässer der Oreaden oder Hymi's-töchter mythisch auffasste, so bildete sich, irgendwo, ein mythus der einfach aussagte: Der reine see Niörðr ist von den gewässern der Hymi's-töchter getrübt worden. Da ferner die naturreligionen, gleich den losen jungen in ihren flegeljahren, gern an die effluvien und excremente denken, so kam auch der mythologisirende volkswitz darauf die trüben bergwasser als das harnen der Oreaden aufzufassen, und den mythus aussagen zu lassen: die Hymi'stöchter haben dem Niörðr in den mund geharnt (vgl. brunn-migi, born- oder brand-bepisser). Diesen alten mythus, der nur symbolischen sinn hatte so lang Niörðr, in der mythologie, blos als heiliger Sprudel oder als heiliger See galt, wurde später, ungeschickter weise, auch dann noch beibehalten, als Niordur ein anthropomorphischer gott geworden war, auf den dieser ursprüngliche mythus, weder für den verstand noch für die phantasie, gar nicht mehr passte.

3. Loki, aufgereizt durch die schmähung des Niörðr,
der ihn ein monstrum genannt hat, greift nun den alt-
vettelischen symbolischen mythus auf, um darnach dem
See-gott seinen niedrigen ursprung vorzuhalten; er wirft
ihm überhaupt spöttisch vor dass, ehe er unter die Ansen
aufgenommen worden ist, er ein Senkloch (seebecken)
gewesen, das die Hymi'stöchter als harntrog gebraucht
haben. Wäre der wackere seegott Niörðr eine reelle person gewesen, und hätte er eine philosophische ader in sich
gehabt, so hätte er auf das mythologische geschwätz des
Loki triftig folgendes antworten können: Die menschen
haben mich, ursprünglich, zu einem heiligen Quell und
See gemacht, den du Loki, boshaft, ein Senkloch nennst.
Mein klares heiliges wasser ist manchmal, durch gewitterregen und schneeschmelzen, von den gebirgen herab
getrübt worden; du nennst das, witzelnd, ein harnen der
Hymi'stöchter. Als aber dieselben menschen mich zu einem
anthropomorphischen Seegott umgewandelt haben,
da hätten sie wenigstens genug gesunden menschen-
verstand haben sollen, um, bei dieser umwandlung, den
veralteten mythus über bord zu werfen, und mich, den
erneuten Gott, auch in neues fahrwasser zu bringen. Die
menschen sind nun aber einmal gewohnheitsthiere; das
traditionelle, auch wenn es gar nicht mehr passt, ist
ihnen heilig, und, in ihrer heiligthümelei, scheuen sie
sich gar nicht einzugestehen credo etiamsi absurdum.
Uebrigens, brauche ich mich meiner ursprünglichen form
als Sprudel und See nicht zu schämen: die religion, nicht
ich, hat sie mir zuertheilt; zudem beurtheilt man einen
gott wie einen menschen nicht nach dem was er war,
sondern nach dem was er ist; und man weiss ja dass, für
alles, also auch für einen gott, der ursprung und anfang
immer ein kläglicher ist.

4. Niordur, statt obige antwort dem Loki zu geben, lässt gläubig und resignirt den vorwurf gegen seinen mythischen gemeinen ursprung über sich ergehen, tröstet sich aber darüber damit, dass es ihm vergönnt gewesen, zur compensation für diesen gemeinen ursprung, einen sohn, den Freyr, gezeugt zu haben, in dem diese niedere herkunft derart verwischt ist, dass ihn alle Götter und menschen als den Friedherrn (iaðarr) der Ansen verehren. Als sohn des Niordur, des gottes der heiligen gewässer, und des reichlichen fischfangs, war Freyr, speziell, der gott des segenreichen wetters, des feldertrags, und des haushalts, auch der gott des rechtlichen hausstandes, der friedlichen familie, und der ehelichen zeugung. Er war, wie sein name Freyr (sl. Pravo, got. Frau, germ. Frô) aussagt, der milde gütige Friedherr und Hausherr unter den Ansen.

5. Der auf die vorzüge und tugenden anderer stets misgünstige Loki behauptet nun, dass Niordur gar keinen grund habe auf die geburt seines sohnes Freyr stolz zu sein; der ursprung dieses sei noch schmähliger als der des vaters: denn Niördur habe diesen sohn, in blutschänderischer ehe, mit seiner schwester erzeugt: und wie wäre es demnach möglich, frägt er, dass Freyr nicht, schon durch diese seine geburt, ganz schlecht wäre? In der that war die mutter des Freyr und der Freyia, die altslavische göttin Nerthus, die schwester und gemahlin des Niörðr (Vrindus). Als Niordur unter die Ansen aufgenommen wurde, musste er seine philadelfische ehe mit Nerthus aufgeben, und heirathete die finnische jagdgöttin Skaði. Die verstossene Nerthus erhielt sich noch, in der nordischen mythologie, als vanische gottheit unter dem namen Rindur (Vrindus).

Strophen 37, 38, 39, 40.

(Týr und Loki.)

1. Es war an einem Ansen, die schmähung, Loki's gegen Frey, als eine allen Ansen angethane schmach, zurückzuweisen. Sinnig lässt der dichter die sache des friedensgottes Freyr durch den uneigennützigen, opferbereitwilligen kriegsgott Týr verfechten. Týr konnte zwar den Freyr, den gott des friedens, nicht seiner kriegerischen eigenschaften wegen loben; da aber die kriegerischen kampfspiele eine nachahmung des ernsten krieges und ein beweis von kriegerischer gewandtheit und kraft waren, so lobt Týr den Frey erstens als den, im friedlichen kampfspiele, ausgezeichnetsten kämpfer unter den Ansen. Freyr, in der that, war ausgezeichnet im balltreiben oder kugelwerfen. Dieses kampfspiel bestand darin eine schwere kugel oder ballen (norr. bollr, gr. palla, lat. pila) mit der hand oder mit dem schläger gegen den widerpart oder gegen ein bestimmtes ziel hinzutreiben. Nach diesem kampfspiel trug die griechische gymnastik palaistra und die friedlich-kriegerische göttin Pallads ihren namen.

Der kriegsgott Týr (welch' ein zeichen der zeit!) lobt zweitens den Frey darum dass er, durch sein friedliches kampfspiel, nicht, wie im ernsten mörderischen krieg (orrusta), weder ehefrauen zu wittwen noch bräute ihrer verlöbten verlustig macht, und (anderes zeichen der zeit!) dass er nicht die gefangenen, wie im kriege, opfert, und die sklaven verkauft, sondern, als friedensherr und hausgesinde-gott, die gefangenen und sklaven, die ihn um freiheit anrufen, aus ihren banden erlöst.

2. Der neidische Loki, der nicht gern hört dass andere gelobt werden, wendet deswegen seinen spottenden zorn gegen den Týr, der das lob des Freyr gesungen. Er findet

es sonderbar dass Tỳr, der kriegsgott, der im rufe steht zwischen gegnern jeden vergleich und alle versöhnung zu hintertreiben um nur kampf zu stande zu bringen, hier den frieden zu loben sich einfallen lässt. Um dann den beweis zu führen dass Tỳr, seiner attribution gemäss, die feindschaften hege, und um zugleich ihm zu sagen dass er aus dem kampfe nicht immer unversehrt hervorgegangen sei, frägt Loki spöttisch den Tỳr ob er ihm solle ins gedächtniss zurückrufen dass er, der kriegsgott, statt wie Freyr die bande zu lösen, vielmehr am meisten dabei thätig war um den Fenriswolf in fesseln zu schlagen, wobei aber auch er seine rechte hand hat einbüssen müssen.

3. Bei dieser erinnerung an den verlust seiner hand, bleibt Tỳr heldenmüthig gelassen, im bewusstsein dass er, bei jener fesselung des Wolfs, den Ansen ein grossmüthiges opfer gebracht habe. Als kriegsgott weiss er dass, im kampfe, auch der sieger sein blut lassen muss, und indem er den verlust seiner hand bedauert, beklagt er, ironisch mitleidig, auch den verlust des Loki, der nicht hat verhindern können dass man seinen sohn den Wolf in fesseln schlug, worin er bis zum ende der tage verharren müsse.

4. Da Loki merkt, dass er den Tỳr durch seinen spott nicht aus seiner heldenmüthigen gelassenheit hat heraus bringen können, so sucht er, auf andere weise, ihn empfindlicher aufzureizen. Er erzählt, seine eigene schande aufzudecken nicht verschmähend, dass er der frau des Tỳr gewalt angethan, dass sie von ihm einen sohn bekommen, dass aber der kriegsgott, wegen der seiner frau angethanen schmach, nicht die geringste entschädigung weder an geld noch an wollenzeug (vaðmal, s. s. 237) erhalten habe. Kein mythus gibt an wie die ehefrau des Tỳr geheissen

habe. Bedenkt man aber, dass Tẏr ursprünglich der Himmelsgott (gr. Zeus) war, der später sich als kriegsgott spezialisirte, und dass, in den meisten mythologien, der Himmelsgott zur ehefrau die Erdgöttin (norr. Iörð) hatte, so ist es wahrscheinlich, dass auch die ehefrau und schwester des Tẏr die Erdgöttin Iörð die mutter des Thôr war, so dass, mütterlicher seits, Thôr den Tẏr zum onkel hatte (s. Hymiskv., s. 175).

Strophen 41, 42.

(Freyr und Loki.)

1. Als Freyr von Loki oben geschmäht worden war, so war es Tẏr der die sache des Friedengottes aufnahm; es war daher auch an Freyr, als Tẏr geschmäht wurde, entschieden dessen partei zu ergreifen. Entrüstet über die schnöde bosheit des Loki ruft Freyr ihm zu: « Von dieser insel Hlesey aus, auf der wir sind, kann ich im see Amsvartner, aus dem der geiferfluss Vân ausmündet, den werder sehen, auf dem dein sohn der Wolf nun gefesselt liegt; wenn du nicht augenblicklich schweigst, so werden wir Ansen dich gleichfalls in die nähe deines sohnes bringen, und dich in fesseln legen. »

2. Durch die drohung Freyrs gereizt, ergreift nun Loki die gelegenheit, welche ihm oben (str. 37) Tẏr, durch sein auftreten abgeschnitten hatte, um die oben angefangene schmähung gegen Freyr weiter fortzusetzen. Er wirft dem gott des friedens und der familienbande vor dass er, unkriegerisch verweichlicht und durch seine liebesbrunst verleitet, so weit gegangen sei, dass er durch seinen diener Skirnir die tochter des Gymir, die Gerður, als friedel für gold habe erkaufen wollen, und damals, was kein held je thun würde, sein schwerdt dem diener abgegeben habe,

so dass, wenn am ende der tage die Muspils-söhne über den Schwarzwald in Ansgart hereinbrechen werden, der schwerdtlose, armselige held Freyr sich nicht werde zu helfen wissen (vgl. *Fascination de Gulfi*, p. 302-306; *Le Message de Skirnir*, p. 93).

Strophen 43, 44, 45, 46.

(Bỳggvir und Loki.)

1. Diener als hausgesind, obwohl untergeordnet, gehören zum haus, und haben die hausehre und den hausherren, in wort und that, zu vertheidigen. Es ist also natürlich dass Bỳggvir, der hausmeister des Freyr, über die verspottung seines herrn erzürnt, vor der versammlung das wort ergreift, und, halb gegen Loki halb gegen Freyr gekehrt, ausruft : « Wahrlich wenn ich eine geburt, einen stand, und ein ansehen wie mein herr Yngvi-Freyr (s. s. 239) hätte, so würde ich diese unheilkrächzende krähe zu brei schlagen. »

2. Loki, der diese ihn betreffenden worte des dieners gehört, scheut sich nicht auf den hausmeister zu schmähen, weil er somit zugleich auch dessen herrn den Freyr beschimpft, in dessen dienst jener stand. Er nennt den Bỳggvir verächtlich eine kleine unbedeutende creatur, und niederträchtig-wedelndes schooshündchen, das naseweis hier herumschnuppert; das geschäft des Bỳggvi, als höriger, sei an den ohren seines herrn stets zu hängen, um auf sein commando zu hören, und, gleich den sklaven bei den mahlsteinen, mit den mahl-mägden herum zu schwatzen.

3. Bỳggvir der, als hausmeister des Freyr, der typus aller hausmeister bei den menschen ist, hat das gefühl der würde seines amtes; er wendet sich gegen den ihn verhöhnenden Loki und sagt : er trage den von den menschen

bekannten und geachteten namen Bỳggvir (Œconom);
alle hauswirthe und selbst die Götter loben ihn wegen
seiner fürsorgenden bedienung; als hausmeister des Freyr
freue es ihn die Götter, freundlich und froh, beim gastmahl beisammen zu finden, und es ärgere ihn dass dieses
friedensfest durch Loki gestört werde.

4. Loki verwundet hierauf den Bỳggvir an dessen em-
pfindlichstem theile, indem er behauptet dieser göttliche
hausmeister, der auch, im namen .seines herrn, für die
menschen zu sorgen habe, verstehe es nicht einmal diesen
speise und trank, nach verdienst und würde, auszutheilen;
denn als beweis hiervon komme es nicht selten vor, dass
helden auf erden, nachdem sie, den tag über, muthig
gekämpft, abends auf der streuflur der halle sitzend, kein
labsal gefunden, und umsonst den Bỳggvir um speise und
trank angerufen haben.

Strophen 47, 48.

(Heimdall und Loki.)

1. Wie Bỳggvir, der hausmeister der Ansen, so hatte
auch Heimdall, der burgwächter der Götter, eine obgleich höhere doch dienende stellung bei denselben. Deswegen fühlt sich Heimdall berufen dem diener Bỳggvir
gegen Loki beizustehen. Seiner natur nach, als lichtalfe,
zur verständigung, vermittlung, und zum frieden geneigt,
will Heimdall, durch eine spasshafte, witzige wendung
der rede, den Loki zum schweigen bringen. An den vorwurf Loki's anknüpfend, dass die helden nicht nach wunsch
gehörigen trank fänden, entgegnet ihm Heimdall dass
hierin ihm, Loki, wenigstens nichts abgehe, dass er sich
bereits im trinken zu viel gütlich gethan habe, so dass,
trunken, er nicht mehr merke dass, durch sein lärmen

beim gelag, er die gäste ärgere (vgl. Des Hehren Sprüche, s. str. 29).

2. Loki, durch diesen witz gegen Heimdall aufgebracht, wirft diesem sein lästiges amt als burgwächter der Götter vor, wodurch er, in die kategorie des hausmeisters Bȳggvir gestellt, dessen genossen und vertheidiger geworden ist. Heimdall, als personifizirtes symbol des frühmorgens, war der frühthätigste gott und wurde deshalb auch zum thor-eröffnenden wächter der Himmelsburg der Ansen bestellt. So wie alle alten völker sich den sitz der Götter auf einem hohen heiligen berg dachten (sansc. Su-Meru, gr. Olümpos, hebr. Sina, Zion), so verlegten auch die urväter der Goten den Ansen-sitz auf die Himmels-Felsen (Himin-biörg). Dieser runde berg war dadurch unzugänglich gemacht, dass um ihn ein halbrunder feuerbogen (Vafurlogi, Waberlohe) aus drei, gelben, rothen, grünen, feuerströmen bestehend, brannte. Diese waberlohe war aber weise, das heisst, sie wusste zu unterscheiden, wen sie ungebrannt durchlassen durfte. Da nun die Götter durch sie unversehrt vom himmel auf die erde, wie auf einer brücke, auf- und abstiegen, so hiess dieser feuerbogen die Ansenbrücke. Die menschen kennen die Ansenbrücke als den regenbogen, der den himmel mit der erde verbindet. Den farbigen regenbogen verglich man ferner mit einem gestickten saum oder gürtel (vgl. lith. Laumês-gürtel, fr. Courroie de St. Lienard). Deswegen sagt hier Loki, dass Heimdall, als wächter, stets weilen müsse auf dem höchsten punkt (buckel) des Gurtriemens (regenbogens), an dessen hinterm rand (baki) die Himmelsfelsen sich erheben, worin Heimdall wache hält.

3. Heimdall hätte dem Loki antworten können, dass das amt, die Götter durch die Himmelsfelsen in den

Ansengart einzulassen, gar kein erniedrigendes geschäft
sei; er hätte ihn an den Himmelsthorwart St. Peter erinnern können, der sich über seine schlüsselgewalt noch
nie beklagt hat. Zudem war das amt des Heimdall keineswegs trübselig und freudelos, denn in den Sprüchen des
Grimnir (Grimnismál, s. str. 13) wird gesagt:

Der achte sitz ist Himmels-felsen, woselbst Heimdall,
    wie erzählt wird, der heiligthümer waltet;
auf schöner terrasse trinkt der Wächter der Götter,
    fröhlich, den trefflichen meth.

Strophen 49, 50, 51, 52.
(Skadi und Loki.)

1. Die unter die Ansinen aufgenommene jagdgöttin
Skadi (Schade) hatte sich bisher in den wortstreit nicht
eingelassen, selbst nicht bei gelegenheit der angriffe Loki's
auf ihren gemahl Niordur, und auf ihre stiefkinder Freyr
und Freyia. Nun war aber der von natur raschen, ent-
schlossenen göttin die geduld ausgegangen; und da sie, wie
die höhern göttinnen Frigg, Gefion etc., das schicksal,
das dem Loki bevorstand, zum voraus kannte, so spricht sie
unumwunden aus, dass Loki nicht lange mehr seinen
übermuth auslassen werde, oder, wie sie sich ausdrückt,
dass er nicht, wie eine brünstige stute, den schweif heben
und frei hin und her schwenken werde, weil die Götter
ihn bald, zur strafe, schicksalsgemäss, auf drei scharfen
felsblöcken fesseln werden, mit den, aus den gedärmen
seines grausamen (reifkalten) sohnes Vali, bereiteten banden (s. *Fascination de Gulfi*, p. 334).

2. Der drohung der Skadi entgegnet der überkühne
Loki, um seine widerstandskraft bei der fesselung darzu-
thun, und zugleich um die göttin tief in ihrem pietätsgefühl
für ihren vater Thiassi zu kränken, dass sie doch beden-

ken möge, dass er Loki vorn an und der eifrigste war, als die Ansen auf Thiassi losgingen, um ihn zu tödten (s. *Fascination de Gulfi*, p. 332).

3. Skadi, rachedürstend, antwortet dem Loki, dass, gerade weil er der eifrigste mörder ihres vaters Thiassi gewesen, ihm, von ihrem wohnsitz aus, stets böse anschläge und todesgefahr erwachsen werden. Diese rachedrohung der Skadi ging in der that auch bald nachher in erfüllung, da diese göttin, bei der bestrafung des Loki, diesem furchtbare qualen und gräuliche verzuckungen bereitet hat (s. *Fascination de Gulfi*, p. 332).

4. Mit schalkhafter und bitterer ironie erinnert Loki die göttin Skadi daran, dass, wenn sie jetzt so feindselig gegen ihn sei, sie es nicht immer so gewesen, damalen nicht, als sie sich herbeiliess, ihn mit liebevoller freundlichkeit zu sich in ihr bett zu locken. Diese mythische liebschaft der Skadi mit Loki ist nicht weiter bekannt; sie mag aber, obgleich symbolisch unverfänglich, in der religiösen tradition erzählt worden sein; auf gleiche weise hatte Skadi, die ehfrau des Niordur, auch aus der liebschaft mit Odin den sohn Viðar, der der liebling seines vaters war (s. oben s. 220).

Strophen 53, 54.

(Sif und Loki.)

1. Bis jetzt waren, ausser Sif, alle Ansinen in ihrer frauen-ehre und göttlichen würde von Loki beleidigt und geschmähet worden. Sif hoffte dass, wenn sie den Loki durch freundlichkeit gewinnen könne, er sie verschonen und sie ungeschmähet lassen würde. Sie brachte ihm deswegen eine gesundheit aus, in einer mit einem goldreif verzierten vorzüglichen schaale, mit firnem meth gefüllt,

und bat ihn sie unter den wenigen, von ihm nicht ge-
schmäheten, gottheiten zu lassen.

2. Loki aber, von unerbittlicher schmähsucht getrieben,
antwortet der Sif, der gemahlin des Thôr, nachdem er die
von ihr ihm entgegengebrachte schaale geleert hat: Sif!
du wärest einzig unter den ehefrauen, wenn du, neben
dem Thôr, deinem eheherrn, so keusch und spröde mit
andern männern geblieben wärest (vgl. Graubartslied,
s. 176); aber ich kenne (und ich glaube, dass auch du ihn
kennst) den galan (mich) den du dir neben dem Gluthreit (Thôr) hieltest. Loki spielt hier auf einem mythus an,
der wahrscheinlich erzählte wie er mit Sif die Thrûdur
(s. ob. s. 25) zeugte, welche so die stieftochter des Thôr
wurde (dass aber Loki im Graubartslied, s. 106, sich
selbst als den galan bezeichne, den Sif bei sich gehabt,
scheint mir nicht wahrscheinlich). Mit dieser anspielung
schmäht hier Loki nicht allein die ehefrau Sif, sondern
wirft auch spottende schmach auf ihren eheherrn Thôr,
den pflegevater der unehelich gezeugten Thrûdur, den er
hier, unvorsichtiger weise, mit dessen gefürchteten namen
Gluthreit nennt. Dadurch dass Loki den namen des
Thôr aussprach beschreit er magisch den gott, und
dieser, so beschrieen, erscheint alsbald zur stelle. Das
volk sagt noch heute bei beschrieenen gegenständen:
Wenn man den wolf nennt (beschreiet), kommt er gerennt. Thôr war damals gegen anfang des frühlings auf
seiner rückreise aus Jotnenheim nach Ansengart begriffen; aber, unterwegs plötzlich durch Loki unbedacht-
sam beschrieen, begab sich augenblicklich der Donnergott
dorthin wo sein name ausgesprochen worden war (vgl.
Graubartslied, s. 105). Sein herannahen war wie gewöhnlich dadurch verkündigt, dass die felsen der um-
gegend vom dem donnergedröhn erzitterten.

Strophen 55, 56.

(Byggla und Loki.)

1. Byggla, die frau des hausmeisters Bȳggvir, die, als
dienende hausmeisterin, unten an der thür des saales
sass, vernahm zuerst das draussen durch die ankunft
Thôrs veranlasste gedröhn, und verkündete sogleich den
gästen dass, wie sie vermuthe, Gluthreit hier erscheinen
und den Loki, der alle Götter und sogar die hauswirthe
(Freyr und Bragi) beschimpft hat, zur ruhe bringen
werde.

2. Loki kehrt nun seine bosheit gegen die dienerin
Bȳggla; er behandelt sie höchst verächtlich, und über-
schüttet sie mit seinen unflätigen schimpfnamen, im
augenblick wo Thôr in den saal tritt, und diese be-
schimpfungen zum theil noch mit anhören kann.

Strophen 57, 58, 59, 60, 61, 62, 63.

(Thôr und Loki.)

1. Thôr, obwohl über die schmähreden Loki's entrüstet,
mässigte sich doch in seinem zorn. Unter allen andern
umständen, hätte der stets schlagfertige Donnergott den
Loki mit seinem starkhammer (Zermalmer, s. s. 86)
erschlagen. Hier aber, in der Œgishalle, wo, wie in jeder
wohnung, der gottesfriede, zumal bei einem versöhnungsfest (s. s. 190), musste bewahrt werden, versuchte er
den Loki, blos durch drohung mit dem Hammer, zum
schweigen zu bringen, oder ihm die rede zu benehmen.
Loki wusste aber dass gerade, in den jetzigen umständen,
die drohung Thôrs erst dann in erfüllung gehen würde,
wenn er den Donnergott auf's äusserste gereizt hätte;
deswegen scheut er sich nicht den im zorn furchtbaren

Thôr zu verspotten. Er sagt spöttisch dass Thôr, der als
Erden-sohn die verpflichtung habe, die erde vor den
Jotnen zu beschützen, sich nun plötzlich aus der gefahr
vor den Jotnen hieher unter dach und fach geflüchtet
habe, um sich, in dieser halle, in sichern schutz unter
zu bringen; hier in der friedensbehausung, wo man sich
nicht todtschlägt, da habe Thôr es leicht in worten und
drohungen den kühnen zu spielen: wenn aber jener Wolf,
den man von hier aus sehen kann (s. str. 41), in der
Götterdämmerung den Siegesvater (Odin) ganz verschlun-
gen haben wird, und es sich dann darum handelt den kampf
mit dem Wolf aufzunehmen, um den Siegesvater zu rächen,
da wird wohl Thôr diess nicht wagen, weil er schon
genug mit seinem eignen gegner der Mittgartschlange
zu thun haben wird. Loki wirft also dem Thôr feigheit
und sogar ohnmacht vor, und erniedrigt ihn so in seiner
göttlichen eigenschaft als mächtigen und heldenmässigen
Gott.

2. Als Thôr sieht, dass seine blosse drohung den Loki
zu tödten, diesen nicht zum schweigen gebracht, so ver-
schärft er diese drohung dadurch, dass er sie zu einer
förmlichen aufforderung zum schweigen erhebt. Die
förmliche aufforderung bestand gewöhnlich in einer
dreimaligen einladung, worauf dann die thatsächliche
strafe erfolgt. Deswegen lässt hier Thôr noch drei auf-
forderungen an Loki ergehen. So erklärt sich die vier-
malige wiederholung der drohung Thôrs, fast in denselben
ausdrücken, welche wiederholung von seiten des schlagfertigen Donnergotts, sonst wie eine lächerliche langmuth
sich ausnehmen würde. In seiner auf die drohung
folgenden ersten förmlichen aufforderung, sagt Thôr dass,
wenn Loki nicht schweigt, er ihn hier in der halle tief in
den boden hineinschlagen werde, bis hinab in die Hel, wo

niemand mehr fernerhin ihn sehen wird, gerade sowie er diess mit den Jotnen in seinen Ostkämpfen zu thun pflegt.

3. Die erwähnung Thôrs von seinen kämpfen im östlichen Jotnenheim, gibt dem boshaften Loki veranlassung den Thôr spöttisch an jene ostkämpfe zu erinnern wo er, der mächtige Donnergott, durch die allgewaltige magie des iotnischen Utgarda-Loki überwunden worden sei, eine geschichte die Snorri ausführlich erzählt hat (s. *Fascination de Gulfi*, s. 319).

4. Da die erste aufforderung bei Loki nichts bewirkt hat, so geht Thôr zur zweiten aufforderung über, indem er sagt dass, wenn Loki nicht schweigt, er, Thôr, nur braucht hier den Hammer, der den Jotnen Hrungnir (s. Das Graubartslied, s. 130) getödtet, bloss mit der rechten hand zu werfen (ohne denselben, wie draussen im freien, mit gewalt aushohlend, mit beiden händen zu schleudern), um dem Loki alle knochen am leibe zu zerschlagen. Hierauf erwiedert Loki, in seinem neckenden spott fortfahrend, dass unerachtet dieser aufforderung und dieser drohung mit dem Hammer, er gedenke wohl noch lange zu leben; er wisse ja, dass die schläge die Thôr auf das haupt des Skrymnir mit dem Hammer gethan diesen Jotnen auch nicht getödtet haben, dass Thôr so schwach sei dass er den proviantsack des Skrymnir mit aller anstrengung nicht zu öffnen vermochte, und dass er, bei seinem kräftigen appetit und bei unversehrtem leib, doch grossen hunger hat leiden müssen (s. *Fascinat.*, s. 319).

5. Auf die spottreden Loki's hin, macht nun Thôr die dritte und letzte aufforderung, indem er sagt dass nun der Hammer den Loki zum schweigen bringen und ihn in die unterste hölle hinabschlagen wird. Loki weiss nun dass, auf diese dritte aufforderung, nothwendig der

schlag Thôrs erfolgen wird; deswegen erklärt er schnell,
dass er vor dem schlagfertigen Gott zurückweichen und
sich entfernen will, zumal da er bereits den andern Ansen
und Ansinen alles gesagt, was ihm sein gelüst gegen sie
eingegeben hat.

6. Loki verlässt den saal; aber an der thür wendet er
sich nochmals um, um auch gegen den oben sitzenden
amphitryo Œgir einen bösen fluch anszusprechen; er
diesem anwünscht, dass die flamme, die hier im saale zur
freude der gäste brennt, sich vergrössernd überschlage
auf alle seine hier befindliche habe, und sie derart ganz
verzehre dass Œgir, arm und heimathlos, ins elend
getrieben, seiner verbrannten habe für immer den rücken
kehren müsse.

Das gedicht Lokis Wortstreit ist nun zum völligen
abschluss gekommen. Was dem Loki ferner widerfahren
wird, hat der dichter, nach seinem zweck, hier nicht
weiter zu erzählen.

Strassburg, Druck von G. Fischbach. — 1802.

geschehen könne, sollte Thôr ihm den Federnbalg der Freyia verschaffen. Um nämlich sich magisch schnell, oder wie man sagt in einer augenblicks-fahrt (svipför), bewegen zu können, umkleidete sich diese göttin mit einem vogel- oder federnbalg. Da die Freyia als geliebte des kampf-gottes Odin, auch als valkyre manchmal in den kampf zog, so trug sie, nach art der Valkyren, auch einen schwanenbalg, und deswegen sagen die Thrymischen (þrymlur): « Loki soll fahren als schwan vogel. » Aber hier ist der von Thôr der Freyia begehrte federnbalg kein schwanenbalg, sondern ihr falkenbalg, in den sie sich steckte wenn sie, im frühling und sommer, eine friedliche schnelle ausfahrt unternehmen wollte. Diesen balg hätte Freyia dem trügerischen Loki niemals geliehen; als aber Loki und Thôr zum wohnsitz der göttin gekommen waren, und Thôr vor ihr allein erschien und von ihr den Federnbalg begehrte, glaubte sie dass Thôr, in eigner person, davon gebrauch machen wolle, und war bereit ihm das kostbare gewand zu überlassen, damit er den Hammer wieder bekomme, von dessen besitz ja auch ihre sicherheit abhing. Hätte Thôr grösseres zartgefühl gehabt, so hätte er der Freyia eingestanden dass das federnhemd dem Loki bestimmt sei; da er aber ihre weigerung befürchtete, so liess er sich eine verheimlichung zu schulden kommen, die darum unrecht war, weil der freund dem wir etwas anvertrauen nicht das recht hat zu gunsten anderer darüber zu verfügen.

Strophen 4, 5, 6.

Nachdem Thôr den Federnbalg von Freyia erhalten und ihn, verabredetermassen, dem Loki übergeben hatte, kleidete sich dieser darein und flog hinweg, um, wie er behauptete, den dieb des Hammers auszukundschaften.

Da Loki aber zum voraus wusste wer dieser dieb war, so durchstöberte er nicht lange die welten, sondern flog im rauschenden Federnbalg direkt zu Thrym nach Jotnenheim, um seine pläne auch an diesem auszuführen.

2. Die häuptlinge jener alten zeit, um ihr gebiet vor, zu land oder zu wasser kommenden, feinden zu wahren, hatten ihren wohnsitz oder gehöft bei einer anhöhe, wo sie alles wie von einer burg herab überwachen konnten. Loki fand den Thursenhäuptling Thrym auf einer anhöhe. Die Jotnen dachte man sich noch in dem primitiven sozial-zustand als kämpfer, als jäger, als fischer. Als sturmgott war Thrym symbolisch ein wilder jäger. Da die jagd damals nicht wie heute auf hasen und feldhühner, sondern auf urochsen und bären ging, so benutzte man dazu nicht fein abgerichtete setters, sondern grimme wolfshunde, welche wegen ihrer farbe die grauen oder greyen hiessen. Da Thrym ein reicher Jotne war, so war er damit be-schäftigt seinen greyen aus golddraht goldne halsbänder zu schnüren. Als sturmgott, der auf schwarzen wolken jagt, hatte Thrym auch schwarze rosse, welche ursprüng-lich die schnellen sturmwinde symbolisch bedeuteten. Er war damit beschäftigt auch diesen ihre mähnen glatt zu streichen.

3. Bei der ankunft des Loki war Thrym zuerst begierig zu erfahren was bei den Göttern auf den diebstahl erfolgt sei, oder wie sie diesen aufgenommen. Dabei war er erstaunt dass Loki allein nach Jotnenheim gekommen, da er sich erwartet hatte dass Loki den Göttern den ent-wender verrathen und sie aufgefordert haben werde eine gesandtschaft an ihn zu schicken, um wegen der zurück-gabe des Hammers zu unterhandeln; zu einer gesandt-schaft gehörten aber, in jenen zeiten, drei personen: ein sprecher und zwei zengen der gepflogenen verhandlung.

Auf die von Thrym gestellten fragen wie es stehe bei den Göttern und warum er allein erscheint, antwortet Loki nur auf die erste, indem er anzeigt dass, seitdem Thrym dem Thôr (Glutreit) seinen Hammer, um ihn von den Ansen einlösen zu lassen, versteckt habe, es schlecht stehe bei den Göttern; auf die zweite frage zu antworten übergeht er, indem er von Thrym erwartet er werde von selbst die bedingungen angeben unter denen er sich zur rückgabe des Hammers verstehen werde.

Strophe 7.

1. Thrym, um seine bedingungen zur rückgabe des Hammers hoch stellen zu können, erklärt dass er den Hammer in Jotnenheim (vor der erde drunten) acht tagereisen tief im boden versteckt halte. Da nach damaliger mythologischer zählung jede bemessung auf der heiligen zahl drei und deren multiplizirung neun beruhte, so war der grund von Jotnenheim im ganzen neun tagereisen tief. Wenn also gesagt wird der Hammer seie acht tagereisen tief versteckt, so deutet dies eine tiefe an, die fast bis auf den äussersten grund geht, so dass niemand ausser Thrym vermag ihn aus dieser tiefe herauf zu holen. Bei solcher sichern verwahrung des Hammers darf Thrym seine bedingung zur zurückgabe hoch stellen, und er erklärt dass niemand den Hammer zurückerhält der ihm nicht als ehfrau im brautwagen die göttin Freyia zufahren wird.

2. Hier ist der ort den diebstahl des Thrym nach seiner species zu kennzeichnen. Es gibt verschiedene arten von verdecktem diebstahl, die aber, weil in den köpfen die unterscheidung fehlte, in den meisten sprachen auch keine bestimmte bezeichnung gefunden haben. Denn wenn es wahr ist dass

eben wo die begriffe fehlen
da stellt das wort sich treffend ein,

so ist es ebenso wahr dass, wo der geist nichts genau unterscheidet, er auch in der sprache kein unterscheidendes wort schafft. Wenn man absieht von dem rothwelsch der diebe, wo bezeichnende ausdrücke für alle arten der gaunerei (ital. mafia) vorkommen, so finde ich nur in der französischen sprache einen speziellen ausdruck um die art des diebstahls des Thrym bestimmt zu bezeichnen. Dieser ausdruck ist chantage. Dieses wort, gebildet von chant (sang, magischer ansang, lat. incantatio) bedeutet eigentlich singerei (anschrei, geschrei), und bezeichnet unter anderem das geschrei das man erhebt um, wie man glaubt, die fische in's garn zu jagen, so wie man durch lärm das wild in die netze und zum schuss vortreibt. Durch metonymische katachrese bedeutet dann das wort chantage die erpressung und räuberei (sic. ricatto) durch androhung eines grössern verlustes wenn man sich weigern würde das geraubte (sic. ricattato) einzulösen, so wie z. b. räuber (sard. grassatori) drohen die person die sie geraubt zu tödten, wenn man sie nicht mit lösegeld loskauft, oder so wie andere gauner (sic. mafiosi, piccioti) damit drohen schändliche geheimnisse zu veröffentlichen, wenn man nicht mit geld ihr schweigen erkauft. Auf diese art gewinnt der raub das aussehen eines käuflichen austausches (oder loskaufs). Zu dieser art chantage gehört der raub des Thrym. Der Jotne hat nicht den Hammer entwendet um ihn für sich, als dem donner- und sturmherr der Jotnen, zu gebrauchen; er hat ihn blos entwendet um durch ihn, als lösegeld, die Freyia zu erlangen. Er stellt als bedingung des loskaufs : wollt ihr den Hammer, so bringt mir dafür Freyia (fr. c'est à prendre ou à laisser).

Strophen 8, 9, 10.

Der böse Loki, der den Thôr in verlegenheit gebracht, ist, nachdem er die bedingungen des Thrym zur einlösung des Hammers vernommen hat, abermals erfreut nun auch die Freyia in die klemme zu bringen, und erwartet nur noch die gelegenheit ab um auch endlich den Thrym in's verderben zu stürzen. Er macht daher dem Thrym keine einwendungen gegen die bedingung die Freyia auszuliefern, sondern er gibt sich die rolle eines blosen boten der die botschaft dem Thôr, welcher ihn abgesendet, zurückzubringen hat. Da er sich nun das ansehen geben kann als hätte er, nach langem nachforschen, endlich in Jotnenheim den dieb recht eigentlich entdeckt, fliegt er, um diese nachricht zu bringen, zu Thôr zurück. Dieser war natürlich auf die ankunft des Loki gespannt, und ging diesem halbweges aus seiner wohnung, bis mitten in die gehäge von Ansgart, entgegen; und sobald er ihn erblickt frägt er ihn angelegentlich ob er, nach überstandener auskundschaftsmühe, auch gute auskunft mitbringe; er fordert von Loki, ehe dieser noch vom flug in der höhe sich herabgelassen hat, augenblicklichen bericht. Dadurch dass der ehrliche Thôr dieses von Loki, den er wohl als einen schelm kennt, dringend begehrt, erweist er sich, was zu verwundern ist, als einen gewiegten diplomaticus; er scheint die kniffe der botschafterei zu kennen, und zu wissen dass gewisse gesandte, wenn es ihr interesse ist, auf ihren kopf hin die sachen falsch darstellen, und, wenn man ihnen zeit lässt, nach verlauf eines diners oder über nacht, Talleyrandische lügnerei ersinnen oder diplomatischen mismasch treiben. Loki *stante pede* und à *brûle-pourpoint* zur rede gestellt, berichtet dass er den dieb des Hammers in Thrym entdeckt habe, und als botschaftbescheid die nachricht mitbringe, dass, um den Hammer zurückzubekommen, man dem Jotnen die Freyia als braut zufahren müsse.

Strophen 11, 12.

1. Thôr und Loki gingen nun mit einander zu rathe was bei sothanen umständen zu machen sei. Da der boshafte Loki die gestellte bedingung des Thrym als dessen letztes wort, als eine conditio sine quâ non darstellte, so hielt es Thôr für geboten (wenn es denn doch so sein müsse), dass Freyia sich einfach anschicke den Thrym zu ehelichen. Loki stimmte ihm schelmisch bei, und beide begaben sich hierauf zu Freyia, wo Thôr, in seiner ehrlichkeit, nichts eiligeres zu sagen fand als dass dies frauenzimmer sich zur brautfahrt nach Jotnenheim rüsten möge. Aber mit diesem antrag fuhr Thôr bei der schönen Freyia glänzend ab; und aufrichtig gesprochen konnte man doch diesem herrlichen edelfräulein nicht zumuthen die ehefrau des lümmelhaften, ungeschlachten Jotnen zu werden, wie sehr dieser auch nach ihr verlangen trüge. Beim antrag des Thôr schnaubte Freyia der art vor zorn, dass die luft erzitterte, wie sie, nach Dante, vibrirte vor dem schnauben (frama) des leuen in der Gehenna (s. *Explication des passages mal interprétés de la divine Comédie);* sie stampfte gewaltig mit den füssen, so dass der erdboden von ganz Ansgart und somit alle wohnsitze der Ansen erbebten. Vor ärger schwoll ihr schöner hals dergestalt an, dass er das anliegende halsband, das hehre Brisinger-geschmeid (s. s. 92) zersprengte. Wüthend warf sie dem verblüfften Thôr die worte entgegen : wahrlich ich müsste, wiss es, das männersüchtigste weibsbild auf gottes erdboden sein, wenn ich mich von dir nach Jotnenheim fahren liesse.

2. Durch das zornschnauben des fräuleins war die luft erschüttert worden, und durch das gewaltige stampfen der schönen jungfrau hatte der erdboden in ganz Ansengart erbebet; durch diese lufterschütterung und dieses erdbeben plötzlich aufgeschreckt, stürzten die Götter und Göttinnen aus ihren behausungen in's freie, wähnend der unbekannte dieb sei, mit dem gestolnen donnerwetter-erzeugenden Hammer, in Ansengart eingebrochen, und verführe nun diesen furchtbaren heidenlärm. Ungewiss liefen sie zu ihrem gewohnten sammelplatz unter der Yggdrasill-Esche, um, zu schutz und trutz, sich zu berathen, so wie ehemals die wackere bürgerschaft Strass-burg's, wenn stadtlärm unter den adeligen ausgebrochen, bewaffnet auf den Münsterplatz stürzte, um dem krawall entgegenzutreten. Hier erfuhren die Götter den hergang der sache und traten ausserordentlich zusammen zu einer ordentlichen sitzung und zur ernsten berathung über die sachlage.

Strophen 13, 14, 15, 16, 17, 18, 19.

1. Der ursprungliche mythus, der blos symbolisch und kurz gefasst war, sagte nur aus dass Thôr durch list wieder seinen Hammer erlangte. Die art aber wie Thôr durch list zu seinem Hammer kam ist mit der zeit durch die tradition immer epischer ausgemalt worden, und ausserdem haben wir hier im gedicht noch die epischen zuthaten unseres dichters vor uns. Dieser nimmt an und erzählt dass die Götter, in ihrer versammlung, eine list ausdachten und ins werk setzten. Der hochweise Heimdall, der neun mutterwitze besass und sich auf list verstund so gut wie die als listig bekannten höchsten Vanen Nior-dur, Rindur, Freyr und Freyia, schlägt der versammlung vor dass Thôr selbst sich dem Thrym, unter der gestalt

der Freyia, darstelle. Um diese rolle spielen zu können, musste Thôr sich als Freyia verkleiden; als junges frauenzimmer musste er lange über's knie herabfallende weiberkleider anlegen; statt der fehlenden brüste zwei runde steine unter das brustgewand stecken, nach art der bräute den brautschleier umbinden, und am gürtel den schlüsselbund zum zeichen ihres künftigen berufs als hausfrau tragen, die hohe damals gebräuchliche kopfbedeckung oder den hohen Fald (s. Rîgs Sprüche, s. 39) aufsetzen, endlich, damit Thôr nicht blos für ein frauenzimmer, sondern speziell für die echte Freyia genommen werden konnte, musste er eines der hauptkennzeichen dieser göttin, nämlich den hehren Brisinger-schmuck anlegen.

2. Die Götter hätten besser gethan eine andere list anzuwenden, nämlich die rolle der bräutlichen Freyia nicht dem Thôr, der dazu gar kein talent hatte, sondern dem Loki zu übertragen, der dazu äusserst geschickt gewesen wäre, und sie ohne widerrede übernommen hätte. Die von Heimdall vorgeschlagene list hatte der dichter erdacht oder der tradition entnommen, ohne zu bedenken dass sie zu moralischen, archäologischen, und epischen bedenklichkeiten führte, die er in der erzählung hätte ganz gut vermeiden können.

3. Die Geschichte zeigt dass je mehr die cultur und sitte voranschreitet, die ursprünglich fast gleiche bekleidung des mannes und des weibes immer deutlicher sich unterscheidet. Da die stellung des weiblichen geschlechts eine dem männlichen untergeordnete war, so hüteten sich männer, die an ihrer männlichkeit hielten, äusserlich durch kleidung für weiber gehalten zu werden, und betrachteten es als schimpflich in weiberkleidern zu erscheinen. Aeltere naturreligionen hingegen, welche den

geschlechtstrieb vergötterten und die promiscuität zuliessen, geboten sogar, bei gewissen festen, den männern in weiberkleidern und den weibern in mannskleidern das fest zu begehen. Da dies zu unzucht mancherlei art anlass gab, so verpönten sittlichere religionen solche verkleidungen (s. Deuteron, 22, 50), und die Nordländer hielten einen als weib verkleideten mann für einen argen, das heisst für einen unzüchtigen feigen (Lokasenna, 23, 61). Dem ehrlichen einfach sittlichen, höchst männlichen Thôr war es zuwider, sich als Freyia in weiberkleider stecken zu lassen. Loki, der immer darauf bedacht war jedem der Ansen unangenehmes zu bereiten, benutzte ein durchgreifendes argument ad hominem um den Thôr zu dieser widerlichen verkleidung zu bereden: er sagte ihm nämlich dass, wenn er durch seine weigerung das vorgeschlagene listmittel ausschlage, der Hammer nicht erlangt werden könne, und dass alsdann die Jotnen bald in Ansengart eindringen, und daselbst als sieger wohnen werden. Da Thôr eine solche eventualität unter allen bedingungen verhüten wollte, so bequemte er sich dazu sich als Freyia in weiberkleidung einstecken zu lassen.

4. Der böse Loki war seinem karakter nach ein arger, das heisst ein feiger und unzüchtiger; er hatte sich früher in eine stute verzaubert und den hengst Sleipnir geboren. Da stuten, geisen, und galze für die scheuesten, feigsten thiere galten, so war Loki als stute ein feiger (s. Lokas., 23, 61). Er hatte in Jotnenheim sich auch in ein fahrendes zauberweib verwandelt, und als solche scheussliche unzucht getrieben (s. Lokas., str. 23). Als feiger, unzüchtiger, hätte Loki durchaus nicht dieselben scrupel wie Thôr gehabt, und er hätte willig die rolle der Freyia übernommen und ihre kleider und schmuck angelegt. Der dichter hat ihm aber diese rolle nicht zuertheilt,

wahrscheinlich weil er dachte die Freyia würde ihm das Brisinger-geschmeid nicht anvertraut haben, da Loki ihr dasselbe einstens, als dieb, entwendet hatte (s. Snorra Edda, ed. Rask, s. 356). Da nun die Ansen dem Loki die rolle der Freyia nicht ertheilen wollten, so legte er sich eigenmächtig die rolle des dienstmädchens bei, das den Thôr als Freyia-braut nach Jotnenheim begleiten sollte. Indem der dichter aber den Thôr als Freyia und den Loki als seine kammerzofe, ganz allein ohne andere begleitung, nach Jotnenheim fahren lässt, so begeht er hierdurch einen verstoss gegen sitte und gebrauch jener zeit. Es war nämlich sitte dass nur dem sklavenstande angehörige bräute dem bräutigam ohne weitere begleitung zugehen durften; eine so hohe braut wie Thôr - Freyia konnte schicklicherweise nicht, wie es hier erzählt wird, blos von der zofe begleitet bei Thrym erscheinen. Da aber, nach der tradition, Thôr manchmal ganz allein, von Loki begleitet, nach Jotnenheim gefahren ist, so glaubte der dichter diesen verstoss gegen sitte und gebrauch in seiner erzählung übersehen zu dürfen.

Strophen 20, 21, 22.

1. Nachdem die Götter die brautfahrt des Thôr und des Loki nach Jotnenheim beschlossen hatten, traf man sogleich die veranstaltung dazu. Der ursprüngliche mythus hatte ausgesagt dass Thôr allein auf seinem donnerwagen zu Thrym gefahren sei, um den Hammer durch list zurückzubekommen. Der dichter lässt also auch hier den Thôr allein mit dem Loki nach Jotnenheim im donner- wagen fahren. Um sogleich den wagen (welcher das symbol der blitzgeschwängerten donnernden wolken ist) mit den böcken (stösser, die symbole der schwarzen stoss- winde), welche den wagen voranstossen oder ziehen

sollen, zu bespannen, wurden diese böcke von der weide nach hause getrieben, dann an die wagendeichseln angeschirrt, und stark zum lauf aufgemuntert, damit Thôr und Loki so bald als möglich vor abgelaufener frist zu Thrym kämen. Verlobungen und hochzeiten mussten nämlich vor ablauf einer zugesagten frist statt haben. Diese frist war nach der heiligen zahl drei bestimmt, so dass jeder vertrag, wie noch heutzutage, in drei, sechs, neun tagen, monaten, oder jahren, zum abschluss kommen musste. Da Loki den Thrym am folgenden tag, nachdem der diebstahl geschehen, besucht und von ihm die bedingung der herausgabe des Hammers erfahren hatte, so war dies der erste tag von dem ab die Ansen zu entscheiden hatten, ob sie die gestellte bedingung eingehen wollten. Seit diesem ersten tag aber waren nun durch die rückkehr des Loki, durch den besuch des Thôr bei Freyia, durch die götterversammlung und den endlichen götterbeschluss bereits acht tage verflossen, so dass Thôr und Loki am letzten termin, oder am neunten tage, bei Thrym anlangen mussten; sie hatten also zu eilen, um vor abfluss des termins zu erscheinen. Die fahrt im donnerwagen war aber nicht nur eine schnelle, sondern auch eine geräuschvolle. Denn so oft, in der mythologie, mächtige götter und heroen heranreiten oder heranfahren, so geschieht dies mit grossem geräusch, um symbolisch ihre übermacht und majestät anzudeuten. Mit grossem getöse kündete sich daher Thôr's fahrt zu Thrym, von weitem schon, an, so dass von dem gedröhn die felsen zerbrachen, und die erde durch die geschwinde bewegung des wagens in flammen sprühte.

2. Thrym vernimmt in seiner behausung das gedröhn des donnerwagens, das sich schon aus der ferne hören lässt; er schliesst daraus dass man ihm nun die maje-

stätische braut Freyia zufahren wird; er befiehlt deshalb
seinen Jotnen alle vorkehrungen zum gehörigen feierlichen
empfang der braut zu machen, und, wie es der brauch,
die bänke für die gäste mit heu zu bestreuen (s. s. 96).
Dann überlässt er sich seinen liebesgefühlen und sagt
dass sein höchster wunsch nun in erfüllung gehen werde;
er habe bereits schon grosses und reiches besitzthum,
fahrendes gut, und schmucksachen, überdies im gehöft
kühe mit goldringen an den hörnern, und schwarze stiere,
alles nach wunsch und zu seiner freude; ihm habe nur
noch zur ehfrau die herrliche Freyia gefehlt, die tochter
des Niord von Schiffzäunungen (s. *Fascination de Gulfi*,
p. 266) die ihm nun zugeführt werde.

Strophen 23, 24, 25, 26, 27.

1. Freyia (Thôr) und ihre zofe (Loki) waren gegen
abend in Jotnenheim angelangt. Obgleich nun der tag,
bei den Ansen, der nacht, bei den Jotnen, entspricht, so
denkt sich der dichter doch dass die beiden fräulein gegen
abend des Jotnentags (der eigentlich für sie nacht war)
angekommen seien. Die beiden frauenzimmer wurden
nicht gleich dem Thrym vorgestellt, sondern ins gäste-
haus geführt, um sich vorerst von der reise zu erholen
ehe sie zum gastmahl gingen, wo die vorstellung stattfinden sollte. Da die vorstellung der zwei allein angekommenen frauenzimmer kein langes ceremoniell veranlasste, so übergeht der dichter dieselbe, und spricht
nun von dem gastmahl, wo Freyia und seine zofe als haupt-
gäste zugegen waren.

2. Die rolle welche Thôr als Freyia zu spielen hatte,
bestand hauptsächlich darin dass er, durch sein betragen,
alles vermied was, bei Thrym, irgend argwohn über
seine qualität als Freyia erregen konnte, und dass er

nicht eher als Thor entdeckt werde als bis er seine waffe zu handen hätte, um sich gegen die Jotnen, wenn es nöthig wäre, vertheidigen zu können. Thôr aber, der zu seiner rolle gar nicht geschaffen war, betrug sich weniger geschickt als es Loki gethan hätte, und verrieth sich schon dadurch dass er mehr als frauenzimmer zu thun pflegen, beim mahle, ass und trank. Ursprünglich hatte Thôr so wie der griechische Heraklès auch die attributionen des alten himmels- und sonnengottes (s. *Fascination de Gulfi*, s. 323); als sonnengott saugte er die dünste des meeres und der erde auf, und ward so ein vieltrinker; als mächtiger starkleibiger gott war er auch wie Heraklès ein vielesser. Der mythus und die erzählung des dichters wollen nun hier den Thôr nicht als vielesser und vieltrinker tadeln, sondern nur zeigen dass der gott, durch sein rückhaltloses essen und trinken, sich ungeschickt fast verrathen und somit sich und die Ansen in die äusserste gefahr von seiten der feindlichen Jotnen gebracht hätte. Dem Thrym war das ungewöhnlich viele essen und trinken der braut auffällig, so dass er auf den argwohn dass hier betrug obwalte, leicht verfallen konnte. Er äusserte sich hierüber bei seiner nachbarin am tische, der zofe der Freyia. Diese aber schnell bedacht erfand auf seine rede eine antwort, die ihm den argwohn benehmen sollte, indem sie die ursache des grossen appetits der braut dadurch erklärte dass sie sagte Freyia habe, seit sie den antrag Thryms zur heirath, also seit acht tagen oder acht nächten, eine so grosse sehnsucht nach dem bräutigam empfunden, dass ihr aller appetit darüber vergangen sei, und nun da sie ihren zweck erlangt, aus grosser freude, nach so langem fasten, sich desto mehr an speise und trank gütlich thue. Desgleichen als Thrym seine als in ihn verliebt geschilderte braut küssen wollte,

und sich deshalb unter ihren ihr gesicht bedeckenden
schleier bückte, warf ihm Thôr, statt höchst freundlich
zu thun, einen so furchtbar erzürnten blick entgegen,
dass der Riese, vor schreck, den saal entlang wegsprang.
Auch dieses den höchsten argwohn in Thrym erweckende
ungeschickte benehmen des Thôr erklärte die schnell-
bedachte zofe dem bräutigam dadurch, dass sie sagte die
braut habe vor liebesdrang die letzten acht nächte nicht
schlafen können, deswegen habe sie in ihren schlafsüch-
tigen augen einen so stieren blick, den ihr der bräutigam
deshalb zu gute halten müsse.

Strophe 28.

Es war im Norden, in den spätern zeiten der heidnischen sitte und religion, der gebrauch dass die früher
als wahrsaginnen hoch gestellten Völven, nachdem ihr
credit beim volke gesunken war, bei allen familienfesten
bettelhaft erschienen, und bei hochzeiten von der braut
geschenke begehrten, mit dem versprechen ihr dagegen
glück zu wünschen, und, vermöge ihrer magischen kräfte,
glück zu verschaffen. Von dem erscheinen einer solchen
völva bei Thryms hochzeit war natürlich, im alten symbolischen mythus und selbst nicht einmal in der ältern
epischen tradition, noch keine rede. Unser dichter trug
aber diesen zu seiner zeit bestehenden gebrauch in seine
erzählung ein. Er erzählt hier dass eine völva oder schädliche hexe, die er, weil sie von jotnischem geschlecht war,
als schädliche schwester der Jotnen bezeichnet, die aber
keine verwandte des Thrym und somit auch nicht zu tische
geladen war, nach dem gastmahl in den saal getreten sei,
und von der braut geschenke erbettelt habe, welche ihr
Thôr, als braut, später zu geben arglistig zusagte und versprach.

Strophen 29, 30, 31.

1. Es war sitte im Nordland dass verehelichte, bevor sie in's ehebett stiegen, eingesegnet wurden. Dies geschah einerseits um ihren ehebund unter der anrufung der göttin des bundes und der treue oder der göttin Gewähr (Vör s. s. 101) zu festigen, oder wie man sagte, unter die Hand der Gewähr zu stellen, andererseits um die ehe fruchtbar zu machen, dadurch dass man den mutterleib der braut stärkte und die bösen geister, welche ihr krankheiten und niederkunftsbeschwerden bewirken konnten, verscheuchte und bannte. Als weih- und bann-instrument gebrauchte man ausser der Gewähr-hand auch einen Weihhammer, der bie bösen geister zer-schmettern sollte, gleich dem wurfhammer oder Zer-malmer (Mahler) des Thôr, den der gebräuchliche weihhammer symbolisch nachahmen und als surrogat dar-stellen sollte. Die handerhebung und der handschlag war das symbolische zeichen des schwurs, der zusage, und der treue; die Wahrungshand bedeutete, symbolisch, den durch die göttin Wahrung geheiligte zusage und treue. In unserer strophe ist aber die Gewährhand nicht ein bloser abstrakter begriff, sondern, bei einem volk das wie die Nordländer alle begriffe concret fasste, war sie, wie der Weihhammer und der Wahrungsnagel (s. Des Hehren Sprüche, s. 246), ein reelles instrument. Dieses bestand in einem hölzernen stab oder szepter an dessen ende eine hand ausgeschnitzt war, welche man als die hand der göttin Gewähr betrachtete. Solche szepter mit der gewähr- und gerechtigkeitshand befinden sich später noch in der symbolik der französischen reichsinsignien. In dem reichswappen Napoleons I. zeigt sich der hermelin-mantel (das symbol der herrschaft) an zwei szeptern

befestigt, welche die gewähr- und gerechtigkeitshand
tragen, und symbolisch die wahrung der constitution und
der rechte des volkes, als stützen der regierung, aus-
drückten.

2. Um seine ehe, bevor er das ehebett bestieg, ein-
segnen und die braut einweihen zu lassen, befahl Thrym
die Gewährhand hereinzubringen; und da er den kräf-
tigsten Weihhammer, den Zermalmer des Thôr, im versteck besass, so liess er denselben herbeischaffen und
auf die knie oder in den schoos der braut legen, um
so ihren mutterleib einzusegnen und vor schaden zu be-
wahren.

3. Da durch die übergabe der Freyia zur ehe die
bedingung welche Thrym zur herausgabe des Hammers
gestellt hatte erfüllt war, so war der Riese gewillt den
Hammer an den Ansen Thôr, wenn dieser in eigner
person denselben zurückfordern würde, herauszugeben.
Da aber, wie Thrym wähnte, weder Thôr noch ein
anderer bevollmächtigter der Ansen mit der braut erschienen war, so gedachte Thrym deren ankunft abzuwarten, um auf begehr den Hammer auszuliefern. Wenn
also Thrym den Hammer auf die knie des Thôr legen
liess, so bedeutet dies nicht, dass er dem Thôr den Hammer nach dem versprechen auslieferte, sondern es hat blos
den oben angegebenen sinn, nämlich die vermeinte Freyia
als ehefrau einzusegnen. Da aber Thôr den lang ver-
missten Hammer auf seinen knien liegen sah, dachte er
nicht daran dass dieser Hammer zur stärkung seines
mütterlichen leibs bestimmt und seine niederkunft später
erleichtern sollte, sondern dass dieser, in seiner hand,
seine alte bestimmung erhalten müsse, nämlich die den
Ansen gefährlichen Unholde und Jotnen damit zu erschlagen. Es trat also plötzlich die schreckliche peripetie,

und die verwirklichung der von den Ansen gegen Thrym
erdachten arglist, ein: Thôr erfasste den Hammer und
zeigte sich, das gewand Freyias abwerfend, als echter
Jotnenbekämpfer dadurch, dass er den Thrym und dessen
gegenwärtige sippschaft erschlug. Desgleichen ertheilte er,
in bitterer ironie, der alten schädlichen Jotnenschwester
die ihr von Freyia zugedachten gaben; statt geld und
schillinge (s. s. 101) gab er ihr lautschallende maul-
schellen, und statt ringen, zerschmetternde Hammer-
schläge. So, sagt zum schluss der dichter, kam Odin's
sohn wieder zu seinem ihm gestohlenen Hammer.

C.

HYMI-SAGE-LIED.

I. EINLEITUNG.

1. Gegenstand und plan des gedichts.

1. Das gedicht Hymis kviða, das zum mythischen cyclus
des Thôr gehört, hat zum gegenstand diesen gott zu verherrlichen, indem es ihn als, vor allen andern göttern,
durch seine ungeheure körperstärke, gleich dem griechischen Herakles ausgezeichnet, darstellt. Der geeignetste
mythus, um die körperstärke Thôrs ins licht zu stellen,
war der welcher erzählt wie Thôr, mit riesiger kraft, den
ungeheuer schweren brau-kessel des Jotnen Hymir weg-
trägt, und den Ansen überbringt. Die erzählung dieses
kesseltragens bildet daher den haupttheil des gedichts.
Der dichter begnügte sich nicht damit diesen mythus
allein darzustellen, er fügte in diese erzählung noch
andere mythen ein, wodurch der gott seine körperkraft
bekundete; als mythograph wollte er vollständiger sein
als die mythologen (s. str. 35), und rühmt sich alles zu
wissen was jene über den Thôr zu erzählen im stande
sind. Um die nebenmythen mit dem hauptmythus zu
einem vollständigen ganzen zu verbinden, befolgt der
dichter den plan der, kurz gefasst, in vier theilen folgender
ist:

2. *a*) **Einleitende erzählung.** Da die Jotnen den Ansen, zur versöhnung, ein friedensgelag angeboten haben, so befragen die Götter ihre orakel wo dies gelag solle abgehalten werden. Die orakel antworten dass das versöhnungstrinken bei dem Jotnen Ægir zu halten sei, der eine schöne auswahl von grössern brau-kesseln besitze, worin das bier für so viele gäste gebraut werden könne. Thôr begibt sich zu Ægir um ihm anzuzeigen dass er die Ansen beim friedensbier zu bewirthen habe. Dieser Jotne aber, der sich nichts daraus macht die Götter bei sich als gäste zu empfangen, sucht dem auftrag des Thors dadurch zu entgehen, dass er bedingungen stellt die, wie er glaubt, nicht wohl zu erfüllen sind; er sagt dass er das gastmal nur dann geben werde, wenn die Ansen ihm einen kessel so gross verschaffen, dass er darin das für so viele gäste ausreichende bier bereiten könne; er weiss aber, wiewohl er es schlau verschweigt, dass nur der Jotne Hymir einen so grossen kessel besitzt, und hofft dass die Ansen diesen kessel weder aus freien stücken noch mit gewalt zu erlangen, noch auch, wenn zugesagt, wegen seiner schwere wegzutragen vermögen. Nachdem die Ansen darüber ohne resultat berathschlagt haben, wo der von Ægir begehrte brau-kessel herzuholen sei, eröffnet Tyr seinem neffen Thôr, aus besonderer gunst, dass sein pflegevater der Jotne Hymir solche kessel besitze, und dass, wenn man es geschickt angriffe, Thôr einen derselben vielleicht forttragen dürfe.

b) **Hauptmythus.** — Thôr und Tyr begeben sich zu Hymir, dem sie aber aus list ihre absicht, den kessel wegzuschaffen, weislich verschweigen. Da Hymir, wiewohl er sich stärker als Thôr glaubt, doch merkt dass Thôr ihm gefährlich werden könne, so will er, um sich aus vorsicht vor ihm ganz sicher zu stellen, dessen kraft erproben, und gibt ihm daher gelegenheit zu zeigen was er an körperkraft zu leisten im stande sei.

c) **Eingefügte neben-mythen.** — Hier tritt nun im gedicht die erzählung von episodischen mythen ein, die mit dem hauptmythus des kesseltragens **ursprünglich** nichts gemein haben, die aber hier eingefügt werden, weil sie dazu beitragen die ungewöhnliche körperkraft des Thôr drastisch zu verherrlichen. So wird episodisch erzählt wie Thôr sich als höchst kräftig hervorthut 1) im vielessen, 2) im kampf mit der Mittgartsschlange, 3) im schaalen-werfen. Hymir muss gestehen dass Thôr sehr stark sei; die abgelegten proben aber zeigen ihm auch, dass er selber doch noch stärker sei und deswegen von dem Thôr nichts zu befürchten habe. In seiner eigenen überschätzung sagt Hymir unvorsichtig aus, er überlasse es dem Thôr den grössten seiner schweren brau-kessel, wenn dieser Ans es vermöge (was der Jotne bezweifelt), wegzutragen. Die erzählung kehrt nun, von den episodischen mythen hinweg, zu dem hauptmythus des gedichts zurück.

d) **Rückkehr zum hauptmythus.** — Thôr erfasst die ihm von Hymir unvorsichtig gegebene zusage, um sein vorhaben, den kessel wegzuschaffen, ohne deshalb des diebstahls bezichtigt zu werden, listig auszuführen. Thôr weiss dass der Jotne, unerachtet seiner zusage, ihm nicht erlauben wird, in seiner gegenwart, den kessel fortzutragen. Deswegen benützt er den augenblick der abwesenheit des Jotnen, um den kessel zwar nicht als förmlicher dieb, aber doch, ohne wissen und willen des besitzers, fortzuschaffen. Als Hymir hintennach die that, Thôrs bemerkt hat, setzt er ihm mit seinen verwandten und genossen schnell nach, um ihm den kessel wieder abzujagen. Thôr aber tödtet den Hymir und seine sippschaft, und bringt den kessel nach Ansgart; er hat somit eine göttliche grossthat und zwar im interesse der Götter vollbracht, weil nun Ægir, seiner zusage nach, in dem kessel das friedensbier für die Ansen zu brauen gehalten ist.

2. Charakter, titel und abfassungszeit des gedichts.

1. Der zweck des gedichts ist den mythus des Thôr vom wegtragen des kessels des Hymir, sammt einigen neben-mythen desselben cyclus, episch zu erzählen. Diesem zwecke entsprechend ist der karakter der dichtung, wie der in Thryms kviða, erzählend oder episch, und, wie in jenem gedicht, ist auch die form der erzählung in Hymis kviða rein erzählend, mit blos einigen übergängen zum referirten dialog. Durch diese form unterscheidet sich unser gedicht von den mehr dramatischen All-weise's Sprüchen, worin der dialog nicht blos erzählt, sondern, als vor uns gegenwärtig abgehalten, dargestellt ist. Als poetische erzählung einer sage oder mythe ist Hymis kviða ein sagenlied (sögu lióð) oder eine er-zählung in versen (kviða). Wie die meisten epischen lieder ist auch Hymis kviða, wie Thryms kviða, in der ältern versart (fornyrðalag) gedichtet.

2. Da das gedicht zum gegenstand hat die grossthaten Thôrs, zu dessen verherrlichung, zu erzählen, so hätte der wahre titel des sagenlieds etwa þôrs þrekvirki-kviða (Thôrs grossthaten-lied) oder þôrs îprôttar (Thôrs ruhmthaten) sein können. Da aber die grossthaten Thôrs bei Hymir vollbracht wurden, und da man längere explicite titel vermied, so bekam das gedicht den passenden kürzeren titel Das Hymi-Sagenlied (Hymis kviða), welcher sogar, als vom dichter selbst herrührend, be-trachtet werden darf.

3. Was die abfassungszeit des gedichts betrifft, so
kann sie nur annähernd, aus dem inhalt und der form der
Hymis kviða, erschlossen werden. Da das gedicht zwar
sehr alte Thormythen erzählt, aber durch die zusamen-
stellung dieser mythen auf eine spätere epoche hinweist
wo schon mythographie und mythologie sich mit der
systematisirung dieser materien befassten (s. strophe 35),
so ist davon abzunehmen dass unser gedicht der späteren,
wiewohl noch ganz heidnischen periode der mythologie,
angehört; es mag wie Alvîssmâl und Thryms kviða ohngefähr ins achte jahrhundert zu setzen sein. Wenn, wie
es wahrscheinlich, der dichter in der letzten strophe auf
die Ægisdrekka anspielt, so würde daraus folgen dass die
Hymis kviða nach der Lokasenna verfasst worden ist.

4. Da Snorri die in der Hymis kviða erzählten mythen
etwas umgeändert vorträgt, und sie demnach nicht aus
jenem gedicht selbst, sondern aus der volkstradition,
gekannt zu haben scheint, so ist anzunehmen dass das
gedicht, als dem Snorri unbekannt, nicht erst in Island
verfasst worden ist, sondern aus Norvegen stammt, wo
Thôr besonders verehrt und der Thôrmythencyclus vorzüglich bekannt und verbreitet war.

II. TEXT.

Hymis kviða.

1. Ær'r *Val*-tìvar   *veigar* nâmo,
ok *sumbl*-samir   âðr saðir yrði,
*hr*isto teina,   ok â *hlaut* sâo;
fundo þeir at *Æ*gis   örkost hvera.

2. Sat *Bergbûi   biarn*-teitr fyrir,
*m*iok glikr *m*egi   *M*iskorblinda;
leit î *augo*   Yggs-barn î þrâ :
« þû skalt *Â*som   opt-sumbl göra. »

3. Onn fekk *Iotni   orð*bæginn Halr;
*hu*gði at *h*efndom   *h*ann næst við Goð;
bað hann *Si*fiar-ver   *s*èr færa hver
« þann ek öllum   ölðr of-heita. »

4. Nè þat *m*âtto   *m*ærir Tìvar
ok *Ginn*-Regin   of *g*eta hvergi ;
unds, af *tr*ygðom,   *Týr* Hlôrrîða
*â*st-rað mikit   einom sagði.

(Týr kvað :)

5. « Byr fyrir *austan*   *Ê*li-vâga
« *h*und-vîss *Hý*mir,   at *h*imins enda;
« â *m*înn faðir,   *m*ôðugr hættir,
« *rû*m-brugðinn hver   *r*eistar diupan.

(þôr kvað :)

« Veitstu ef þiggiom   þann lög-velli ?

(Tŷr kvað :)

« Ef *vinir vèlar*   *við*-görvom til. »

6. *Fôru* driugom   dag þann *frâliga*,
    Ås-garði frâ,   unds til *Egils* komo ;
    hirði *Hann* hafra   *horn*-göfgasta ;
    hurfo at *höllu*   er *Hŷ*mir âtti.

7. *Mögr* fann ömmo   *miok*-leiða sèr ;
    hafði *höfða*   *Hûnþrûð* nio ;
    enn *önnur* gekk   *Algullin* fram ,
    brûn-hvît *bera*   *biôr*-veig syni.

(Tŷs môðir kvað :)

8. « *Âtt*-nîðiar *Jotna* !   ek *ykkr* villia'k
    « *hugfulla* tvâ   und *hvera* setia ;
    « er *mînn* frîi   *mörgo* sinni
    « *glöggr* við *gesti*   görr ills hugar. »

9. Enn *vâ*-skapaðr   *varð* sið-buinn
    harð-râðr *Hŷ*mir   *heim* af veiðom ;
    gekk hinn î sal ;   *glym*ðo ioklar ;
    var *karls* , er kom ,   *kinn*-skôgr frærinn.

(Hŷmis frilla kvað :)

10. « He*ill* ver-þû ! *Hŷ*mir !   î *hugom* goðom ;
    « nû er *sonr* kominn   til *sala* þinna ,
    « sâ-er við *væ*ttom , af *vegi* longom ;
    « fylgir *hanom*   *hrôð*urs-andskoti ,
    « *ver*-liða vinr ,   Vêorr heitir sâ.

« sê-þû hvar sitia   und salar gafli ;
« svâ forða sèr   stendr sûl firir. »

11. Stökk sundr sûla   firir sîon Iotuns ;
enn annarr î tvâu   âss brotnaði ;
stukko atta   (enn einn af þeim
harðsleginn hver   heill) af þolli.

12. Fram-gèngu þeir ;   enn forn Iotunn
sionom leiddi   sînn andskota ;
sagði-t hanom hugr vel ,   þâ er hann sâ
Gygiar græti   â golf kominn.

13. þar varo þiorar   þrîr of-teknir ;
bað senn Iotunn   sioða ganga ;
hvern lêto þeir   höfði skemra ;
ok â seyði   sîðan bâro.

14. At Sifiar-verr,   âðr sofa gangi ,
einn, með öllu ,   öksn tvâ Hŷmis ;
þôtti hârum   Hrungnis spialla
verðr Hlôrrîða   vel full-mikill.

(Hŷmir kvað :)

15. « Munom at apni   öðrom verða
« við veiði-mat   ver þrîr lifa ! »
Vêorr kvaðsk vilia   â vâg rôa,
ef ballr Iotunn   beitor gæfi.

(Hŷmir kvað :)

16. « Hverf-þû til hiarðar,   ef þû hug trûir,
« brioti Bergdâna !   beitor sækia !
« þess vænti-ek   at þèr myni-t
« ögn af oksa   auðfeng vera. »

17. *Sveinn* enn *sysliga   sveif* til skôgar,
þar er *uksi* stôð   *al*-svartr fyrir;
braut af *þiôri   þurs*- râð-bani
hâtûn ofan   *horna* tveggia.

(Hymir kvað :)

18. « *Verk* þikkia þîn   *verri* miklo
« *kiola* valdi   ef þû *kyrr* sitir,
« eða *flot*-brûsa   *festir* okkarn ! »

19. Bað *hlunn*-gôta   *Hafra*-drôttinn
âtt-runn *Apa   ûtarr* fœra;
enn *sâ* Iotunn;   *sina* taldi
litla fysi   at rôa *lengra.*

20. Drô meirr *Hŷ*mir   môðugr *hvali*
einn â *öngli   upp* senn tvâ;
enn *aptr* î skût   Oðni sifiaðr
Vêorr við *vêlar   vað* sèr görði.

21. *Egndi* â *öngul * sâ er *öldom* bergr,
Orms ein-bani,   *uksa* höfði;
gein við agni   sû er *Goð* fîa.
Umgiörð neðan   *allra* landa.

22. Drô *diarfliga   dâð*-rakkr Vêorr
Orm *eitur*-fàinn   *upp* at borði;
Hamri knîði   *hâ*-fîall skarar
of-liotl ofan   *Ulfs* hnit-brôður.

23. Hrön-galkn *hlym*do   enn *hölkn* þuto;
fôr in forna   *fold* öll saman,
òk *holt*-rifu   *hver* î gögnom;
sœktisk sîðan   *sârr* fiskr î mar.

24. Var ôteitr Iotunn,   er þeir *aptr*-rêro,
svâ at *âr* Hỳmir   *ekki* mælti;
*veif*ði hann *vreiði*   *verks* annars til.

(Hỳmir kvað :)

« Mundo um *vinna*   *verk* halft við mik
« at þû *heðan hvali   haf* til bœiar !»

25. *Gekk* Hlôrriði,   *greip* â stafni,
vâtt með austri   *upp* lög-fâki;
einn með *ârom*   ok með *aust*-skoto
bar hann til *bœiar   brim*-svin Iotuns.

26. *Auk* enn *Io*tunn,   um *afrendi*,
þr*â*-girni vanr,   við *þôr* senti;
kvað-at mann *ramman*,   þôtt *rôa* kynni,
krôpturliga   nema *kâlk* bryti.

27. Enn *Hlôrr*iði,   er at *höndom* kom,
brâtt lêt *bresta   brattstein* î tvâu;
þâ *slô* hann *sitiandi   sûl* or îgegnom;
bâru þô *heil*an   fyr *Hỳ*mi siðan.

28. Unds þat in *frî*ða   *frilla* kendi
âst-râð mikit,   *ein* er vissi :
« drep veð *haus* Hỳmis;   hann er *harð*ari
« *kost*-môðs Iotuns   *kâlki* hveriom. »

29. *Harð*r reis â knè   *Hafra* Drôttinn;
förðisk *allra*   î *As* megin;
heill var karli   *hialm*-stofn ofan;
enn *vinn*-ferils   *vâlr* rifnaði.

(Hỳmir kvað :)

30. « *Mörg* veit-ek *mœti   mèr* gengin frâ,
« er ek *kâlki* sâ   ôr *knîom* hrundit. »

« *Karl* orð um *kvað*,   *knâ*'k-at ek segia
« aptr *œvagi* ;   þèr er ölðr of-heitt ;
« þat er til *kostar*   ef *koma* mœttið
« ut ôr ôro   ölkiðl hofi ! »

31. *Tŷr* leitaði   tysvar hrœra ;
    stðð at *hvâro*   *hver* kyrr fyrir ;
    Faðir Moða   *fèkk* â þremi,
    ok *gegnom* steig   *golf* niðr î sal ;
    hôf ser â *höfuð* up   *hver* Sifiar-ver ;
    enn â *hœlum*   *hringar* skullo.

32. Fôru *lengi*   âðr *lîta* nâm
    aptr *Oðins* sonr,   *eino* sinni :
    sâ hann, ôr *hrey*som,   með *Hŷ*mi austan
    folk-drôtt *fara*   *fiölhöfðaða.*

33. *Hôf* hann sèr af *herðom*   *hver* standanda ;
    veifði hann *Miöllni*   *morð*-giornom fram,
    ok *hraun*-hvâli   *hann* alla drap.

34. Fôro-t *lengi*   â ðr *liggia* nâm
    Hlôrrîða-hafur   *half*-dauðr fyrir ;
    var *skiârr skökuls   skakkr* â banni ;
    enn þvî inn *lœ*vîsi   *Loki* um-olli.

35. Enn þèr *heyrt* hafið   (*hverr* kann um þat
    Goð-mâlugra   *görr* at skilia ?),
    hvê œr af *hraun*-bûa   *Hann* laun um-fèkk,
    er hann *bœði* galt   börn sîn fyrir.

36. þrôtt-öflugr kom   â þing Goða ,
    ok *hafði hver*   þann's *Hŷ*mir âtti ;
    enn *Vêar*, hver î, ân !   *vel* skolo drekka
    ölðr, at *Æ*gis,   *eitt* harm-etið !

____

III. TEXTKRITIK und WORTERKLÄRUNG.

***

Ueber den titel Hýmis kviða s. s. 136.

Strophe 1.

1. statt àr (frühe) ist zu lesen ær'r (eher als), s. Des Hehren Sprüche, s. 72.

2. Val-tivar (Wahl-Himmlische) sind die Götter als gefolge und untergebene des Val-týr (Wahl-Himmlischer, Wahl-Gott), oder des Odin, der dem Wahl oder der schlacht vorsteht; Val-týr ist verschieden von Val-tivi (Wärme-Gott), das den Surtur oder Muspelheimsgott bezeichnet (s. Weggewohntslied, etc., s. 232).

3. statt veiðar (der jagd) ist veigar (krafttrünke) zu lesen; der plural zeigt hier die grösse und vorzüglichkeit des trinkmahls (veig, öl) an.

4. nàmo bedeutet hier vornehmen, unternehmen, sich anschicken.

5. sumbl-samir (beim gelag versammelt), nachdem sie dem abhalten des gelags beigestimmt hatten.

6. saðir (vertraulich, treu) hat hier eine ähnliche bedeutung wie sàttir (versöhnt, friedlich).

7. fundo (sie herausfanden) beim orakel fragen.

8. Ægir (Beweglich, Wogig, Ocean) steht für älteres Vàgis, wie das indische Agnis (Wabend, Feuer) für älteres vagnis (lat. ignis).

9. orkost (urkost, auswahl, ausbund, bestes) gehört zur sippe: kiesen (küren), sansc. djush, gr. geuo, lat. gustus, au-gur (vogelkürer), au-gustus (durch vogel-kür beglückt, erkoren), au-gurium (glücks-zeichen), altfr. heür, fr. bon-heur.

10. hvêr-r (f. hvâsir) gehört zur sippe: got. kâsi (topf, kâr), lat. vâs (f. cvâs, gefäss), sansc. ghas (gyas, yas, gischten), altd. jesen (gähren), lat. jûs (brühe), gr. zômos (f. zôsmos, brühe), altsl. jucha (gauche), norr. Kvaśir (Sprudeler, vgl. Geysir), und bezeichnet ursprünglich einen kochtopf, braukessel, gischtsprudel.

Strophe 2.

1. statt barn-teitr (kindisch-muthwillig) ist zu lesen biarn-teitr (bären-muthwillig), muthwillig wie ein junger bär, in den sich Ægir verzaubert hat.

2. statt des einsilbigen fyr ist zweisilbig fyrir zu setzen.

3. Miskor-blindi (Nebel-blind) ist der vater des Ægir (und der onkel des Hymir), weil das Nordmeer aus dem dunklen Urnebel oder dem blinden Nebelmeer entstanden ist; Miskor steht für späteres mistur (mystr, engl. mist) und gehört zur sippe mischen (undeutlich machen, vermischen).

4. statt opt sumbl ist opt-sumbl zu lesen, weil opt hier den accent und die alliteration hat, was nur in der composition zulässig ist; da opt (oft, drauf und drauf), abgeleitet von up (drauf), das anhäufen, aufhäufen bezeichnet, so bedeutet opt-sumbl ein zahlreich be-suchtes, grosses gelag.

Strophe 3.

1. orð-bæginn (wortwidrig) heisst in worten wider-wärtig, widerwärtiges redend.

2. þann (sc. veg, auf dem weg) bedeutet hier : unter der bedingung, alsdann.

3. statt öl yðr (gelag euch) ist öldr (trunk, gelag) zu lesen.

4. heita (heizen) bedeutet hier kochen, brauen.

Strophe 4.

1. þat (das) bezieht sich auf das færa hver (das kessel herbeischaffen); einfacher stünde þann (diesen), nämlich den von Ægir begehrten kessel.

2. Hlôrriði (Gluth-reit) bezeichnet den Thor, welcher díe gluth (blitzstrahl) vorantreibt (vgl. rinda, riða) oder schleudert.

Strophe 5.

1. Êlivâgar (für älteres Vêli-vâgar Heul-wogen), vgl. engl. wail (jölen, heulen).

2. hundvîss (wie ein jagdhund scharf sehend und ausspürend; lat. præsagus) wird in der ältern Eddasprache nur von den Jotnen gesagt, welche man sich als jägervolk denkt, und welche, wie der jagdhund (hund fasser, fänger), den freund und feind ausspürt, und von einander unterscheidet; mit dem Hŷmir allvîss muss man also, wenn man feindliche absichten hat, vorsichtig und mit list verfahren.

In der Eddasprache steht niemals hund für hundrað (hundert), im sinn von viel, in fülle; um den hohen grad einer qualität auszudrücken braucht man stets regin-, megin-, ginn-, dâ-, niemals hund-.

In der spätern sprache aber vermischte man irrthümlich hund mit hundrað, vielleicht unter dem einfluss des angelsächsischen, wo hund manchmal für hundert (got. hund) steht; daher ausdrücke wie hundmargr (hundertzählig); noch später bekam hund, wie im deutschen hundsmässig, eine üble bedeutung, ex.: hund-gamalt (hunds(mässig)-alt).

3. statt ketil, das bestimmt unrichtig, ist hetia (anhetzer, anführer), oder hættir (waghals) zu lesen.

4. rûm-brugðinn (durch geräumigkeit abstechend), durch seinen gehalt von andern kesseln abstechend.

5. statt rastar (rastlänge) ist reistar (fadenlänge) zu lesen; röst (got. rasta, sl. versta, linie, strich, strecke) bezeichnet immer eine strecke wegs, die ein fussgänger ohne zu rasten (rast machen) zurücklegt. Týr kann hier nicht von einem rastlangen oder rasttiefen kessel sprechen; das wäre spöttische prahlerei (gabb, altfr. gab); er kennt den kessel und weiss dass ihn Thôr forttragen kann; der kessel hat also höchstens mannshöhe, oder faden länge oder ausgebreiteter arme-länge (faðmr, fr. brasse); reist reista abgeleitet von vrîða (drehen) bezeichnet etwas zusamengedrehtes, ein seil, lat. restis, eine reiste, hier, ein faden langes tau oder eine faden länge (sechs fuss).

6. lög-velli (flüssigkeit wellend) bezeichnet, wie öl-vellir, den braukessel.

7. statt des einsilbigen vinr ist, mit handschrift A, zweisilbig vinir zu lesen, weil die alliterirenden hebungen disjungirt sein müssen.

8. vèl (list, klugheit) gehört zur sippe: gr. fèlos (trügerisch), lat. falsus (falsch).

Strophe 6.

1. fòru (sie reisten) steht hier anstatt òku (sie fuhren zu wagen). Das spätlateinische veredus ist ein von den Byzantinern entlehntes gallisches wort, das als neutrum ins altdeutsch pherit (pferd) übergieng; es gehört nicht zur sippe fara, sondern zur sippe vr inða (rîða, antreiben, reiten).

2. driugom (sc. hlut; mit starkem theil) bedeutet fast (stark, sehr); driugom allr (zum grossen theil all) bedeutet fast ganz.

3. statt fram ist nothwendig, mit cod. A, fráliga (eilig) zu lesen.

4. Egill (Igull, stachelig, Igel, gr. Echinos) ist der name des strandwarts des Hỳmir; er ist der vater des Thialfi (Delber, Ruderer) und der Röskva (Rasche); s. *Fascination de Gulfi*, p. 315.

Strophe 7.

1. ömmo (grossmutter) ist die mutter des Hỳmir (Gŷmir) und die grossmutter des Tỳr.

2. statt hunðruð ist Hûnþrûð (Bärenkraft) zu lesen, welches der name der mutter des Hỳmir ist. Ihr name sagt aus, dass sie bärenkraft besass; sie hatte neun köpfe (gesichter), was wahrscheinlich, symbolisch, ausdrückt, dass sie in neun phasen, nach den neun abtheilungen der iotnischen nacht, oder neun gesichter hatte.

3. statt algullim ist Algullin zu lesen, weil: 1) der name einer hauptperson anzuführen ist; 2) weil der dichter nicht zwei epitheta ohne namen gebraucht. Algullin (Allgüldne) ist eine Jotnin, die aber als mutter des glanzhimmels (Tỳr), wahrscheinlich die goldfarbe der jotnischen morgenröthe symbolisirt.

4. brûn-hvît (braun-weisse) wird sowohl vom haar als von der hautfarbe gesagt. Algülden ist dunkel-hell weil sie die dämmerung des iotnischen tags symbolisirte.

5. biôr-veig (gebräu-gähr) ist ein gebrauter gährender trank (s. Alvîssmâl, s. 70).

Strophe 8.

1. statt âttniðr ist âttniðiar zu lesen, weil die mutter des Tỳr hier nicht allein zu ihrem sohn sondern auch zu Thôr spricht.

2. statt des einsilbigen fri ist zweisilbig frii zu lesen; frii (für friii) ist die schwache form statt der alten starken form friias, das dem sanscrit priyas (vorziehend, liebend, freund) entspricht, und stammt von einem von pra (vor) derivirten verb, wie lat. intrare (innern, eingehen) von intra (inner); frii bezeichnet nicht den eheherrn, sondern den liebhaber der geliebten (frilla; str. 28); es ist verschieden von dem mit pra (vor) und bu (seiend) zusamengesetzten freyr (got. fraui, gr. praüs (gütig, mild), lat. probus, sl. provo (vorzüglich, brav).

3. glöggr (scharfsichtig, vorsichtig) hat hier die bedeutung von knauserig, karg.

4. görr (f. garvr) nur graphisch verschieden von geyrr und gerr, bedeutet: bereit, prompt, mit dem genitif ills hugar (prompt zu böser gesinnung).

Strophe 9.

1. vá-skapaðr (weh-geschaffen), ist einer dessen natur zum wehethun angelegt ist (vgl. Vo-lundr, Vâ-lyndr, Wehe-geartet).

2. harðráðr (hartes grausames beschliessend, ausführend).

3. veiðom (jagdzüge) sind hier fischfänge; veiðr (f. valiþus, fang) gehört zur sippe fè (fang, besitz, vieh), fiskr (f. fiktus, fang, gr. hichthus, lat. piscis f. picsis).

4. ioklar; neben iaki (für giaki, spalt, eisspalt, eis) hat sich das wort iokull (eiszapfen, angels. gicel, eiszacken, gletscher) gebildet; der dichter will sagen die eiszapfen, am gefrornen bart, rasselten.

5. skôgr (verwachsen, uneben, rauh) wald gehört zur sippe skagi (vorsprung, vorgebirg), skegg (rauhes

haar, angels. sceagga), bart; kinn-skôgr (kinn-wald)
bezeichnet das rauhe barthaar.

Strophe 10.

1. Damit die alliterationsglieder disjungirt seien, ist
verðu hinter heil zu setzen.

2. vór i hugom ist verðu zu wiederholen; sei froh
und geneigt!

3. andskoti (gegenschütz) ist der alte ausdruck für
gegner, widerpart, wofür später dolgr (f. drôgr), vgl.
lat. torvus, und noch später das romanische kappi
(kämpe) gebraucht wird. Verbunden mit hrôðurs
(des ruhmes) bedeutet hrôðurs-andskoti der rühmliche
held.

4. Zur disjunction der alliteration ist vinr hinter ver-
liða (wehrmannen-gefolge) zu setzen. Wehrmannen-
gefolge steht hier für menschen überhaupt.

5. Vèorr (f. vê-varr, behausung-wahrer) bezeichnet
den Thôr als beschützer der irdischen behausung, das
heisst der erde, der wohnung der menschen.

6. und salar gafli, drunten bei dem saalgiebel worin
die eingangsthür ist.

7. sùl (syl f. svel, geschwollen, gerundet) bezeichnet
hier die säule (schwelle) welche, in der mitte des saales,
das gewölbte dach stützte; sveldr (geschwellt) bezeichnet
einen runden baumstamm (mitteld. schweller). Da die
thürschwelle ursprünglich ein querr oder zwerch (goth.
þvairgs, angels. þveorh, ital. guercio, querr, scheel)
unter die thürpforten gelegter schweller war, so hiess sie
þversyll (zwerch-säule) oder þvergsvildr (þverskveldr),
woraus preskôldr enstand, das also nichts weder mit
þri (drei) noch mit dreschen zu schaffen hat.

Strophe 11.

1. statt áðr (ehe) ist annar (der andere) zu lesen, und auf áss zu beziehen; annar áss (der andere pfosten) bedeutet hier jeder andere pfosten (ausser dem einen mittleren).

2. áss (stütze, pfosten) ist synonym mit þollr (träger, pfosten) und bezeichnet hier den aufgerichteten pfosten, hier neun an der zahl, auf dem jeder der neun braukessel umgestürzt, wie ein aufgesetzter hut, sass.

3. stukko átta (sc. hverir) af þolli sagt aus, dass die acht kessel (ausser dem einen mittleren), jeder von seinem zerschmetterten pfosten (áss, þollr), gebrochen, herabfielen.

4. wegen der disjunction der alliteration ist hver hinter harðsleginn zu setzen.

5. harðsleginn bedeutet nicht durch hämmern hart gemacht, auch nicht hart getroffen, sondern hartschlägig, das heisst einen schlag aushaltend ohne, wie die andern acht kessel, gebrochen, vom pfosten herab zu fallen.

Strophe 12.

1. Fram gèngn þeir, Thôr und Týr giengen hervor von unter (fr. de dessous) dem grössern kessel, der, obgleich getroffen, doch noch fest auf seinem pfosten sitzen blieb.

2. sagði-t hanom hugr vel (sein muth verhiess ihm nichts gutes), es war ihm nicht wohl zu muthe.

3. Gýgiar grætir (der die Wölfin weinen macht) bezeichnet den Thôr als den der, durch die vernichtung der Jotnen, die iotnischen ehe-frauen und geliebten in trauer versetzt oder zum weinen bringt. Der singular Gýgiar

steht hier, wie oben die singulare àss, þollr, annarr, für den plural.

Strophe 13.

1. þar (daselbst, zur zeit) hat hier die bedeutung von at þat (hierauf).

2. þiorr (f. þvirr) gehört zur sippe sansc. dhvar (wild hervorstürzen), gr. tauros, altsl. turu, arab. thaur, heb. shôr, und bezeichnet speziell den stier (sansc. staviras, als im kampf mit stierem auge feststehend); þiorr ist eine nebenform zum gr. dhèr, lat. ferús, altsl. zveri, welche das wilde thier im allgemeinen bezeichnen.

3. teknir (einfangen) wird von wilden thieren gesagt, im gegensatz zu reknir (von der hürde oder trift nach haus getrieben).

Strophe 14.

1. Sif (Sippe) trug diesen namen weil sie als gemahlin des Thôr, des beschützers der ehe (vgl. Vêorr) mit Freyia, die beschützerin der ehelichen niederlassung und der durch die ehe gestifteten sippschaften war (s. Graubartslied, s. 158; *Fascination de Gulfi*, p. 295).

2. Ueber Hrûgnir oder Hrungnir s. Graubartslied, s. 127; Hrungnis spialli ist, wie rûni, der vertraute, freund und verwandte des Jotnen Hrungnir.

Strophe 15.

1. munom verða lifa (wir werden genöthigt sein zu leben).

2. veiði-mat (weid-speise) ist speise vom ertrag des fischfangs.

Strophe 16.

1. statt des einsilbigen starken briòtr (brecher), ist die schwache zweisilbige form briôti (s. Haustlöng, str. 5) zu lesen; briôti (als brecher) ist hier nicht ein vocatif, sondern eine apposition, wie kiola valdi (als kielwalter, str. 18).

2. Bergdâni; dâni (gesetzt, gethan) bedeutet auch bewohner; bergdâni (felsbewohner) bezeichnet hier nicht einen Jotnen, sondern ist der name des wilden schwarzen stiers des Hŷmir; vgl. Himinhriotr (Himmelsprenger), name eines stiers (Snorra Edda, I, 168). Später haben die Skalden Bergdâni fälschlich als Berg-Däne erklärt, und für einen Jotnennamen genommen (vgl. bergbûi, hraunbûi).

3. auðfeng; auð- bedeutet: vom vater angezeugt, ererbt, durch natur und glück von selbst erlangt, im gegensatz zur anstrengung und arbeit; auðfeng bedeutet also hier leicht zu gewinnen, zu fangen.

Strophe 17.

1. sveinn ist eine nebenform zum alten svir (vgl. Sviar, Tapfern) und svindr (geschwind, tapfer), und bezeichnet einen durch seine jugend raschen, und einen noch als mann jugendlich unternehmenden gesellen und recken.

2. râð-bani (vorsatz-tödter) bezeichnet den der einen mord beschliesst und ausführt. þurs-râðbani ist hier bezeichnung des Thôr, der den mord des Thursen (Hŷmir) beschliesst und ausführt. Da râðbani den sinnaccent hat, so musste es auch alliteriren; es kann die alliteration nur dann entbehren, wenn es in einer composition steht; deswegen hat Rask recht þurs-râðbani als compositum

zu setzen. Da der dichter den singular für den plural bisweilen gebraucht (s. str. 12), so kann þurs auch für
þursa stehend genommen werden.

Strophe 18.

1. verk (werke) sind hier þrekvirki (ruhmeswerke)
oder íþróttar (heldenthaten), wodurch man seine kräfte
und talente beweist.

2. ef þú kyrr sitir sagt aus: wenn du, statt dich frei
und aufrecht kräftig bewegen zu können, als schiffswalter,
(kiola valdi) im schiff festsitzend ruderst, und die angel
auswirfst.

3. Der vers eða flotbrúsa festir okkarn ist fälschlich in die str. 26 hinunter versprengt worden, wo er gar
keinen sinn hat; hier ist er dem vorigen vers parallel und
vervollständigt ihn indem er aussagt: wenn, um zu
fischen, du, das ruder niederlegend, das schiff anhältst
(festir) oder sich selbst überlässest. Ohne diesen vers wäre
die verszahl dieser strophe auch unvollständig, da die
epische strophe wenigstens drei verse haben muss.

4. flot-brúsi; flot (das flot) bezeichnet das trag-
wasser oder das niveau (lat. fluor, fr. fleur) auf dem
das schwimmende wasserpass (à floti, fr. à flot, à
fleur) ist.

5. So wie sús (sausen) die brandung am meeresufer
bezeichnet (s. Weggewohntslied, s. 205), so bedeutet
brús (ostfr. brús, schaum) die wallung, das brausen
und schäumen in der see; brúsir (schäumer) bezeichnet
das schiff, als am vordertheil schaum werfend, und dann
den bock, der an der stirn eine brause oder struppige,
wallende haare hat; flotbrúsir (flott-brauser) ist also
poetischer ausdruck für meerschiff, das an der stirn
(stafn) schaumwellen wirft.

Strophe 19.

1. hlunn-gôta; gôti (stampfer) gehört zur wortsippe sansc. ghud (stampfen), lat. qvatere, und bezeichnet das ross (sansc. ghôda-s, ghôdakas) als stampfend
(ungula qvatiens); hlunngôti (wellen-stampfer) ist poetische bezeichnung des seeschiffs das man reitet (vorantreibt), wie man ein ross reitet.

2. Api (für Gapi, Grundling), abgeleitet von gap, bezeichnet den Ymir den urvater aller Thursen, als aus
dem Ginnunga-gap entstanden.

3. sâ (sah, umschaute) ist, weil es accentuirt und alli-
terirend ist, ein verbum, nicht das pronomen sâ (dieser).

4. lengra (länger) hat hier die bedeutung von utarr
(weiter hinaus ins meer).

Strophe 20.

1. meirr hat hier die bedeutung von at þat (hierauf);
vgl. þar, str. 13.

2. môðugr hat hier, wie str. 5, die bedeutung gefährliches unternehmend (vgl. harðrâðr, str. 10).

3. skûtr (got. skauts, norr. skaut, mitteld. schôz) bedeutet ausgeschossenes, zipfel, schwanz, hier den hintertheil des schiffs, wo das steuer angebracht ist.

Strophe 21.

1. agn (anreizung, lockspeise, köder); egna (ködern).

2. neðan; da das meer tiefer liegt als das festland, so
heisst die Mittgartschlange die umgürtung der lande, in
der tiefe (neðan); der gürtel liegt auch am unterleib
(s. Thrymskvida, str. 17).

Strophe 22.

1. statt þòrr ist Vèorr zu lesen : 1) weil statt þòrr im gedicht Vèorr gebräuchlich ist; 2) weil der halbvers wenigstens vier sylben haben muss.

2. statt des zweisilbigen eitr-fàn ist dreisilbig eitr-fàinn zu lesen; eitr-fàinn, wie eitr-fâr, bedeutet : die bläuliche farbe des giftigen eiters habend.

3. knia (knicken, kneten, bearbeiten).

4. hnitbròðr (kampfbruder) der, als bruder, dem bruder im kampfe beisteht.

Strophe 23.

1. statt hrein-galkn (rennthier-felsen) ist hrön-galkn (wogen-klippen, felsriffe) zu lesen; vgl. hrön-vengi (wogentrift) meer.

2. galkn (gestein, felsen) gehört zur wortsippe lat. calcs, gr. laks (f. hlaks, vgl. laas), got. hallus; kar-kinos (steindecke habend), lat. carcer (gränzstein, ver-schluss), got. kelikn (thurm, thurmterrasse); vgl. kalkr (schaale). Das wort galkn (gestein) ist etymologisch ver-schieden von gâlkn (zauberschreckniss), welches wahr-scheinlich dem lateinischen Gôrgon (Medusa) ent-lehnt ist und ein schreckbild, ungeheuer bezeichnet. In Finn-gàlkn (zauber-schreckbild) drückt Finn (finnisch), wie in Finn-virki (zauberer), Finn-brœkur (zauber-hosen), das verzaubernde aus, weil die Finnen (Tchuden) für zauberkundig (vgl. russ. tchudo, zauber, wunder) galten. Mit abgeschwächter bedeutung bezeichnet Finn-galkn (ungeheuer), in der poetik, das verwirrte, unzu-samenhängende, monströse bild (gr. kakemphaton), und ist, in diesem sinn, synonym mit nykr (f. hnegg-hâr, alter wiherer, s. s. 63), welches ursprünglich den Odin

als monströses seepferd bezeichnete, später aber das Nil-
pferd (hippopotam) als monströses thier bedeutete, so
dass die davon abgeleiteten verben **finn-galkna** und
nŷkra, in der poetik, **monströse** vergleichungen
dichten, ausdrücken.

3. **hölkn** (steinigte; lat. calcina) ist verwandt mit
hörkn, und synonym mit **hraun** (f. hraukn) rauhes,
steiniges erdreich; hier bedeutet **hölkn** die meeres-riffe.

4. **fôr saman** (zusamenfuhr, zusamen schrack).

5. statt **ok holtriða hver î gegnum**, das sinnlos, und
in die strophe 27 (ed. Bugge), ganz unpassend, versprengt worden ist, lese man **ôk holtrifu hver î gögnum**
(es trieb durch die holzspalte die brandung ganz durch),
wodurch gesagt wird dass, die meeresbrandung hver),
durch den abgerissenen bord des schiffs (holtrifa), herein-
trieb (ôk). Diesen vers hat Snorri (Gylfaginning, cap. 48)
fälschlich so verstanden, dass Thor den schiffsboden mit
seinen füssen **durchtreten** habe, und auf den meeres-
boden zu stehen gekommen sei.

6. statt **sâ fiskr** (dieser fisch) ist nothwendig **sârr
fiskr** (der verwundete fisch) zu lesen, weil: 1) sâ hier
weder accent noch alliteration haben könnte; 2) weil **sârr**
durch den sinn erfordert wird. **Fiskr** steht für **âll** (s.
s. 49) und **âll** für schlange.

Strophe 24.

1. das nöthige zeitwort **var** ist, im ersten vers, ausgefallen, wahrscheinlich wegen der assonanz mit **mar**,
dem letzten wort der vorigen strophe.

2. statt **veifði hann ræði** (er lenkte das ruderwerk)
ist **veifði hann vreiði** (er lenkte den zorn) zu lesen;
Hŷmir liess vom zorn ab, und richtete seinen sinn auf
eine andere kraftprobe.

3. statt veðrs ist zu lesen verks (geschäft, kraftwerk, kraftprobe).

4. statt heim (nach haus), das wegen til bæiar (nach der wohnung) unnütz wäre, ist heðan (von hier) zu lesen, zumal da heim, unmittelbar vor hvali gesetzt, nicht mit diesem alliteriren dürfte.

Strophe 25.

1. vatt upp (er wand auf) er umkehrte, um auf die schultern zu laden.

2. austr (lat. haustus) ist die grundsuppe, gosse (lat. sentina) des schiffs.

3. lög-fâkr (meer-pferd) bezeichnet das seeschiff das man reitet (s. s. 156); fâkr scheint mir verwandt mit sansc. vâhas (vâhakas träger, ross), mit span. faca, altf. haquet (pferdchen), niederd. page (pferd), das vielleicht aus dem spanischen stammt.

4. aust-skota (gossenschapf).

5. brîm-svîn (meer-schwein) bezeichnet den butzkopf oder nordkaper, eine art wallfisch; in vielen germanischen volkssagen werden fische gerade zu schweine (barch, ferch) genannt.

Strophe 26.

1. statt ok ist auk (auch, nichtsdestoweniger) mit accent und alliteration zu lesen.

2. afrendi (f. afr-endi, kraftäusserung) bedeutet hier kraftprobe.

3. þrâ-girni vanr (an begehrungsgier gewohnt) bedeutet: beharrend in dem verlangen, Thôr möge immerfort noch andere kraftproben ablegen.

4. senti (argumentirte, stritt) setzte den wettkampf und die krafterprobung mit Thôr fort.

5. róa steht für roga (schweres rücken, schweres lüpfen).

6. kálkr scheint mir verwandt mit sansc. karakas (hart) und norr. gálkn, und bedeutet ursprünglich die harte muschel oder schaale eines schalenthiers oder einer schalenfrucht aus der man trinkt. Ganz verschiedenen ursprungs ist gr. kuliks, kaluks, lat. calics, altd. kelih (vgl. sansc. tchakra), welches ein rundes trinkgefäss bezeichnet.

7. statt kraptur ligan ist kropturliga zu lesen; kroptur (krümmung) gehört zur sippe krimpa (krimfen, zusamenziehen) und bedeutet das zusamengeschrumpft, verkrüppelt sein, das kauern, hocken, sitzen mit den knien am kinn. Kropturliga (hockend, kauernd).

Strophe 27.

1. er at hondom kom (als der kalkr ihm zu handen kam).

2. brátt (f. bráðt) schnell, flink.

3. brattstein (aufrichtstein) ist ein plattes felsstück gegen dessen wand, wie gegen ein tafl (s. Weggewohntslied, s. 202), man spielend warf, zur kraftprobe.

4. statt súlor (säulen) ist súl òr (aus der säule heraus) zu lesen, weil nur eine säule im saal war; slô súl ôr i gegnum heisst Thôr warf die schaale durch (î gegnom) die säule, so dass sie auf der andern seite heraus (òr) fuhr.

5. vor slô ist þá (hierauf) ausgefallen wegen der assonanz mit dem vorherstehendem tvau.

6. þò (doch) hat hier den prägnanten sinn von at hvâru (beides mal), s. str. 31.

Strophe 28.

1. u n d s (bis dass endlich) drückt aus dass es hohe zeit war dass Thôr die richtige anleitung zum gewinnen im spiel bekam, weil nun der vorzunehmende d r i t t e wurf, der entscheidende war.

2. das masculinum h a u s s (gehäuse, hirnschale) ist verwandt mit h û s (haus).

3. kostmôðs (des versuchs-müden) drückt aus dass Hŷmir, bei den zwei ersten würfen des Thôr, der probe (kostr, lat. gustus, versuch, probe) überdrüssig war, und die endliche entscheidung wünschte.

Strophe 29.

1. harðr reis à knè (dreist er sich hob auf die knie) stellte sich aufrecht, nach dem er den zweiten wurf sitzend (s. str. 28) gethan hatte.

2. færðisk allra i Asmegin (er sich gänzlich in die götterkraft zusamen raffte).

3. hialm-stofn ofan (die helmstütze von oben) steht für die helmtragende hirnschale oben am kopf.

4. statt vin-ferill (weinfahrer) ist vinnferill (schwung-fahrer) zu lesen: 1) weil vinferill nicht weinträger sondern nur weinfahrer bedeuten kann, und 2) weil die Jotnen keinen wein kannten noch tranken.

5. vâlr (f. hvâlr, rundung, bauch) das innere der schaale im gegensatz zu hringr (reif, rand).

Strophe 30.

1. mæti (maasvolle, angemessene dinge) sind hier der idee entsprechende treffliche kraftbeweise.

2. statt sè (ich sehe) ist zu lesen sâ (sah).

3. òr kniam (von knien aus) von einem knienden aus, im gegensatz zum sitzenden.

4. Karl (der alte) bezeichnet den Ægi.

5. segia aptr (hinterher sprechen) steht für: fernere proben begehren.

6 statt þu ert ist zu lesen þèr er (dir ist).

7. ölðr er heitit (ein festtrinken ist verheissen).

8. til kostar (zur probe) zur entscheidprobe.

Strophe 31.

1. at hvâru (sc. sinni, bei jedem gang) hat öfters den sinn von þô (dennoch; s. Grâgâs II, 4; vgl. str. 27) und bedeutet hier: unerachtet, der zweimaligen versuche.

2. þremi von þrömr (sitz, aufsatz, rand) ist der rand, im gegensatz zum bauch (golf) des kessels.

3. da gegnom (hindurch, durchweg, völlig) die alliteration hat, so kann î nicht davor stehen.

4. golf ist die ältere form für hvolf (hvalf, holf, wölbung, bauch, angels. hvealf, gr. kolpos) und bezeichnet den bauch des braukessels (hver); es ist etymologisch verschieden von gôlf (spalt, runze, durchgang); golf steht im instrumental der durch steig regirt ist.

5. steig golfi niðr (mit dem kessel niederstieg) hat hier activen sinn: er den kessel niedersetzte, i sal (im saal, auf den saalboden).

6. hôf sèr â höfuð up, er erhob über seinen kopf, um ihn, kopf über, hinten auf die schultern zu setzen.

7. hringar, länglich gezogene ringe oder henkel, welche zu beiden seiten am rand (þremi) des kessels angebracht sind.

8. statt hælom (fersen) ist hôlum (hohlwände) zu lesen; denn die kesselringe konnten, auf keine weise, dem Thôr an die fersen schlagen, und daran ertönen.

Strophe 32.

1. fóru (sie fuhren, giengen zu fuss) im gegensatz zu óku (sie fuhren im wagen).

2. hreysar (zerklüftungen, von hriosa) spalten und höhlen im felsgebirg.

3. fiolhöfða (vielhäuptig) bedeutet hier eine viel-häuptige (zahlreiche) menge.

Strophe 33.

1. standanda bezieht sich auf sér; sich zum kampfe stellend.

2. hraun-hváli (felshöhlige) ist gleichbedeutend mit hraun-búi (felsen-bewohner); von hvál (wölbung, höhle) ist hváli (höhlig, höhle bewohnend) abgeleitet; hválir ist etymologisch verschieden von hvalar (die quallen, plumpen, keulenförmigen), wallfische.

Strophe 34.

1. liggia fyrir (vor liegen), liegen so dass man ein hinderniss wird.

2. statt des einsilbigen skírr ist zweisilbig skiárr zu lesen, wegen der disjunction der alliteration; skiárr, ein substantivisch gebrauchtes adjectif, steht für skivarr und gehört zur sippe got. skiuban (schieben), skevian (sich schieben, vorgehen), norr. skæva (vorgehen), d. geschehen (vorgehen). Als substantif bezeichnet skiárr (skerr, skærr) das pferd; skiárr skökuls (der deichsel-drücker) ist das zugthier das die deichsel drehend zieht.

3. skakkr (scheck, schick, schief) gehört zur sippe gr. skaios, lat. scævus, und bedeutet, wie haltr (schief, lahm), auch hinkend, lahm.

4. bann (f. band, streifen, strecke) bedeutet hier bahn; á banni ist gleich á skeið, und skakkr á banni

erinnert an das altdeutsche ou haldi i bane (Graff, Wörterb., III, 125).

Strophe 35.

1. Goð màlugr (Götter-sagen-sprecher) bedeutet hier den dichter der die rhapsodien der Götter sagen-cyclen kennt (gr. mythologos), und in versen erzählt (gr. mythographos).

2. görr at skilia bedeutet hier vollständig mit kenntniss unterscheiden, und unterscheidend einzeln darlegen.

3. laun (f. laugn, abfinden) entschädigung, lohn.

Strophe 36.

1. þrött-öflugr (ausdaurend-kräftig) bezeichnet den Thòr als, durch kraft und ausdauer, zum zweck gelangend.

2. statt des unverständlichen hverian ist zu lesen hver i àn! (im kessel, ach!); àn (mangel, noth) ist hier ausruf des bedauerns, der klage (o noth! ach !).

3. ölðr eitt (das einzige trinken) bezeichnet das trinkmahl das so wie das erste so auch das letzte sein wird.

4. statt des nichtssagenden hormeitið ist harm-etið (vom leid angefressen) zu lesen.

IV. ÜBERSETZUNG.

Hymi-sage-lied.

1.

Bevor die Wahl-Himmlischen hochgelag vornahmen,
und eh' sie, vertraulich, beim fest vereint waren,
sie glück-stäbe warfen, und merkten auf's loos;
sie fanden dass bei Œgi die kessel-auswahl sei.

2.

Landvornen sass bären-vergnügt der Bergbau'r,
dem Nebelblinds sohne ähnlend gar sehr;
ins auge ihm dreist der Scheuers-spross schaute :
« Du musst den Ansen hochgelag zurichten ! »

3.

Der wort-leidge Reck' verdruss gab dem Jotnen;
zunächst auf rach' gegen den Gott dieser sann;
den Sif-gemäl bat er das kar ihm zu schaffen,
« Dann ich euch allen den gast-trunk braue. »

4.

Dieses wussten erlauchte Himmlische nicht
uoch Stark-Grössen, irgend wo zu bekommen,
bis dass dem Gluthreit, Týr im vertrau'n,
den wicht'gen liebesrath kund gab allein.

5.

(Tỳr sprach :)

« Vornen, im osten der Sturmwogen, wohnet,
« an des himmels ende, der vorsichtige Hŷmir ;
« es besitzet mein vater, der muthige kämpe,
« ein kar, gehalt-risig, das einen faden tief ist.

(Thòr sprach :)

« Weisst du ob wir diesen trank-sieder erlangen ?

(Tỳr sprach :)

« Wenn beid' wir als freunde geschickt dabei vorgehen. »

6.

Diesen fast ganzen tag eilig sie fuhren
von Ansengart fort, bis sie kamen zu Egil ;
Er die hornbegabtesten böcke da einstellt' ;
sie sich wandten der hall' zu, die Hŷmir besass.

7.

Der sohn traf die grossmutter, die ihm sehr leidige,
Bärenkraft, die neun köpfe trug ;
drauf trat als zweite Allgülden vor,
blond-braun, dem sohn bier-stärkung zu bringen.

8.

(Tỹ's mutter sprach :)

« Jotnische-sprossen ! euch zweie gedenk' ich,
« wie wohl ihr seit muthvoll, unter kessel zu setzen,
« dieweil mein geliebter oftmalen ist
« gegen gäste zäh, zu übler laune geneigt. »

9.

Spät fertig geworden kam, übelgelaunt,
nach haus von den fängen, der hartherz'ge Hymi :
in den saal er trat, die eiszapfen krachten,
als er kam war gefroren der kinn-wald des alten.

10.

(Hymis geliebte sprach :)

« Sei selig du, Hymi ! in frohen gedanken ;
« nun ist, in deinem hochsaal, der sohn angelangt,
« den wir, von weiter reis', haben erwartet :
« begleitet er ist vom rühmlichen kämpen
« dem manngefolgs-freund, der Hauswahr heisset.
« Sieh ! dort unter dem saal-giebel sie sitzen,
« sie wahren sich so, dass vor ihnen die säul' steht.»

11.

Durch des Jotnen blick die säule zersprang,
und entzwei jeder andere pfosten brach ;
abfielen acht (nur eins von allen
ein hartschlägig kar ganz blieb) von der stütze.

12.

Jene traten hervor ; aber der alte Jotne
seinem gegenschiess mit den blicken folgte ;
nichts gut's sagt' der muth ihm als er sah jenen
der Wölfin-Betrüber, auf den durchgang vortreten.

13.

Drauf wurden von stieren drei eingefangen ;
zu gehn befahl der Jotn' sie zu sieden zusammt ;
jene liessen einen jeden des kopfs kürzer werden ;
und hierauf zum sieden hin sie brachten.

14.

Der Sif-gemal, eh' er zu schlafen gieng, ass
allein, sammt allem, zwei ochsen des Hỳmi:
es dünkte dem grauen Hrungni's Vertrauten
des Gluthreits mahlzeit überreichlich sehr.

15.

(Hỳmi sprach:)

« Für nächsten abend gezwungen wir sind
« zu drei nun zu leben von fischfangs-speise! »
Hauswahr gewillt ist zur woge zu rudern,
wenn der kühne Jotne ihm fischköder gäbe.

16.

(Hỳmi sprach:)

« Wenn deinem muth du traust, kehr' hin zur herde,
« als Bergthan's schlächter, fischköder zu suchen!
« dess bin ich gewärtig dass diesmal nicht wird
« der köder vom ochsen dir leichten fangs sein. »

17.

Aber schnelle der Rasche zum wald sich begab,
wo sich ihm der ganz schwarze ochse darstellte;
Der des Thursen tod plant dem stiere abriss,
oben weg, den hochzaun der beiden hörner.

18.

(Hỳmi sprach:)

« Deine grossthaten, dünkt mich, viel geringer sein werden,
« wenn, als kielsteurer, du wirst stille sitzen,
« und unsern fluth-brauser du anhältst! » —

19.

Den Wellenstampfer gebot der Widder-drost
dem Api's Spross, weiter' naus zu führen :
doch der Jotne sich umsah ; er ausprach sein
geringes gelüsten noch weiter zu rudern.

20.

Drauf wallfische zog der muthige Hỳmi
allein zumal zweie, an der angel, herauf ;
aber, hinten im schoss, der Odins-verwandte
der Hauswahr, mit list, sich die leine bereitet'.

21.

Der Geschlechter-Beschützer die angel anködert',
als Schlang-Alleintöder, mit dem haupte des ochsen ;
den köder umschnappte die Götter-Verhasste
die, in der tief' alle lande umgürtet.

22.

Der that-stolze Hauswahr gewaltig zog
den giftfarb'nen Wurm herauf an den bort,
mit dem Hammer zerschlug er den wirbel-hochberg
gar grässlich, von oben, dem Wolfs-kampfbruder.

23.

Wogen-klippen krachten, meeres rilfe erdröhnten ;
zusamenfuhr, durchweg, die uralte Eb'ne ;
durch die holzspalte fuhr der gischt hindurch ;
verwundet der Fisch dann ins meer zurücksank.

24.

Als heim sie ruderten war unfroh der Jotne,
so dass Hỳmi zuerst gar nicht sprach ;
er lenkte den zorn zu anderer kraftprob'.

(Hŷmi sprach :)

« Die hälfte arbeit wirst so du mit mir vornehmen
« dass du die wallfisch' zur wohnung tragest ! »

25.

Hinging da Gluthreit, griff an das steuer ;
den see-gaul, mit der gosse drin, er sich auflud ;
allein, sammt den rudern und dem gossen-schapf,
trug er zur wohnung die meer-schwein' des Jotnen.

26.

Auch jetzt noch, der Jotne im fordern beharrlich
um die stärkeprobe mit Thôr sich stritt ;
niemand nennt er stark, wenn auch schweres er lüpft,
wenn, hockend, er nicht die schaal zerbricht.

27.

Aber Gluthreit, als sie zu handen ihm kam,
alsbald den zielstein entzwei liess bersten ;
dann warf er, sitzend, durch die säul sie durch ;
doch immer man ganz dem Hŷmi sie brachte.

28.

Bis dass ihm gab die freudliche friedel
den triftigen liebesrath den allein sie wusste :
« Treff Hŷmis schädel damit ; härter er ist
« als jede schaal des versuchsmüden Jotnen. »

29.

Rasch auf die knie sich Widderdrost hob,
zusammen sich ganz in der Ansenkrafft fasste ; —
ganz blieb da dem Alten die helm-stütze oben ;
aber des schwungfahrers wölbung geborsten war.

30.

(Hȳmi sprach :)

« Manch löbliches, weiss ich, mir ist vorgekommen,
« wo kniend die schaale ich schleudern sah,
« der Alte den ausspruch that, nicht sprechen ich kann
« ferner dawider, da ein trinkmahl verheissen ist;
« diess sei zum genuss euch, wenn bringen ihr könnt
« das bierschiff hinaus aus unserm gehöft.»

31.

Es zu rücken versucht' es Tȳr zweimal;
doch jedesmal fest das kar blieb stehen;
da des Modi Vater es am rande packt,
und völlig im saal das gefäss niedersetzt';
der Sif-eheherr übers haupt es hob;
und an den hohlwänden die ringe ertönten.

32.

Sie lange fuhren, eh's unternahm zu schau'n
einmal rückwärts des Odins sohn :
Er sah, mit Hȳmi, von osten, aus schluchten,
her fahren, vielhäuptig, den schaaren-tross.

33.

Von den schultern Er sich abhob das kar, sich stellend;
den mordgieren Zermahler Er schleuderte ab;
und die Berghöhlbewohner Er alle erschlug.

34.

Nicht lang' mehr sie fuhren eh' zu sinken begann
dahin, halbtod, des Gluthreits Bock;
verrenkt, auf der bahn, war der deichselführer,
und dieses bewirkt hat der schädliche Loki.

35.

Auch gehört habt ihr dieses (hier-über wer könnte
der göttersag'dichter genaueres erwähnen?),
wie doch entgelt Er erhielt vom Felsen-bauer
der seine zwei kinder gezahlt hat dafür.

36.

Er, ausdauernd-kraftvoll, zum Götter-ding kam
und brachte das kar, das Hými besessen;
Ach! wohl aus dem kar sollen die Geheiligten trinken,
beim Œgi, ein einmaligs bier, vergället mit harm!

V. ERKLÄRUNGEN zur ÜBERSETZUNG.

Strophe 1.

Nachdem die Jotnen von den Ansen busse für den gestolnen dichtermeth erhalten hatten, wollten sie sich mit
ihnen versöhnen, und boten ihnen ein grosses friedensgelag an. Die Ansen (genannt Wahl-Himmlische, als ge-
führten des Wahl-Himmlischen oder Odins), befragten
vorerst die schicksalsorakel, wo das gelag stattfinden solle,
oder wer den grossen braukessel besitze, um für so viele
gäste das bier zu brauen. Sie fanden heraus, dass das
schicksal den Jotnen Œgi zum gastgeber bestimme, der
eine schöne auswahl von kesseln besitze. Œgi, nämlich
der gott des Nordmeers, galt als besitzer von kesseln, weil
man sich das meer selbst als einen grossen kessel dachte,
in welchem sich noch viele andere kleinere kessel (strudel)
befanden. Thôr, der am besten das land der Jotnen kannte,
wurde von den Ansen beauftragt, die entscheidung des
schicksals dem Œgi zur kenntniss zu bringen.

Strophe 2.

Als zauberkundiger vorwissender Jotne kannte Œgi den
auftrag des Thôrs zum voraus; und weil er sich nichts daraus machte, die Ansen bei sich friedlich zu empfangen,
so suchte er sich dem schicksalsausspruch zu entziehen.
Er fing damit an, sich dem Thôr unkenntlich zu machen,
dadurch dass er sich in einen jungen spiellustigen bären

verzauberte. An den augen erkennt man aber den unterschied zwischen mensch und thier; als daher Thôr (des
Scheuers spross) dem bären dreist ins auge schaute, ent-
deckte er in ihm den verzauberten Œgi, den sohn des
Nebelblind, und eröffnete ihm, dass er dazu bestimmt sei,
den Ansen das hochgelag zuzurichten.

Strophe 3.

Da seine erste list, durch verzauberung dem leidigen
auftrag des Thôr zu entgehen, dem Œgi nicht geglückt
war, so nahm er zuflucht zu einer zweiten list. Er wusste,
dass sein verwandter Hŷmi, der beherrscher des arktischen
meeres, die grössten kessel in der welt besitze, dass aber
niemand, selbst Thôr nicht, im stande sein würde, von
ihm einen kessel freiwillig zu erhalten, oder ihn mit
gewalt abzuzwingen. Deswegen sagte Œgi, er wolle das
geschäft der bewirthung übernehmen, aber nur unter
der bedingung, dass Thôr ihm einen hinlänglich grossen
kessel verschaffe, um das für so viele gäste nöthige bier
darin zu brauen.

Strophen 4, 5, 6.

Thôr brachte die antwort des Œgi den Himmlischen
(Ansen) und Stark-Grössen (Vanen) zurück, und die Götter fragten sich nun, wer den grossen von Œgi begehrten
kessel ihnen abgeben könnte; niemand vermochte hierüber bescheid zu geben. Da eröffnete, den andern morgen,
Tŷ, der pflegesohn des Hŷmi, dem Gluthreit (Thôr), dem
er, als seinem neffen mütterlicherseits (s. Lokasenna 40)
besonders wohl wollte, im vertrauen, das wichtige geheimniss, dass sein pflegevater Hŷmi, der jenseits der Sturmwogen des arktischen meeres wohnt, ein kar besitzt,
das eine fadenlänge (ohngefähr 6 schuh) tief ist. Er be-

merkte aber dem Thôr, dass, da der Hỳmi sehr vorsichtig und argwöhnisch sei, sie beide, wenn sie den kessel gewinnen wollen, es sehr geschickt angreifen müssten. Die fahrt zu Hỳmi wurde nun beschlossen, und noch denselben tag fuhr Thôr mit seinem onkel Tỳ, im Donnerwagen, von Ansengart ab; da der weg bis jenseits der Sturmwogen ein überaus langer war, so brauchten die fahrenden, obgleich sie blitzesschnell fuhren, doch fast den ganzen noch übrigen tag zu dieser reise; sie gelangten abends zum gehöft des Egil, des hausbauern und strandwarts des Hỳmi. Hier stellte Thôr seine wagenböcke ein, und liess den donnerwagen stehen, um nicht durch das gedröhn, bei seiner ankunft den Hỳmi stutzig zu machen; er setzte noch denselben abend mit Tỳ die reise zu fuss fort, und die beiden gelangten so im gehöft des mächtigen Hỳmi an.

Strophen 7, 8.

1. Tỳr traf im wohnsaal zuerst die mutter seines pflegevaters Hỳmi, die allein, unbeschäftigt im grossmutterstuhl sass, während die übrigen hausgenossen ausserhalb beschäftigt waren. Diese stiefgrossmutter des Tỳr hiess Bärenkraft, weil sie bärenkräfte besass; sie war ihrem pflege-enkel von jeher verhasst, weil sie neunköpfig war, als symbol der neun gesichter, phasen oder abtheilungen der jotnischen nacht. Als zweites frauenzimmer trat hierauf die leibliche mutter des Tỳr in den saal; sie hiess Allgülden, weil sie, obgleich jotnischen geschlechts, als morgenröthe am jotnischen himmel, goldene lichtfarben und halb helle, halb dunkle haare und hautfarbe hatte. Nach einer später entstandenen tradition hatte sie von Odin den sohn Tỳr; war zwar nicht die eheliche hausfrau, aber die aussereheliche geliebte (friedel) des Hỳmir, doch so, dass dieser Jotne den Tỳr als seinen pflegesohn anerkannte.

Allgülden begrüsste ihren sohn und dessen begleiter Thôr, und brachte ihnen als willkommenen gästen den bewill-kommnungstrunk.

2. Týr als sohn der jotnischen Allgülden, und Thôr als sohn der jotnischen Erde (Jorð), waren beide, mütterlicher seits, von jotnischem geschlecht, aber Ansen durch ihren vater Odin. Allgülden, welche die natur ihres geliebten Hými kannte, die wusste, dass er oftmalen gegen gäste zähe, karg und übelgelaunt war, befürchtete dass ihm die gäste Týr und Thôr, obgleich mit ihm verwandt, nicht angenehm sein werden, und suchte daher dieselben vor Hými zu verbergen, bis sie ihn auf deren empfang vor-bereitet und günstig gestimmt haben würde. Sie machte ihnen deswegen den, für so muthvolle recken, demüthi-genden vorschlag, sie, wie furchtsame knaben, unter die kessel zu verstecken. Um durch list zu ihrem zweck zu gelangen, bequemten die recken sich dieser vorkehrung; und da sie es auf die erlangung des grossen kessels abge-schen hatten, der die leibeslänge des Thôr hatte, so stell-ten sie sich unter diesen mittleren grossen kessel. Es stunden nämlich, in einer reihe, 3 mal 3 oder 9 brau-kessel, parallel mit der thürwand, und zwar zwischen die-ser wand und der haussäule[1], welche mitten auf dem gang

[1] Die norränische mythologie hat noch erinnerungen an die drei ältesten wohnarten der Indo-Germanen. Die älteste ist die *baum-dachwohnung*. Im warmen Klima wohnt man unter dem schatten und schutz eines der sonne (Sonnenross) geweihten baumes (sansc. *açvattha* Ross-stand; germ. Irminsul), am bequemsten unter dem feigenbaume (baniane). Die zweite spätere ist die *baumstamm-rotunde;* man umbaute, rund um, einen zum wohnsitz geheiligten baum, so dass in der mitte der wohnung der baum oder baum-stamm sich erhob und die äste über das dach ausbreitete. Der Art ist die mythische Yggdrasils-esche, die sich in der mitte der grossen Weltwohnung erhebt und die 9 Welt-wohnungen zu-sammenhält; auf gleiche Weise steht in der mitte der rotunde

(golf) war, der von der thüre zum hochsitz, an der entgegengesetzten wand, führte. Der grösste kessel stand in der mitte des durchgangs, in gerader linie mit der haussäule, welche ihn, vom hochsitz aus gesehen, verdeckte; zu beiden seiten dieses grössern kessels standen, zur rechten und zur linken, je vier kleinere kessel. Sämmtliche neun kessel waren jeder, gleich einer glocke, über einen mannshohen hölzernen pfosten umgestürzt, so dass Thôr und Týr, ohne sich zu bücken, unter dem grössern kessel aufrecht stehen konnten.

Strophen 9, 10.

Hýmir, als gebieter des arktischen meers, trieb zum zeitvertreib seefischerei. Als Thôr und Týr bei ihm ankamen, war er von hause abwesend auf der see. Sein fischfang war diesen tag nicht nach wunsch ausgefallen, und hatte etwas länger gedauert, so dass der von natur schon bös angelegte Jotne, übel gelaunt, spät am abend nach hause kam. Er trat in den saal, schritt auf dem durchgang vor dem grössern kessel vorbei, ohne die darunter versteckten recken zu bemerken, und begab sich zum hochsitz. In der kälte und im nebel beim fischfang hatten sich an den wildverwachsenen bart des Alten eiszacken (eiszapfen) angesetzt, die bei jeder bewegung an

Valhall der baum Lerad und breitet sich oben über dem dach aus: auch in der halle des Völsung stand mitten ein baum oder stamm, in welchen Odin sein schwert einstiess, das Sigmund kräftig herauszog (Völs. saga c. 2). Die dritte späteste wohnart ist das länglich-viereckige haus, das an die stelle des vier-rädrigen Nomadenwagens (koli-maha rädergemach) trat und ihn als form darstellt. Die halle des riesen Hýmir gehört noch grossentheils zur zweiten wohnart der baumstammrotunde; nur ist in der steinwohnung des riesen der mittlere baumstamm auch zur steinernen säule (sûl) geworden.

einander stossend rasselten. Seine friedel Allgülden begrüsste ihn auf dem hochsitz, und seinen unmuth mer-
kend, suchte sie ihn in gute laune zu bringen, um ihn
dann als genehme nachricht zu verkünden, dass sein
pflegesohn Tŷr hier angekommen sei, begleitet von einem
rühmlichen recken, der der menschenleute freundlicher
beschützer ist, und Hausbewahrer (Veòrr, Hausbe-
schützer) heisst. Sie sagte, dass die beiden gäste, aus be-
scheidenheit und aus ehrfurcht vor dem hausherrn, unten
im saale, unter dem kessel hinter der haussäule, sich ehr-
erbietig versteckt haben.

Strophen 11, 12.

Hŷmir, durch diese verkündigung von gästen keineswegs erfreut, warf vom hochsitz aus auf den unteren saal
so zornige blicke, dass diese wie wetterstrahlen gegen die
haussäule und auf die acht kleinkesselpfosten schmetternd
anprallten. Die haussäule wurde beschädigt, die acht pfosten zersplittert, so dass die auf ihnen sitzenden kessel zur
erde fielen. Der mittlere kessel, unter dem die recken
standen, wurde zwar auch erschüttert, aber da er durch
die haussäule vor dem anprall der zornblicke des Jotnen
geschützt war, so wurde er mit seinem pfosten nicht zur
erde geworfen. Durch diese erschütterung aber aufgeschreckt und erzürnt krochen Thôr und Tŷr unter dem
kessel hervor, und stellten sich dem Hŷmir dar. Bei dem
anblick des trotzigen Thôr war dem Jotnen nicht ganz
wohl zu muthe; er fürchtete, er möge an diesem einen gefährlichen gegner bekommen; er musste aber jedenfalls
den beiden gästen die rechte der gastlichkeit angedeihen
lassen.

Strophen 13, 14.

Thôr und Tŷr durften als gäste auf die bewirthung von
seiten des Hŷmir sicher zählen. Es war aber der brauch

bei den Jotnen und in manchen gehöften des Nordens, so wie noch später bei den rittern der Tafelrunde, dass kein gast lange geduldet wurde, der sich nicht des gastrechts, durch irgend ein talent, eine kunstfertigkeit, oder eine grossthat, würdig zu zeigen vermochte. Die gäste suchten daher aus sich oder erhielten vom hausherrn die gelegenheit, den beweis ihrer vorzüglichkeit zu liefern. Da ausserordentliche körperstärke, wie die des griechischen Herakles, für eine grosse vorzüglichkeit galt, so that sich Thôr bei Hŷmir nach und nach in sieben kraftproben hervor. Die erste gelegenheit dazu wurde von Hŷmir dem Thôr gleich bei der zubereitung des abendessens gegeben. Da Hŷmir seine gäste nicht mit der gewöhnlichen speise von seefischen, sondern mit der ausgesuchteren speise von rindsbraten bewirthen wollte, so trug er dem Thôr und dem Tŷr auf, zur speise für sie drei, drei stiere einzufangen und zum abendessen zu sieden. Es war keine geringe und gefahrlose arbeit, die drei wilden stiere des Jotnen einzufangen, ihnen die köpfe abzureissen, und sie als gericht zuzubereiten; Thôr und Tŷr lieferten aber diesen ersten beweis ihrer grossen körperstärke. Eine grössere kraftprobe legte Thôr allein dadurch ab, dass er von den drei gesottenen stieren zwei ohne rest verzehrte. So wie der kräftige Herakles, war auch der kräftige Thôr ein **Vielesser** (s. *'Fascination de Gulfi*, p. 319), und Hŷmir musste anerkennen, dass die von Thôr verzehrte portion eine ganz respektable sei.

Strophen 15, 16, 17.

Hŷmir gab dem Thôr gelegenheit zu einer zweiten grössern kraftprobe. Er sagte, dass, durch das wegessen der stierbraten, sie drei nun genöthigt wären, für das nächste abendessen, sich mit seefischen zu begnügen, die sie mor-

gen fangen müssten. Thôr war bereit, mit Hŷmir zum
fischfang auf die see zu fahren, wenn man ihm gehörige
fischköder verschaffen würde. Hŷmir hoffte aber den Thôr
zu demüthigen, dadurch dass er ihm auftrug, seinen ge-
waltigen schwarzen stier, der den namen Felsthan
(s. s. 54) trug, aus der herde aufzufangen, ihm den kopf
abzureissen, und denselben als fischköder zum fischfang
mitzunehmen; er glaubte, dass Thôr diesen kopf nicht so
leicht erhalten werde, wie er die drei stiere eingefangen
hat, welche beim abendessen verspeist worden sind. Thôr
aber, der sogar die Thursen zu tödten wagte, begab sich
muthig in den wald, wo der schwarze stier Felsthan sich
aufhielt, und riss ihm den gehörnten kopf (den hochzaun
beider hörner) ab, den er zum fischfang als köder mit-
nahm. Das war Thôrs zweiter kraftbeweis.

Strophen 18, 19, 20, 21, 22, 23.

Beim einschiffen zum fischfang dachte Hŷmir bei sich
und sagte es dem Thôr, dass dieser wohl kräftig sei, wenn
er, aufrecht stehend, auf festen boden sich stützend, seine
kraft zusammen nehmen kann, wie er es bei den stieren
gethan, dass er aber weniger muthig sein werde, wenn
er, im schwanken schiff, auf bewegter see, am steuerruder
still sitzen soll, und dass er schwach sich bewähren wird,
wenn er beim fischfang, das schiff (fluthbrauser) anhaltend,
die schweren seefische an bort zu ziehen habe. Thôr (der
widder drost, der Donnerböcke-leiter) zeigte aber seinen
muth, dadurch dass, als er mit Hŷmir auf die hohe see
hinausgekommen war, er dem Jotnen (Hŷmir, Apis abkommen) gebot, noch weiter hinaus das meerschiff (wellen-
stampfer) zu führen. Hŷmir schaute sich da um, um zu
sehen, wie weit, in dem meer, er gekommen; und da er
erkannte, dass er in der nähe der Meerschlange sich be-

finde, so hatte er wenig lust, noch weiter zu rudern, nicht eben weil, wie Snorri glaubt, er angst vor dieser Schlange hatte, die ihm ja befreundet und seines geschlechts war, sondern weil er voraussah, dass ein kampf zwischen ihr und dem Thôr ausbrechen werde. Hŷmir verblieb daher fischend in diesem revier, und zog bald, mit kraft, zwei wallfische (butzköpfe) zumal an bord. Während dieses bereitete im stillen Hauswahr (Thôr, Odins sohn), hinten im schoos (hintertheil des schiffs), eine leine, hing den haken dran, und an den haken als köder den stierkopf des Felsthau, und warf dann die leine aus. Bald umschnappte die den Göttern verhasste Meerschlange den köder; Thôr zog die gefangene an bord, und bearbeitete dem Wurm (dem kampfbruder des Fenriswolfs) von oben herab, mit seinem Hammer, den kopfschädel (wirbel-hochberg). Die Schlange, um sich los zu winden, machte furchtbare bewegungen, so dass, von der lufterschütterung, die meeresgründe und die erde erzitterten; die wogen stürzten über ein abgerissenes stück bord ins schiff hinein, bis dass Hŷmir, um die Schlange zu befreien, die leine abschnitt, und der Wurm, wiewohl verwundet, doch noch lebendig, in die fluthen hinabsank. Dieser kampf, der furchtbarste, den die mythologie erwähnt, gilt für die glänzendste grossthat Thôrs. Snorri, der die Hŷmiskviða nicht gekannt zu haben scheint, erzählt den kampf (s. *Fascination de Gulfi*, p. 326) nach der volkssage; auch die spätern skalden Ulfr, Bragi der alte, und Eystein Valdsson schildern ihn, im überschwänglichen skaldenstyl. Der kampf mit der Mitgartschlange war die dritte grossthat, die Thôr bei Hŷmir vollbrachte.

Strophen 24, 25.

1. Hŷmir war eifersüchtig auf diese letzte grossthat Thôrs und zornig über die verwundung der ihm befreun-

deten Schlange; als er daher mit Thòr vom fischfang heim ruderte, war er einfroh und sprach nichts. Die volkstradition motivirt noch den unwillen des Hỳmir dadurch dass sie erzählt Thòr habe ihm, als er die leine abschnitt, eine so derbe ohrfeige versetzt dass er, kopf über, ins schiff gesunken sei und die beine gen himmel gestreckt habe. (*Fascination de Gulfi*, p. 327.)

2. Hỳmir unterdrückte den ausbruch seines zorns, und sann darauf wie er den Thòr demüthigen könne dadurch dass er ihm eine für ihn, wie er dachte, allzu grosse kraftprobe auferlege. Am ufer des gehöfts angelangt, hatten die beiden fischer die gefangenen wallfische und das schiffgeräthe aus dem schiff nach haus zns chaffen, und das schiff selbst, wie gebräuchlich, aus dem meer auf das ufer zu ziehen und aufzustellen. Hỳmir ersucht den Thòr diese arbeit mit ihm zur hälfte zu theilen, indem er die beiden wallfische in einem mal nach hause trage; was zu vermögen Hỳmir dem Thòr nicht zutraute. Thòr aber, seiner körperstärke bewusst, übernimmt in einem mal die gesammtarbeit; er fasst das schiff (meergaul) am steven, ladet es sich auf die schultern, und trägt es, mit der grundsuppe, mit dem ruderwerk, der grossen schupf, und den zwei meerschweinen (butzköpfen) darin, zur wohnung des Hỳmir; man denke!. Dies war die vierte grossthat des Thòr.

Strophen 26, 27, 28, 29.

1. Obgleich Thòr einen unläugbaren beweis seiner körperstärke gegeben hatte, so wollte doch der hartköpfige Jotne dies nicht anerkennen, und fuhr fort ihm die stärke abzudisputiren. Eine noch bessere kraftprobe eigensinnig verlangend, sagte er zu Thòr, als sie zu hause im saal waren, dass man niemanden, wenn er auch

schweres lüpfen und forttragen könne, einen starken mann
nennen dürfe, wenn er nicht die probe mit der schaale zu
bestehen vermöge, so dass, in hockender stellung, sie
auswerfend gegen ein ziel, er sie zerschmettere. Es war
dies ein kraftprobespiel das man gewöhnlich im freien,
aber auch, wie hier im saal, vorzunehmen pflegte. Es
handelte sich darum eine harte schaale, durch einen ge-
waltigen wurf, an einem gegenstand zu zerschmettern.
Bei binnenländern war diese schale eine harte nussschale,
bei fischerstämmen am meeresufer, eine harte muschel
oder austerschale. Am schwierigsten war natürlich der
wurf im hocken, etwas leichter in sitzender lage, am bequemsten in aufrechter stellung. Hŷmir wollte den wurf
nur bei hockendem sitzen gelten lassen, wozu Thôr sich
anfangs bequemen musste. Bei jedem spiel waren drei
gänge erlaubt; wenn der erste gang missglückte, so konnte
man noch zwei mal, nach kämpenrecht, seine revanche
nehmen; der dritte gang aber war der entscheidende. In
Strassburg rufen die knaben bei solchen spielen : drei-
môl isch bü wä-rechd (dreimal ist knaben recht). Thôr
nahm zuerst die zusamengekauerte, hockende positur
an; man überreichte ihm die riesige austermuschel, deren
schaale äusserst hart war, da sie Hŷmir durch zauber
gefestigt hatte; als zauberschale trug sie den besondern
namen Schwungfahrer, weil sie schwingend geworfen
wurde. Thôr warf sie gegen ein als ziel aufgerichtetes
felsstück; der zielstein zersprang, aber die schaale blieb
ganz. Thôr unternahm den zweiten gang, in sitzender
positur; er warf die schaale gegen die haussäule; die
säule bekam durch und durch ein loch; die schaale aber
wurde dem hausherrn unversehrt zurück gebracht.

2. Nun beim dritten gang musste die kraftprobe Thôrs
entschieden werden. Allgüldne, die friedel des Hŷmir,

wussle allein das geheimniss dass die gefeite schale nur an dem härtern schädel des Jotnen konnte zerbrochen werden. Sie theilte dies geheimniss dem Thôr, zur gehörigen anweisung, mit. Da erhob sich Thôr (der widderdrost) von der sitzenden positur zur aufrechten stellung (auf die knie), nahm sich ganz zusammen, und warf aus aller Ansenkraft die schale an den schädel (helmträger) des alten; der schädel blieb unversehrt, aber die innere beugung des Schwingfahrers war geborsten. Thôr hatte die fünfte kraftprobe glücklich abgelegt.

Strophen 30, 31.

1. Der starrsinnige Hŷmir wollte auch diese schalenprobe nicht als endgültig annehmen; er behauptete sie beweise nicht viel, da Thôr die schale, aufrecht stehend, geschleudert habe, während vordem ihm schon viele proben vorgekommen seien, wo man die schale wenigstens in kniender positur geworfen habe. Da aber doch Hŷmir zur letzten hauptprobe kommen wollte, und er wusste dass sein verwandter Œgir (der Alte) dem Thôr ein trinkmal verheissen habe (str. 3) und dieser verheissung, schicksalsgemäss, nicht widersprochen werden durfte, so sagte er dass Thôr und Tŷr zum genuss des gelags kommen werden, wenn sie den grossen braukessel (bierschiff) aus seinem gehöft wegzuschaffen vermöchten. Nachdem er dies aus übermüthiger unbedachtsamkeit ausgesprochen hatte, da er das wegtragen des kessels weder für möglich hielt noch es ernstlich zulassen wollte, so entfernte er sich, ohne dem etwaigen versuch beizuwohnen oder denselben abzuwarten.

2. Da Hŷmir den ausspruch gethan hatte, so glaubte sich Thôr berechtigt, ohne einen diebstahl zu begehen, den kessel, auf irgend eine weise, entführen zu dürfen. In

der abwesenheit des Jotnen machten sich Thòr und Tỳr listig an das geschäft. Tỳr versuchte zweimal, aber jedesmal vergebens, den kessel aus der stelle zu rücken; da fasste ihn Thòr (Modi's vater) am rande, setzte ihn vom pfosten, auf den er gestützt war, herab auf den saalboden; dann hob er ihn, über den kopf, auf seine schulter, und hielt ihn am rand hinten am nacken mit einer hand, während er mit der andern den hammer trug; so mit dem kessel beladen, trug er ihn fort, so rasch dass die länglichen ringe, zu beiden seiten am rande, bei der bewegung baumelnd an den hohlwänden anschlugen und klirrten. Dieses kesseltragen war des Thòrs sechste grossthat bei Hỳmir.

Strophen 32, 33.

Thòr, ohne sich ein einziges mal umzusehen, ging, in einem zug, mit dem kessel beladen und von Tỳr begleitet, bis zum gehöft des Egill, wo er seine böcke eingestellt und seinen donnerwagen gelassen hatte. Hier angekommen schaute er, zum ersten mal, zurück; er sah den Hỳmi, von osten her aus den bergschluchten mit einer zahlreichen gefolge-schaar, ihm nachkommen. Er setzte den kessel von den schultern ab; er stellte sich zum kampf und tödtete mit seinem Hammer (Zermalmer) Hỳmir und dessen gefolge. Dies war die siebente und letzte grossthat Thòrs im Hỳmisland.

Strophen 34, 35, 36.

Thòr spannte nun seine zwei böcke an den donnerwagen, lud auf denselben den kessel und fuhr mit Tỳr heimwärts. Nicht lange fuhren sie so, als plötzlich einer der böcke, der deichselführer, wie todt zu boden sank, weil ihm alle kräfte in den knochen versagten. Der ur-

heber dieses vorfalls war der schädliche Loki, weil er den
versöhnungstrank bei Œgir, der den Ansen durch den
kessel ermöglicht wurde, hintertreiben wollte. Er hatte
sich zu Egill, bei dem Thôr seine böcke eingestellt hatte,
begeben, rieth diesem und dessen kindern, Thialfi und
Röskva, die böcke zum abendessen zu schlachten und zu
verspeisen, und das delikate mark aus den knochen des
deichselführers auszusaugen. Dieser bock, der demnach
kein mark mehr in den knochen hatte, sank daher, als er
wiederbelebt war, bald kraftlos zu boden. Als dieser vorfall
geschehen war, begab sich Thôr zurück zu Egill um diesen
wegen der ursache des unfalls zu rede zu stellen; er
erfuhr den grund von der kraftlosigkeit des widders, und
da Thôr erzürnt dem Egill (felsenbauer) mit seinem Hammer drohte, so gab dieser dem gott, zur entschädigung,
seine zwei kinder als dienende untergebene. Thôr nahm
dieses entgelt an, heilte dann mit seinem weihehammer
den deichselführer, setzte seine heimfahrt fort, und
brachte endlich das kar, das Hymir besessen, nach Ansengart, und von da zu Œgi, der nun darin, schicksalsgemäss, den versöhnungstrunk für die geheiligten (götter)
zubereiten musste. Aber ach! dieses festtrinken sollte den
Göttern zum unheil gereichen; es sollte das erste und
letzte bei Œgi sein, und ihnen durch Loki, schnöde, mit
harm vergällt werden (siehe das folgende gedicht).

D.

LOKI'S WORTSTREIT.

I. EINLEITUNG.

I. Gegenstand und Charakter des Gedichts.

1. Das gedicht Loki's Wortstreit hat zum gegenstand
die beschimpfung der Götter durch den bösen Ansen
Loki, während des gastmals das die Jotnen und Ansen,
als versöhnungsfest, bei dem Jotnen Œgi, abhalten. Dieser
gegenstand ist blos ein theil oder ein ausschnitt aus einem
umfassenderen, bereits episch gewordenen mythus, so
dass der karakter des gedichts erst dann ganz verständlich
wird, wenn man sich diesen speziellen gegenstand aus
dem gesammt-mythus zu erklären versteht. Der gesammt-
mythus, der sich aus ursprünglich vereinzelten mythen
zusamengesetzt und episch organisirt hat, beruhte auf folgenden mythischen haupt-traditionen.

2. Die urtradition, welche die übermenschlichen wesen
(gottheiten) noch nicht in gute und böse eintheilte, trennte
noch wenig die guten Ansen von den bösen Jotnen, so
dass, auch noch später, die Ansen als aus iotnischem geschlecht, wie die Olympier aus titanischem geschlecht, hervorgegangen betrachtet wurden. Später aber, besonders

durch ethische entwickelung der religion, trat der unterschied, als rivalität und feindschaft zwischen den Jotnen
und Ansen, immer bestimmter hervor. Diese rivalität und
feindschaft wurde in der mythologie, unter anderm, besonders durch den kampf dargestellt, welchen die Ansen
gegen die Jotnen unterhielten, um sich in den besitz der
urweisheit (fornir stafir; ǒðreyrir) zu setzen, welche
durch den göttlichen unsterblichkeits-trank (sansc. amritam, gr. ambrosia) ertheilt wurde. Denn schon frühe
fühlte man, dass wissen (fr. savoir) das können (fr.
pouvoir) fördere und einschliesse, und dass höhere einsicht auch physische überlegenheit über den gegner zu-
sichere. Nach dem slavo-gotischem mythus, kam dieses
überlegenheitsmittel aus dem besitz der Vanen (Slaven-
gottheiten) in den der Alfischen Zwerge, und von diesen
in den besitz der Jotnen. So wie aber, im indischen
mythus, Vischnu in weibsgestalt die Asuren (Asurâs für
A-svaras, Un-himmlische) um das Amritam (Unsterb-
liche) betrog, so entwendet der Anse Odin, in liebhaber-
gestalt, den Jotnen den weisheitstrank Geistrährer
(ǒðreyrir). Die auf diese weise bestohlnen Jotnen, begehrten von den Ansen, nach recht, entschädigung und
busse (s. Des Hehren Sprüche, str. 111). Nach längerer
unterhandlung, kam es zwischen Ansen und Jotnen zu
einem vergleich. Als bedingung und versöhnungsmittel
zwischen ihnen dienen: 1) die aufnahme Bragi's (des
sohnes des Odin und der Gunnlada, der ehemaligen iotnischen Wächterin des entwendeten Geistrährers) unter
die Ansen ;

2) die aufnahme der Gunnlada unter die Ansinen, unter
dem namen Saga, welche, wie früher die iotnische
Gunnlada, zur Ansischen Wächterin des Geistrährers bestellt wird ;

3) die aufbewahrung dieses trankes in einem zwischen Ansgart und Jotnenheim gelegenen unter-seeischen ort namens Sökkva-bekk (Versenkungs-bank), der behausung des Jotnen Sökkvi, wo Saga den trank in der feste Froh-berg (Vil-biörg) bewacht, so wie sie ihn früher, als Gunnlada, in der feste Kampf-berg (Hnit-biörg) überwacht hatte;

4) ein zu veranstaltendes versöhnungsfest, das, nach dem schicksalsspruch (s. Hymiskviða, str. 1), zwischen Jotnen und Ansen, bei dem Jotnen Œgi, abgehalten werden soll. Dass dieses gastmal in der that bei Œgi als friedens-trank, in folge der entwendung des Geist-rührers, veranstaltet worden ist, bezeugen die worte Odins (Grimnismâl, str. 45):

«Nun hab ich Sieggottssöhnen bereits heraufgebracht
«das was Frohberg wird wahren ;
«diess soll auch die Ansen alle hineinbringen
«zu den bänken des Œgi.»

Dasselbe bezeugt auch die Lokasenna, wo, neben dem iotnischen amphitryo Œgi, unter allen Ansen Bragi (der gott des entwendeten Geistrührers), so wie er die veranlassung des gastmahls ist, auch als Vorsitzer bei demselben dargestellt wird.

Die urlage (schicksal) hatte aber beschlossen dass die versöhnung zwischen Jotnen und Ansen nicht dauern sollte; deswegen hat sie den versöhnungstrunk vergiftet durch den fluch, den Loki beim gastmahl gegen die Ansen und gegen den Jotnen Œgi ausstösst.

3. Aus obigem gesammtmythus hat nun der dichter der Lokasenna den stoff seines liedes entnommen, und speziell bezweckt den, beim versöhnungsmahl vergiftenden, Wortstreit Loki's ausführlich und dramatisch darzu-

stellen. Da diese darstellung, mit solcher ausführlichkeit,
in der mythischen tradition früher sich noch nicht vor-
fand, so gehört die Lokasenna, obwohl auf dem gesammt-
mythus beruhend, doch, in ihrer jetzigen speziellen fassung, der eigenen poetischen fiktion und individuellen
darstellung unseres dichters an. Dieser hat nun dem von
ihm so abgegränzten gegenstand, in seinem gedicht, folgende fassung gegeben.

Die Ansen von den Jotnen zum versöhnungsmahl eingeladen, sind, nach der alten sitte, mit ihren frauen und
ihrem gefolge oder dienerschaft, bei Œgi alle erschienen.
Nur die später verehrten Ansen sind nicht zugegen;
Vali nicht, weil er erst später als rächer des Baldur an
Hödur erzeugt wurde; Hödur nicht, weil er nur ein von
einzelnen germanischen stämmen verehrte gottheit war;
auch Ullr nicht, weil er als symbol der wintersonne erst
später, als sohn der Sif und stiefsohn des Thôr, zu den
Ansen gerechnet wurde; auch Thôr wohnte anfangs dem
gastmahl nicht bei, weil das gelag zu ende des winters
gehalten wurde, wo der Donnergott auf seiner rückreise
aus Jotnenheim nach Ansgart erst begriffen sein konnte.

Als die Ansen und Ansinen beim gastmahl sassen,
erscheint plötzlich, an der thür des saals, der böse Loki,
der weder von den Jotnen noch von den Ansen eingeladen
worden war, und schon deswegen gegen beide groll gefasst hatte. Obwohl an der thür vom diener Eldi aufgehalten, tritt Loki dennoch in den saal, und drängt sich
frech, als angekommenen ungebetenen gast, den anwesenden auf. Er benutzt dann die günstige gelegenheit, wo
alle Ansen und Ansinen, ausser dem von ihm gefürchteten Thôr, versammelt sind, um sie alle der reihe nach zu
verhöhnen. Mit dieser beschimpfung fährt er so lange fort
bis Thôr erscheint, der ihm zuerst stillschweigen gebietet,

und dann ihn durch drohungen wegtreibt. Aber ehe Loki
sich entfernt verflucht er noch den hauswirth Œgi und
wünscht, dass die im gästesaal brennende feuerflamme auf-
lodere und die wohnung ganz verzehre, damit diese künftig-
hin niemals mehr den Ansen und Jotnen zu einem friedlichen fest-gelag dienen möge.

4. Der ursprünglich symbolische mythus, der später
immer epischer geworden war, stellte zwar den Loki als
boshaft gegen freund und feind öfters dar, dachte aber
nicht daran bestimmte lästerungen gegen die Gottheiten
ausführlich, im einzelnen, anzugeben.

Der dichter der Lokasenna lässt sich herbei die be-
schimpfungen der Gottheiten durch Loki im einzelnen
darzustellen, und zwar so, dass Loki wohl als boshaft,
und die schmach der Gottheiten absichtlich übertreibend,
aber doch nicht als völliger lügner und verläumder erscheint, weil alles was er den Gottheiten boshaft vorwirft,
mehr oder weniger aus den mythen erwiesen werden
konnte. Wer irgend religiöses gefühl hat frägt sich daher:
wie konnte der dichter die lästerung der heiligen Götter
zum gegenstand seiner dichtung wählen? wie konnte
er sich erfrechen die mehr oder minder grosse schmach
der angebeteten Ansen und Ansinen seinen gläubigen zu-
hörern humoristisch aufzudecken? Die philosophische antwort hierauf ist, dass der dichter und dessen zeitgenossen
bereits zur einsicht gekommen waren, dass die angebeteten Gottheiten der nordischen religion nicht mehr, wie
früher, dem religiösen ideal der zeit entsprachen, und man
sich deswegen, nach besserm wissen und gewissen, berechtigt fühlte die bisher heilig verehrten Gottheiten sittlich zu missbilligen: weil man aber diess, bei der rohheit
der gläubigen menge, nicht mit sittlichem ernst thun
konnte, so war man genöthigt es mit leichterem humor

zu bewerkstelligen. Unser dichter stand also, wie Lukian
in Griechenland, in seinem religiösen wissen und gewissen,
über der traditionnellen volksreligion seiner zeit, und
fühlte sich deshalb berechtigt sein höheres ideal, im
spiegelbild der angebeteten Gottheiten, indireckt und humoristisch auszudrücken, und so zur intellektuellen und
moralischen geltung zu bringen. Diese ansicht von dem
karakter des gedichts Lokasenna habe ich 1838, in den
Poëmes islandais, dargelegt. Jacob Grimm hat mir sein
bedenken hierüber brieflich mitgetheilt. Er schrieb mir,
dass er Lukianische tendenz in dem gedicht nicht wohl
erblicken möge, dass er darin noch naïve religiosität finde,
die sich ja mit vorübergehendem spott über Gottheiten wohl
zusammen denken lasse; dass die Lokasenna ins fünfte,
vielleicht noch ins vierte jahrhundert hinaufreiche, wo
von erschütterung und abnahme des glaubens im Norden
nicht wohl die rede sein könne. Dies bedenken meines
verehrten gönners und freundes habe ich seitdem, von
verschiedenen gesichtspunkten aus, aufs neue geprüft, bin
aber, schliesslich, bei meiner frühern ansicht geblieben,
aus folgenden, der entwickelungsgeschichte der religionen
entnommenen, thatsachen und gründen.

5. So wie die geschichte der menschheit, die wissen-
schaft, und die kunst, so ist auch die religion ausschliess-
lich das erzeugniss der menschlichen seelen-bedürf-
nisse und geisteskräfte. Von suprahumaner oder göttlicher
natur kann in ihr nur in sofern die rede sein, als, in der
menschlichen natur, ein unendlich schwacher reflex des
absolut-göttlichen vorliegt. Die religion entsteht ursprünglich bei den menschen aus dem lebendigen gefühl ihrer
physischen hilfsbedürftigkeit und geistigen ohnmacht:
sie entwickelt sich, wie alles geistige, aus kläglichen an-
fängen, und erhebt sich langsam, aus dem irrthümlichen

und gemeinen, zu besserer intellektueller einsicht und sittlicherer idealität. Was der mensch intellektuell und moralisch vermag und werth ist, drückt sich in seinen von ihm gedachten Göttern aus. Die Götter sind ursprünglich einzelne naturobjekte, wie sonne und mond, etc., denen man übermenschliche kräfte zuschrieb, und sie deswegen anbetete. Da diese, als lebendig gedachten naturobjekte, sich dem auge eher als irgend ein thier denn als menschengestaltig darstellten, so wurden sie ursprünglich als thiergestaltete (zoomorphische) Götter aufgefasst.

Die von den naturobjekten verschiedenen naturerscheinungen wie feuer, wasser, luft, etc., obgleich sie nicht als einzelnes objekt, unter einer einzigen gestalt erscheinen, wurden doch als kräfte eines einzigen zoomorphischen gottes aufgefasst, so dass z. b. der gott des feuers ursprünglich ein einzelnes im lande verehrtes feuer war, das man als den urquell jedes anderen irdischen feuers betrachtete. Der einzelne zoomorphische gott Feuer wurde so zum repräsentant, zum zeichen und symbol aller feuererscheinungen. Diese darstellung des allgemeinen (ex. feuererscheinungen) durch das einzelne oder durch das symbol, führte allmählig eine grosse veränderung in der auffassung der bis jetzt zoomorphischen Götter herbei : man unterschied immer mehr zwischen dem naturobjekt (ex. sonne) und der dieses naturobjekt regierenden gottheit. Der zoomorphische Gott Sonne z. b. wurde nun zu einem Gott der sonne, den man sich nun in menschlicher gestalt oder anthropomorphisch dachte. Diese umänderung war, einstheils, ein religiöser fortschritt, da der Gott doch wenigstens menschlich vorgestellt war; andererseits erzeugte sie aber, durch die beibehaltung des traditionnell-symbolischen, als attri-

but des anthromorphischen Gottes, einen wirwarr, an
dem die mythologie über kurz oder lang, intellektuell
und moralisch, zu grunde gehen musste.

Bis dahin nämlich bestand die göttlichkeit der angebeteten Götter allein in ihrer, ihnen zugeschriebenen,
übermenschlichen macht; sie unterscheiden sich höchstens als schädliche und als wohlthuende Götter, aber
noch nicht als sittlich-gute und sittlich-böse wesen. Die
naturerscheinungen, die als ihre attribute galten,
waren, als naturerscheinungen, höchstens in schädliche
oder wohlthuende eingetheilt, wurden aber von den, das
sittlich-gute und sittlich-böse noch nicht unterscheidenden
völkerschaften, auch nicht sittlich beurtheilt. Zeus
(Himmel) z. b., war als ein mit der Luft, der Nässe, der
Hitze, der Morgendämmerung, der Nacht, etc., in beziehung tretender, unendlich viele naturphänomene zeugen-
der Gott aufgefasst; diese zeugung war, weil natürlich
gedacht, weder als sittlich noch als unsittlich dargestellt.
Durch die neue anthropomorphische conception traten
aber die Götter immer mehr aus der natürlichen anschauung in das bereich der menschlichen sitte, und
weil sie menschen-artig aufgefasst waren, so wurden sie
auch immer mehr, nach damaliger menschlichen sitte,
beurtheilt. So wurden z. b. die früher unverfänglichen
beziehungen des Zeus (Himmels) zu zahlreichen nun personnifizirten naturkräften, in der mythologie, als liebschaften des Zeus dargestellt, welche, weil sie ausser-
ehelich waren, nach dem damaligen sittlichen ehegesetz
beurtheilt werden konnten, und den symbolisch unschuldigen, verehelichten Zeus, weil er nun den menschen
anthropomorphisch und anthropopathisch gleichgestellt
war, als ehebrecher und hurer bloss stellten. Diesem ein-
getretenen missstande hätte die religion entgehen können,

wenn sie, mit besserem wissen und gewissen, die vermenschlichten Götter stets als menschliche ideale aufgefasst, und alles was mit dieser idealität in widerspruch
gestanden, unerbittlich über bord geworfen hätte. Da aber
die religiöse tradition, statt sich selbst zu vergeistigen,
allen traditionnellen stoff als heilig fortpflanzte und auf-
bewahrte, so war sie schuld, dass die sittlichen und intellektuellen unzuträglichkeiten in der mythologie sich an-
häuften, und die volksreligion, bei helleren köpfen und
sittlicheren herzen, welche freilich von der menge als
gottlos verschrieen wurden, immer mehr in miskredit
kam. Offenbar ist z. b. der in politik und religion con-
servativ- und orthodox-thuende Aristophanes viel weniger
religiös und philosophisch angelegt als die idealisten Eu-
ripides und Sokrates, welche er verläumdete, obgleich sie,
aus religion, wirklich ungläubig waren. Der feinkritische
Lukian war ein grösserer verehrer der idealität, und somit
der religion und philosophie, als seine gläubigen zeitgenossen, gegen deren trug und aberglauben er zu felde
zog.

6. Da der religiöse glaube, so wie der wissenschaftliche
und philosophische, seiner inneren natur nach, immer
naiv, aufrichtig, und ernst ist, und da der denkende mensch
seinen alten glauben nur dann aufgibt, wenn er ihn, durch
einen, wie ihm dünkt, bessern, zu ersetzen vermag, so
kann offener fortgesetzter spott gegen geheiligtes, psycho-
logisch, nicht bei dem festgehaltenen glauben an dasselbe bestehen; der dichter der Lokasenna kann kein naiv-
orthodox-gläubiger sein. Allerdings zeigen sich bisweilen
spässe über heiliges bei aufrichtig gläubigen. Dieser scherz
und spott entspringt aber nicht aus förmlichem unglauben,
sondern aus vorübergehender capriziöser selbstüber-
hebung. Der religiöse respect, wie die moral, legt näm-

lich dem menschen stätige fesseln an, welche er manchmal aus angeborner freiheitsliebe, aus prahlender un-
abhängigkeit, und spielender laune, auf kurze zeit,
abzuschütteln sucht, um aber, gleich darauf, wie der
sklave nach den Saturnalien, zu der ihm natürlichen unter-
würfigkeit zurückzukehren. Die angriffe auf die Götter
in der Lokasenna sind aber zu ernsthaft, um für blos
augenblickliche ausbrüche des scherzes angesehen werden
zu können. Angriffe auf einen verehrten Gott sind übrigens
nur dann in diesem fall erklärlich, wenn sie sich auf
dessen mängel beziehen, die ausserhalb der speziellen
attributionen um derentwillen der gott eben verehrt wird,
liegen. So wird im gläubigen zeitalter des Homer der
gott Ares, wegen seiner vereitelten liebschaft, spottweise
aufgezogen; aber kein griechischer held würde es wagen
den Kriegsgott zu verspotten, in seiner spezialität als
muthiger kriegsgott. In der Lokasenna aber werden dagegen einige Ansen als tadelswürdig gerade in der spezialität blosgestellt, um derentwillen sie als Götter verehrt
werden. Die humoristische form der angriffe auf die
Götter schliesst übrigens durchaus nicht deren ernsthaftig-
keit aus. So wie die höchste tragik zum bitter-lachenden
sarkasmus drängt, so drängt das ernste innige gefühl zum
humoristischen spott über unzulänglichkeiten und über
vermisstes ideal. Der humor, der zugleich aus dem skepti-
zismus und aus dem idealismus entsteht, der mit einem
auge lacht und mit dem andern weint, ist die humane
form des leichten spottes, der an dem belächelten gegenstand, nicht mehr an dessen idealität glaubt, und eben,
wegen dieses mangels an idealität, sich betrübt. Der
dichter der Lokasenna, obgleich er nicht immer die richtigen gränzen des humors einzuhalten versteht, gehört
doch, im ganzen, zu den humoristen, und eben, weil er

humoristisch verfährt, kann er nicht mehr zu den naiv gläubigen und religiös orthodoxen zählen.

Aus obiger kurzen erörterung scheint mir nun genugsam hervorzugehen, dass der dichter der Lokasenna, wiewohl in andern zeiten und umständen lebend, und mit weniger geist und philosophie ausgerüstet, doch als ein geistesverwandter des Lukian anzusehen ist, und dass sein gedicht nicht in den älteren naiv-gläubigen zeiten der nordischen religion entstanden sein kann, sondern der spätern zeit angehört, wo der alte glaube an die Götter anfieng zu schwanken, und bereits in eine kritische periode eingetreten war.

2. Titel, abfassungszeit und abfassungsort

des gedichts.

1. In dem C. R, der einzigen und besten membranabschrift des gedichts, führt dieses den titel Loka senna (Loki's Wortstreit); und dieser scheint der älteste, vom verfasser herrührende und im ganzen passendste titel zu sein. Denn obgleich diess gedicht zum Thôr-cyclus gehört (s. s. 3), so ist doch, in demselben, Loki die hauptperson, und seine spottreden bilden den speziellen gegenstand des gedichts. Der in spätern papierhandschriften vorkommende titel Œgisdrekka sagt blos aus, dass das bei Œgi abgehaltene trinkmahl der Götter, die veranlassung war zu Loki's wortstreit. Noch spätere handschriften enthalten den titel Loka Glepsa (Das sich herumbeissen des Loki), der offenbar ein populärer ausdruck ist für Lokasenna, und plumper ausdrücken soll, dass sich Loki, gleich einem bissigen hund, mit den Ansen herumgebissen hat. Die in C. R. dem titel Lokasenna beigefügten worte frá Œgi ok Goðom (von Œgi und den Göttern) sind nicht ein anderer titel, sondern blos die überschrift zu der unächten prosa-

einleitung, welche dem gedicht vorangesetzt worden
ist (s. s. 200).

2. Dass die Lokasenna, wie oben angezeigt worden,
(s. s. 97) einer späten periode der nordischen mythologie
angehört, wird noch durch folgende, auf deren inhalt und
form bezügliche, thatsachen bestätigt:

1) Da die versification im fornyrdalag die ältere ist,
so gehört die Lokasenna, welche in dem etwas späteren
lidðahattr gedichtet ist, nicht zu den älteren norränischen
gedichten;

2) Ihrer natur gemäss, hat die dramatische form, in
allen litteraturen, nach der lyrischen und episch-er-
zählenden gattung angefangen und sich herangebildet;
da nun in der Lokasenna die dramatische form vorherrscht,
so gehört dieses gedicht, wegen dieser spätern dichtungs-
art, auch einer spätern periode an;

3) In der Lokasenna kommen anspielungen und verse
vor, welche offenbar der Skirnisför und dem Harbarðs-
lioð entlehnt sind (s. *Poëmes isl.*, p. 316-319; vgl. str.
42, 53). Lokasenna ist also jünger als Skirnisför und auch
jünger als Harbarðsliöð, als dessen nachahmung und verallgemeinerung sie anzusehen ist, da, in Harbarðsliöð,
blos Thôr von Loki beschimpft wird, während, in Lokasenna, Loki sämmtliche Ansen und Ansinen angreift. Nun
gehört Skirnisför wahrscheinlich in die erste hälfte des
8. jahrhunderts (s. *Message de Skirnir*, p. 70) und das
Harbarðsliöð in das 9. Jahrhundert (s. Graubartslied, s. 87). Die Lokasenna mag also wohl in der ersten
hälfte des 10. jahrhunderts gedichtet worden sein
(s. *Poèmes isl.*, p. 319).

3. Wenn man bedenkt dass Island, besonders von Norwegen aus, durch politische und religiöse freiheit liebende
männer bevölkert worden ist; dass in Island, offene aus-

fälle gegen die nordische religion zuerst vorkommen, und schon im 10. jahrhundert statt finden; dass das heidenthum anno 1000 auf dieser insel durch das christenthum ersetzt wurde, so liegt der schluss nahe, dass die Lokasenna auf Island entstanden sei. Da aber der verfasser, dessen namen die Isländer bestimmt in ihren Sagas aufbewahrt hätten, unbekannt geblieben ist, so muss angenommen werden, dass isländische ansiedler das anonyme gedicht aus Norwegen mit herüber gebracht und in Island verbreitet haben. Der unbekannte verfasser, der in Norwegen in der ersten hälfte des 10. jahrhunderts lebte, hatte sich gegen die Götter des volksglaubens noch indirekt, vorsichtig, und gemässigt ausgesprochen, aber schon um dieselbe zeit spricht sich Hiallti Skeggiason, in einem spottgedicht (kveðling) offen, entschieden, und heftig gegen die Götter aus. Er wurde zwar, von dem opfervorsteher (goði) Runolf, der götterverachtung (goðsgá) angeklagt, und, auf antrag des Thôrbiörn, zum exil verurtheilt. Aber schon im folgenden sommer, im jahr 1000, nahmen die Isländer, durch einstimmigen ding-beschluss, das christenthum an. Es ist folglich wahrscheinlich, dass die Lokasenna zu anfang des 10. jahrhunderts in Norwegen gedichtet worden, alsbald nach Island gebracht, und daselbst, mit zustimmung, aufgenommen worden ist. Hieraus erklärt sich das verhältniss, in dem die Lokasenna zu den durch sie veranlassten späteren isländischen schriften steht. Es ist nämlich mehr als wahrscheinlich, dass der christliche priester Sæmund der gelehrte, der der erste war, welcher einige eddische gedichte gesammelt hat, auch die Lokasenna in seine sammlung aufgenommen, und sie hinter die Hŷmiskviða, wo sie noch in der folge stets stehen geblieben ist, gesetzt hat. Mit besonderer vorliebe für die das heidenthum verspottende Lokasenna,

schrieb er eigends zu diesem gedichte eine längere einleitung mit der überschrift frä Œgi ok Godom (von
Œgi und den Göttern), welche zu anfang und zu ende der
Lokasenna, als zum gedicht gehörend, in den abschriften
der Sæmund'schen sammlung beibehalten worden ist.
Diese von Sæmund nach volkstraditionen abgefasste vor-
und nachrede, passt aber, in vielen punkten, durchaus nicht
als einleitung zu dem gedicht (s. *Poèmes isl.*, p. 312),
und ist folglich, als nicht vom dichter selbst verfasst, unächt. Sie kam aber mit dem gedicht durch die erste Edda-
sammlung des Sæmund in den besitz von dessen erben
Odd, und wurde von diesem dem Snorri Sturluson
mitgetheilt. Snorri kannte die Lokasenna, was dadurch
bewiesen ist, dass er darin die strophe 34 falsch ge-
deutet und von Niorðr als einem geisel gesprochen hat
(s. unten); er kannte auch die Sæmundische vor- und nachrede, weil er einiges daraus in der Gylfaginning nacherzählt hat. Die bekanntschaft mit der Lokasenna und
deren einleitung ging auch von Snorri auf dessen neffen
Olaf Thörðsson (der blonde skald genannt) über,
der die Braga rœður (Bragi's gespräche) verfasste. Der
beweis dieser bekanntschaft liegt eben schon in dem
mythischen rahmen, den Olaf den Braga rœður gegeben, und den er der Œgis drekka entlehnte, in dem
er annimmt diese gespräche seien von den beiden Vor-
sitzern, Bragi und Œgi, bei der Œgis drekka gehalten
worden. Da er aber die wahre mythische veranlassung
zu diesem gastmahl (nämlich die versöhnung zwischen
Ansen und Jotnen, in folge der entwendung des Geist-
rührers) nicht kannte, so erzählt er aus sich, dass die
Œgisdrekka darum stattgefunden habe, weil Œgi früher
bei den Ansen als gast wäre eingeladen gewesen, und
dass er nun, um die gastfreundschaft den Göttern zurück-

zugeben, dieselben, nach dreimonatlicher frist, zu sich geladen habe, wo dann die präsidenten des gastmahls, Bragi und Œgi, sich die mythen erzählten, welche in den Braga rœður enthalten sind (s. Snorra Edda I, 207-209). Olaf, der blonde skald, brachte aber seine schrift Braga rœður nicht vollständig zu ende; sie wurde fortgesetzt, zu anfang des 14. jahrhunderts, durch einen unbekannten isländischen kleriker (s. *Fascination de Gulfi*, p. 39). Dieser liess zwar zu anfang den mythischen rahmen der Braga rœður, als dialog zwischen Bragi und Œgi fortbestehen, fügte aber seine abhandlung über poetische namen (welche nun den speziellen titel Skaldskaparmâl, Dichtungsausdrücke, trägt) diesen Braga rœður, in abstrakter katechesen-form, an, ohne den conkreten rahmen und die dialogform, die in denselben zu anfang sich vorfanden, weiter zu berücksichtigen, und consequent fortzusetzen.

II. TEXT.

Loka senna.

(Œgis drekka.)

Loki.

1. Segðu þat Eldir!,   svä at þú einugi
      feti gangir *framarr*:
   hvat hèr inni hafa   at *öl*-málum
      Sigtiva *synir*.

Eldir.

2. Of *vapn* sin dœma   ok um *vig*-risni sina
      Sigtiva *synir*;
   Ása ok *Alfa*,   er hèr inni ero,
      mangi er þèr i *vorði vinr*.

Loki.

3. *Inn* skal ganga   Œgis hallir i
      à þat *sumbl* at sia;
   ioll ok *afo* færi ek *Asa* sonum,
      ok blend ek svà *meini miöð*.

Eldir.

4. Veitstu ef þù inn gengr   Œgis hallir i
      à þat *sumbl* at sia,
   hropi ok *rögi* ef þù eyss   à *holl* Regin
      à þer muno þau þerra þat.

Loki.

5. Veitstu þat, *Eldir*!,   ef við *einir* skolom
     sâr-yrðom sakask,
auðigr verða mun-'k   i *andsvörom*,
     ef þû *mælir* til *mart*.

Loki (i höllo).

6. *þyrstr* er kominn   þessar hallar til
     Loptr um *langan* veg,
Aso at biðia   at mèr *einn* gefi
     mæran drykk *miaðar*.
7. Hvì þegit þer   svâ *þrungin* Goð
     at þer *mæla* nè *megoð*?
sessa ok staði velið   mèr *sumbli* at,
     eða *heitið* mik *hèðan*!

Bragi.

8. *Sessa* ok stadi *velia*   þèr *sumbli* at
     Æsir *aldregi*;
þvîat *Æsir* vito   hveim þeir *alda* skolo
     gamban-sumbl um *geta*.

Loki.

9. Mantu þat, *Oðinn*!   er við i *ârdaga*
     blendom bloði saman;
ölvi bergia letstu   *eigi* mundo,
     nema okkr væri *bæðom borit*.

Oðinn.

10. Ristu þâ, *Viðarr*!,   ok lat *Vulfs* föður
     sitia sumbli at,
sîðr oss *Loki* kveði   *lastastöfum*,
     Ægis höllo î.

Loki.

11. Heilir Æsir!   heilar Asynior!
 ok öll *ginn*-heilög *Goð*!
nema sà *einn* As   er *innar* sitr,
 Bragi, bekkiom à.

Bragi.

12. *Mär* ok *mæki* gef ek   þèr *mins* fìar,
 ok bætir þèr svà *baugi Bragi*,
sìðr þù *Asom*   öfund um gialdir;
 gremþu eigi *Goð* at þèr!

Loki.

13. *lös* ok *armbauga*   mundu *æ* vera
 beggia vanr, *Bragi*!;
Asa ok *Alfa*   er hèr *inni* ero,
 þù ert *skiarrastr* vìð *skot.*

Bragi.

14. Veit-'k, ef fyr *ùtan* værak   svà sem fyr *innan* emk
 *Œ*gis höll *um*-kominn,
höfuð þitt bæra ek   i *hendi* mèr;
 lyki ek þèr þat fyr *lygi.*

Loki.

15. *Sniallr* ertu i *sessi*;   skalattu *svà* gòra
 Bragi bekk-skrautuðr!;
vega þù gakk   ef þù *vreiðr* sèr!
 hyggsk vætr *hvatr* fyrir.

Iðunn.

16. *Bið* ek, *Bragi*!,   *barna* sifiar duga
 ok *allra* ósk-maga,
at þù *Loka* kveðir-a   *lasta*-stöfum,
 *Œ*gis höllo *i*!

Loki.

17. þegi þú, *Iðunn!*,   þik kveð ek *allra* kvenna
     ver-giarnasta *vera*,
siðstu *arma* þína   lagðir *itr*-þvegna
     um þins *bróður bána*.

Iðunn.

18. *Loka* ek kveð'k-a   *lasta* stöfum
     *Œ*gis höllu *i;*
Braga ek kyrri   *biôr*-reifan;
     vel'k-at ek at ið *vreiðir vegisk.*

Gefion.

19. Hvî ið *Æ*'sir tveir   skoloð *inni* hèr
     sâr-yrðom *sakask?*
Lopts ek þat veit   at hann *leikinn* er,
     ok hann *fiör*-gioll *frîa.*

Loki.

20. þegi þú, *Gefion!*,   þess mun'k nù *geta*
     er þik *glapði* at *geði*
sveinn inn hvîti   er þèr *sigli* gaf,
     ok þù *lagðir lær* yfir.

Oðinn.

21. *Örr* ertu Loki!   ok *orviti*
     er þù fær þèr *Gefion* at *gremi;*
þviat aldar *orlög*   hygg ek at hon öll um viti
     iafn-gorla sem ek.

Loki.

22. þegi þú, *Oðinn!*   þù kunnir *aldregi*
     deila *víg* með *verom;*
opt þù *gaft* þeim,   er þù *gefa* skyldir-a,
     inom *slœvorom sigr.*

Oðinn.

23. Veitstu ef ek *gaf* þeim,   er ek *gefa* nè skylda,
      inom *slœvorom, sigr,*
    àtta vetr *fôrtu,   fiölkunnandi* kona;
      ok hugða ek þat *aðal args.*

Loki.

24. Enn þik *sîða* koðo   *Samseyio* î,
      ok draptu à *vètt* sem *völur,*
    vîtka lîki *fôrtu   ver-þiôð* yfir
      ok hugða ek þat *aðal args.*

Frigg.

25. Örlögom *ykkrom*   skylit *aldregi*
      segia seggiom frà,
    hvat ið *Æ*ṣir tveir   drygðut î *ârdaga;*
      firrisk æ *forn* rök *fîrar.*

Loki.

26. þegi þû, *Frigg!*   þû ert *Fiörgyns* mær,
      ok hefir æ *vergiörn veriðk,*
    er þâ *Vea* ok *Vilia*   lètstu þèr, *Viðris* kvæn!
      bâða î *barðm* um tekit.

Frigg.

27. Veitstu, ef ek *inni* ætta'k,   *Ægis* höllum î,
      Baldri glîkan *bur,*
    ût þû nè kæmir   frà *Âsa* sonom,
      ok væri þà at þèr *vreiðom vegit.*

Loki.

28. Enn vill þû, *Frigg!,*   at ek *fleira* telia
      mîna *meinstafi?*
    ek þvî *rêð* ær   er þû *riða* ser-at
      sîðan Baldr at *sölum.*

Freyia.

29. Örr ertu, Loki!, er þú œðri telr
    liòta leið-stafi;
örlög Frigg hygg ek at öll viti,
    þótt hon sialf-gi segi.

Loki.

30. þegi þú, Freyia!, þik kann ek fullgerva:
    er-a þèr vamma vant;
Ása ok Alfa er hèr inni ero,
    hverr hefir þinn hórr verit.

Freyia.

31. Flá er þèr tunga; hygg ek at þèr fremr myni
    ógott um-gala;
vreiðir 'ro þeir Æsir ok Ásynior;
    hryggr muntu heim-fara.

Loki.

32. þegi þú, Freyia!, þú ert for-dæða
    ok meini blandin miök,
Siðstu, at bróðr þinom, seiðtþu blíð Regin;
    ok mundir þú þá, Freyia! frata.

Niörðr.

33. þat er vá-litit þótt sèr varðir
    vers fài, hórs eða hvars;
hitt ær undr er ás ragr, er hèr inn of kominn,
    ok hefir sá börn of borit.

Loki.

34. þegi þú, Niörðr!, þú vart, austr nèðan
    gils, um-sendtr at Goðom;
Hýmis meyiar höfðu þik at hlandtrogi.
    ok þèr munn i mîgo.

Niörðr.

35. Sú er á mik líkn,   er ek var'k lægt nèðan
  gils um-sendtr at *Goðom*,
  þá ek *mög* gat   þann er *mangi* fiar,
  ok þikkir sâ *Ása iaðarr*.

Loki.

36. *Hettu* nú, Niörðr!;   hafðu á *höfi* þik;
  mun'ka'k þvi *leyna lengr*;
  við *systor* þinni   gatstu *slíkan* mög,
  ok er-at þô *mino verri*?!

Tŷr.

37. Freyr er *betistr*   allra *boll-riða*
  Ása görðom *i*;
  mey hann nè grætir   nè *manns* kono,
  ok leysir or *höptum hvern*.

Loki.

38. þegi þú, Tŷr!,   þû kunnir aldregi
  bera *tillàt* með *tveim*;
  handar enn *hægri*   mun ek *hinnar* geta
  er þèr sleit *Fenrir frà*.

Tŷr.

39. *Handar* em ek vanr,   enn þû *Hröðrs-vitnis*;
  böl er *beggia* þrà;
  Vulf-gi hefir ok *vel*   er í vöndom·skal
  biða *Ragna* rökurs.

Loki.

40. þegi þú, Tŷr!,   þat var þinni kono
  at hon âtti *mög* við *mèr*;
  öln nè penning hafðir þû   þess *aldregi*
  vanrèttis, vesall!.

Freyr.

41. *Vull'* sè ek liggia *Varar* ôsi fyr
        unds *riufask Regin*;
     þvî mundu *næst*,   nema þû *nû* þegir,
        *bundinn, bölva-*smiðr!

Loki.

42. *Gulli* keypta lètstu   *Gŷmis* dôttur;
        ok *seldir* þitt svâ *sverð*;
     enn er *Mûspells* synir   rîða *Myrkvið* yfir,
        veitsta þû þà, *vesall*!, hvé þû *vegr*.

Bŷggvir.

43. Veitstu, ef ek *æðli* ætta'k   sem *Ingunar-*Freyr,
        ok svâ *sælikt* setr,
     mergi smæra *mölda* ek   þà *mein-*krâko,
        ok *lemða* alla î *liðom*.

Loki.

44. Hvat er þat it *litla*   er ek þà *löggra* se'k
        ok *snapvist* snôpir?
     at *eyrom* Freys   mundu *æ* vera
        ok und *kverkom klaka*.

Bŷggvir.

45. *Bŷggvir* ek heiti,   enn mik *brâðan* kveða
        Goð öll ok *gumar*;
     þvî em ek hèr *hrôðigr*   at drekka *Hrôpts* megir
        allir öl saman.

Loki.

46. þegi þû, Bŷggvir!,   þû kunnir aldregi
        deila með *mönnom mat*;
     ok þik, î *flets* strâ,   *finna* nè mattu,
        þà er *vâgo, verar*.

Heimdallr.

47. Ölr ertu, Loki!, svâ at þû ert örvili;
hvî nè lètsk-attu, Loki!?
þvíat *ofdrykkia* veldr alda hveim
at sina *mælgi* nè *man-at.*

Loki.

48. þegi þû, Heimdallr!; *þèr* var î ardaga
it *liota* lîf um *lagit;*
à *Urgo* baki þû munt *æ* vera,
ok *vaka vörðr* Goða.

Skaði.

49. Lètt er þèr, Loki!; munattu *lengi* svâ
leika lausom hala;
þvîat þik à *hiörvi* skolo, ins *hrímkalda* magar
görnom, binda *Goð.*

Loki.

50. Veitstu, ef mik à *hiörvi* skolo, ins *hrímkalda* magar
görnom, binda *Goð,*
fyrstr ok öfstr var ek at *fiörlagi,*
þar's vèr à þiassa þrîfom.

Skaði.

51. Veitstu, ef *fyrstr* ok öfstr vartu at *fiörlagi,*
þû er þer à þiassa þrîfuð,
frà mînom *véom* ok *vöngom* skolo
þèr æ *köld* râð *koma.*

Loki.

52. Lèttari î mâlom vartu við *Laufeyiar* son
þâ'r þû lètsk mèr à *beð* þinn *boðit;*
getit verðr oss slîks, ef ver *görva* skolom
telia *vömmin vâr.*

Sif.

53. *Heill* ver þú nú, Loki!,   ok tak við *hringkalki*
    fullom forns miaðar!
heldr þú Hana *eina*   latir, með *Á*sa sonom
    vammalausom, vera.

Loki.

54. *Ein* þú værir Sif!,   ef þú *svá* værir
    vör ok gröm, at *veri;*
enn einn ek *veit,* svá at ek *vita* þikkiom'k,
    hór ok af *Hlórriða.*

Byggla.

55. *Fiöll* öll *skialfa!* ;   hygg ek á *för* vera
    heiman Hlórriða;
hann *rœðr ró* þeim   er *rœgir* hèr
    Goð öll ok *guma.*

Loki.

56. þegi þú, *Bÿggla!,*   þú ert *Bÿgg*vis kvæn
    ok *meini* blandin *miök;*
*ó*kynian meira kom-a   með *Á*sa sonom;
    öll ertu, *deigia!, dritin.*

þórr.

57. þegi þú, rög vettr!;   þèr skal minn *þrúð*-hamarr
    Miöllnir mál fyr nema!;
herða-klètt drep ek   þèr *halsi* af,
    ok verðr þá þíno *fiórvi* um *farit.*

Loki.

58. Er hèr *Iarðar*-Vèorr   nú *inn*-kominn;
    þvi *þrúsir* þú svá, þórr!
enn þá þórir þú *ek*ki er þú ska*lt*   við *Úl*finn vega
    ok *svelgr* hann allan *Síg*-föður.

þórr.

59. þegi þù, rög vettr!,   þèr skal mìn þrûð-hamarr
    Miöllnir mâl fyr nema!
    upp ek þèr verp,   ok â *Austrvegum*;
    sîðan þik mangi sèr.

Loki.

60. *Austr-* förum þìnom   skaltu *aldregi*
    segia seggiom frâ
    sìðst î *handska* þûmlungi   *hnukþir* þù, einheri!,
    ok þôttiska þù þà þôrr vera.

þôrr.

61. þegi þû, rög vettr!;   þèr skal mînn þrûð-hamarr
    Miöllnir mâl fyr nema!
    hendi hinni *hægri*   drep ek þik *Hrungnis*-bâna,
    svâ at þèr *brotnar beina* hvat.

Loki.

62. *Lîfa* ætla ek mèr   *er langan* aldur,
    þôttu *hœtir hamri* mèr;
    skarpar âlor þôttu   þèr S*krýmnis* vera,
    ok svaltsk þù þà *hungri heill.*

þôrr.

63. þegi þû, rög vettr!;   þèr skal mìnn *þrûð*-hamarr
    Miöllnir mâl fyr nema!
    Hrungnis-bâni mun þèr   î *Hel* koma,
    fyr *Nâ*-grindr *neðan.*

Loki.

64. Kvað ek fyr *Âsom*   kvað ek fyr *Âsyniom*
    þats mik *hvatti hugr*;
    enn fyr þèr einom   mun ek *ût*-ganga,
    þvîat ek veit at þù *vegr.*

65. *Ŏl görðir þú, Œgir!*; enn þû aldri munt
  síðan sumbl um-gora;
eigin þìn öll, er her inni er,
  leiki yfir, logi!
  ok brenni þèr à baki!

III. **TEXTKRITIK** und **WORTERKLÄRUNG**.

—

Titel.

1. Ueber die titel Œgis drekka, Loka glepsa, s. ob.
2. Senna (bewahrheitung, debatte, wortstreit).
3. Ueber Loki s. Graubartslied s. 9.

Strophe 1.

1. Manuscripte und ausgaben setzen vor diese strophe eine vorrede in prosa. Diese vorrede ist nicht vom verfasser des gedichts; sie ist also unächt und musste hier weggelassen werden. Die unächtheit ergibt sich : 1) aus der ausführlichen länge derselben; ächte vom dichter stammende einleitungen (s. Graubartslied, 1) sind immer in wenigen worten zusammengefasst, um kurz die sachlage, worin das gedicht beginnt, anzuzeigen; 2) aus der nutzlosigkeit des gesagten; diese vorrede sagt nichts aus das nicht, auf den ersten blick, aus dem gedicht sich von selbst ergibt; 3) diese vorrede sagt unrichtiges, unpassendes, dem gedicht widersprechendes, aus (s. *Poëmes isl.*, s. 312); 4) diese vorrede ist das werk eines christen; er spricht von den mythischen sagen als von etwas vergangenem; 5) diese vorrede stammt aller wahrscheinlichkeit nach vom ersten sammler eddischer gedichte, von Sæmund, der die Lokasenna unmittelbar hinter das Hymi-sagelied einsetzte (s. s. 200); 6) diese vorrede ist aus der volkssage, von der die Lokasenna ganz abgesehen hat, verfasst.

2. Wäre die prosa-vorrede ächt, so könnte man den dialog als einen erzählten ansehen, und die personen könnten mit der epischen formel kvað (sprach) eingeführt werden. Da sie aber unächt ist, so hat das gedicht keinen erzählenden, sondern dramatischen character; die formel kvað muss demnach weggelassen werden, und die anführungszeichen in den strophen sind zu verwerfen.

3. Eldir (anzünder, entflammer, s. Alvîsmâl, s. 38) ist name des thorwarts des Œgi.

4. einugi feti ganga framarr (keinen schritt weiter vorangehen) ist epische formel um zu sagen dass einer der sich bewegt stille stehen, alles andere gehen und stehen lassen soll, um auf eine frage, unverzüglich (stante pede, stehenden fusses) zu antworten.

5. Sigtîvar; tŷr (himmel, himmlisch, gott); tîvar (gr. theoi, lat. dii, himmlische, götter; Sigtŷr (siegbegabter, siegerfreuter gott) ist ein epithetischer name des Odin (vgl. Valtŷr, Wahl-Gott, s. ob.). Sigtîvar (Sieghimmlische, Sieggötter) bezeichnet die götter: 1) als siegbegabte götter; 2) als söhne, verwandte, und gefolge des Sigtŷr (vgl. Valtîvar, Wahlgötter und söhne des Valtŷr).

6. synir (söhne) bezeichnet nicht allein die eigentlichen söhne, sondern, wie im semitischen b'ne (söhne), die abkömmlinge eines häuptlings, somit den stamm, den clan, das geschlecht desselben. Sigtîva synir (der Sieghimmlischen söhne) bezeichnet die Götter die den stamm, das geschlecht der Sieghimmlischen bilden (vgl. Asa synir gleichbedeutend mit Æsir).

Strophe 2.

1. risni (das hervorstehen, die vortrefflichkeit); vigrisni (kampf-vortrefflichkeit) hier die vortrefflichkeit der Götter als kämpfer und helden

2. statt orði ist vorði zu lesen (vgl. vulfr str. 10; vreiðr str. 15).

Strophe 3.

1. inn skal ganga (man muss hineingehen) steht hier für ich (ungebetener gast) muss doch einmal (curiositatis causa) hineingehen.

2. hallir (hallen) steht im vergrösserungs-plural, bedeutet also grosse, mächtige halle (vgl. die plurale sessa ok staði, str. 8).

3. ioll (krakeel-schreie) steht für den plur. n. hioll, gioll (vgl. iol, ioð für hiul, hioð, cf. fiörgioll, str. 19, giola geheul, giöll) und bezeichnet das jolen, jaulen beim streit und krakeel. Das wort ist gebildet von der onomatopoetischen exclamativ-partikel hio! (lat. heu!), wie d. heulen von hu!, jauchzen von ioh!, ächzen von ach!, lat. ululare von u!

4. afa (abweichung, verirrung) bezeichnet hier die unbesonnene beleidigung (rôg rüge), oder die unbesonnenen worte (afar-orð) die bei übermässigem reden (ofr-mælgi) entstehen.

5. mein (schmach, verdruss) soll wie gift in den süssen meth des gelags sich mischen (vgl. Hymiskv., str. 36: ölðr at Œgis eitt harm-citrað).

Strophe 4.

1. veitstu (weisst du) ist eine öfters gebräuchliche redensart die den sinn ausdrückt: du weisst ja! du begreifst! (vgl. fr. sais-tu, und das Wienerische wissen's!

2. hröp (rufen, geschrei) entspricht ganz dem gioll, so wie rôg (rüge, beschimpfung) dem afa (str. 3).

3. eyss (schöpfst, um zu übergiessen) beruht auf dem bilde dass beschimpfung dem überschütten mit unreinem

wasser oder dem anpissen gleicht, wovon man sich an
dem beleidiger abtrocknet, abwascht, und rein macht.

Strophe 5.

1. sàr-yrðum (versehrende, bissige worte).

2. andsvörum (scharfe entgegnungen).

3. mæla til mart (zu viel sagen) drückt sowohl afar-
orð (unbesonnene worte), als ofr-mælgi (maasloses
reden) aus.

Strophe 6.

1. Statt des dreisilbigen halbverses þyrstr ek kom ist
viersilbig þyrstr er kominn zu lesen.

2. Ueber den namen Loptr, s. Vielgewandts
Sprüche, s. 59.

Strophe 7.

1. Da der accent, also auch die alliteration auf þèr
(ihr) ruht, so ist, statt er (ihr), auch þèr zu lesen.

2. þrungin (gedrängt, gepfropft, strotzend) bezeichnet
hier die von stolz oder trotz vollgepfropften Götter, die sie
an der kehle würgen und ersticken, so dass sie nicht
antworten können.

3. Goð (Angerufene) gehört zur wortsippe gu (rufen,
schreien) und bedeutet ursprünglich die um hülfe ange-
schrieenen himmlischen mächte.

4. Die vergrösserungsplurale sessa ok staði (sitze
und stellen) sollen den ausgezeichneten sitz und die ehren-
stelle ausdrücken (vgl. hallir, str. 3).

Strophe 8.

1. Ueber namen und mythische persönlichkeit des
Bragi, s. unten.

2. velia (als besser betrachten, herauswählen) gehört zur wortsippe vel (wohl); kiosa (kiesen, küren) hingegen gehört zur wortsippe lat. gustus (geschmack), und bedeutet etwas, das unserm geschmack mehr zusagt, vorziehen; val kiosa (wahl küren) heisst die bessern helden,' als auswahl vor den andern, mit vorliebe vorziehen. Das lateinische augur (f. avi-gus, vogelkieser) bezeichnet den der, nach dem heiligen flug der vögel, die vorbedeutung des schicksals kürt, und interpretirt. Augustus (f. avi-gustus, welches mit augere nichts zu thun hat) bedeutet den der, durch den vogelflug, vom schicksal, zum glück und zur auszeichnung, vorgezogen und auserwählt ist.

3. gaman (vereinigung, geselligkeit, freundlichkeit) bezeichnet hier die freundlichkeit zur versöhnung; gaman-sumbl bedeutet hier versöhnungs-gelag, friedensbier.

Strophe 9.

1. biarg (schutz, unterhalt) bezeichnet auch die stärkung und den unterhalt durch speise und trank; das davon abgeleitete bergia (unterhalten, stärken durch speise und trank) bedeutet hier durch speise oder trank sich stärken, daher geniessen, kosten.

2. mundu; — die bis jetzt unerklärten formen der infinitive munu und mundu erkläre ich folgendermassen: das stark scheinende man ist eigentlich ein abgeleitetes schwaches zeitwort wie die im sanscrit correspondirenden schwachen formen manve und manye (gedenken) und die apocopirte form man (für mani, got. man) und die umgelautete form mun (für manu) und got. munan (f. manvan) beweisen. Daher lauten die infinitive: muna (f. mana) und munu (für manva). Von einem substantif mund (absicht) für älteres mundu, bildete sich ein infinitif

des præterit mundva (beabsichtigt haben), der sich regel-
recht zu mundu gestaltete.

Strophe 10.

1. Ueber namen und mythische persönlichkeit des
Odinn, s. unten.

2. þâ (da, nun denn). Es gibt, in allen einigermassen
ausgebildeten sprachen, gewisse partikeln die eine geistes-
disposition oder seelenmodalität, im gestus und in der
stimme des sprechenden, ausdrücken, und die man seelen-
modalitäts-partikeln nennen kann. Ihre bedeutung ist
nicht lexicographisch genau anzugeben, sondern wird
durch gestus, stimme, betonung, ausgedrückt (le ton fait
la musique). Dieser art ist hier die partikel þâ (da, in
diesem fall), die aussdrückt dass Odin zwar den von Loki
angeführten grund nur zur hälfte anerkennt, sich aber
nicht in discussion mit Loki einlassen will: er sagt daher,
mit halb ironischer, halb verdriesslicher stimme, þâ (in
diesem fall, wenn es so ist, nun denn!).

3. Ueber name und mythische persönlickeit des Viðarr,
s. *Fascination de Gulfi*, p. 279.

4. Der comparatif siðr (tiefer hinunter, weniger sich
erhebend) bedeutet die absicht zu verhindern dass etwas
sich zeige; als conjunction bedeutet es daher, damit
nicht.

5. stafir (stäbe, stützen, gründe) bedeutet abstrakt die
materien, mittel, welche etwas erzeugen, bewirken;
lasta-stafir (lästerungs-mittel) sind lästerungen, läster-
worte.

Strophe 11.

1. Die vor der strophe stehenden einleitenden worte in
prosa stammen nicht vom dichter, sondern vom spätern

verfasser der vorrede, wie auch die form Asona für .Esi auf spätern sprachgebrauch hindeutet.

2. heilir! (heil! selig!) ein makarismus, gebräuchlich beim begrüssen des hauswirths (s. Des Hehren Sprüche, str. 2) und beim zutrinken (vgl. angels. wæs hail!).

3. ginnheilog goð (vgl. Alvismâl, str. 11, s. 28) bezeichnet hier die Vanen.

4. innar sitr (innwärts sitzt); Bragi als vorsitzer des gelags, sass mit Œgi dem amphitrio innwärts des saals, oben auf dem ehrensitz.

Strophe 12.

1. màr (mohr, rappen, streitross) weist auf eine zeit, wo man nicht mehr blos zu fuss, im einvîgi (einzel-kampf), sondern auch schon zu ross im folkvig (trupp-kampf) kämpfte.

2. mækir (mähend) mäheisen, schwerdt, got. meki, slav. mizi, gehört zur sippe gr. mache (mähung, schlacht), lat. mactare (schlachten), lat. meto (f. mecto), altd. màjan (mähen), d. metzen (f. mehzen).

3. baugi; baugr (ring, metallspiral, geld) bedeutet hier die zur busse gezahlte werthschaft, got. bûgian (zah-len; kaufen), engl. buy (erkaufen).

4. öfund gialdir (übelwollen zurückgebe), krän-kung vergelte.

Strophe 13.

1. armbaugr (armring) bezeichnet den mit einem metallring, am rande beschlagenen runden schild, den man am arm trägt, sp. bucle (kleiner schildrand), altd. buckeler (schild mit eisenrand), fr. bouclier (kleiner schild).

2. Statt der schlechten orthographie ę ist besser zu schreiben ei, welches für eigi (niemals) steht.

3. vanr (mangelnd), hier mangel fühlend, ver-
missend.

4. Der mangel an disjungirung der alliterirenden silben
und die überzahl der verse beweisen, dass við vîg
varastr eingesetzt worden ist, um skiarrastr við skot
zu erklären; es ist demnach unächt.

Strophe 14.

1. Die wohnung ist zum frieden geheiligt, aber zum
kampf geht man hinaus ins freie; daher bedeutet fyr
innan koma als friedlicher gast eintreten, aber fyr utan
koma, mit kampfesabsicht hinaustreten.

2. Statt let ek des C. R. ist lyki ek (ich würde ab-
schliessen, zahlen, lohnen) zu lesen, was, wie ich jetzt
sehe, schon Svend Grundtvig richtig vorgeschlagen hat;
luka einom fyr lŷgi (fr. donner à quelqu'un le démenti).

3. lŷgi (lüge, falsche beschuldigung) hier falsche beschuldigung der feigheit; daher bei den normandischen
rittern der ausdruck mentir par la gorge (feigheits-
anklage aus der kehle erbrechen) für vomir un men-
songe. Diese beschuldigung ist ein schandfleck (erbro-
chenes, heb. raka, norr. vamm, lat. vomitus), den ein
ehrenmann am lügner abwischen (þerra oder ent-
lügnen (fr. démentir) musste.

Strophe 15.

1. Statt des matten gora (für göra machen, str. 63)
ist gôra (faul liegen) zu lesen; gôra gehört zur sippe
altd. gesen (jesen, gähren), gôr (mist), norr. gôrkula
(mistkugel), got. gaurs (garstig), gaurian (betrüben),
norr. gôrt (ferment, insolenz, prahlerei), gôr-manuðr
koth-monat, gôrmr (koth), mitteld. garst (ranzig, stin-
kend); gôra bedeutet also hier, faul, feig herumsitzen,
herumliegen, statt muthig zu kämpfen.

2. Von **skira** (scheeren, schroten, putzen, lat. putare) kommt **skart** (ausgeputztes); aus **skart** entstand **skrot** (und **skraut** putz), **skrota** (ausputzen); von **skraut** (putz, zurüstung) ist **skrautuðr** (aufgerüstet, aufgeputzt) abgeleitet; **bekk-skrautuðr** ist ein prächtig-gekleideter, aufgeputzter weichling, der feig auf der bank faul herumliegt.

3. **vreiðr** (zornig) bedeutet zum **ernsten** kampf (orrusta) aufgebracht, **aufgereizt**, im gegensatz von **freudig**, beim bloss belustigenden kampfspiel.

4. **hvatr** (der scharfe, wahrhaft muthige); **hyggsk** (bedenkt sich, hat bedenken oder furcht) **fyrir vætr** (vor nichts).

Strophe 16.

1. Ueber name und mythische persönlichkeit der **Idunn**, s. **Weggewohntslied**, s. 83, 102.

2. **sifiar barna** (verwandtschaftsbande der kinder) bedeutet hier die familien-verpflichtungen, welche eltern ihren kindern schuldig sind.

3. **ôsk** f. (die künftig erwartete, gewünschte **freude**, got. **venis** freude), **wunsch** (sansc. **vâthtschâ** f. **vânkschâ**); **ôsk-megir** (wunsch-söhne) sind söhne, die wir uns noch wünschen. **Ôski** (Wunsch) ist die **personifizirte** magische kraft des wunsches, der, wie das gesprochene oder geschriebene wort, sich magisch verwirklicht. **Ôski** ist zuerst **Odin** als personifizirte wunschkraft; daher **Ôska-mey** (Oskis maid) die **Valkýre** bezeichnet; deswegen ist, **Oddrunargrâtr** 16, statt osk-mey, **Ôska mey** zu lesen. Dadurch dass **wunsch**, welches früher im germanischen weiblich war, in der männlichen gottheit Odin personifizirt ward, wurde das wort wunsch (wunsc) im Altdeutschen und norränischen auch masculin, und erhielt die bedeutung von

1) magischer wunschkraft (vgl. oska-byr, oska-biörn, oska-stein, etc.) oder schicksalsertheilung durch wunschkraft;

2) von freier erwählung, im gegensatz zur natur-gabe (oska-barn, adoptifkind, im gegensatz zum natürlichen kinde).

4. kveðia (ansprechen, begrüssen) hat, ausnahms-weise, auch die bedeutung von schelten, (ansprechen im übeln sinne (s. Des Hehren Sprüche, s. 201).

Strophe 17.

Da die alliteration nicht in einem zusammengesetzten worte, das nur einen sinn-accent hat, sondern in zwei separaten wörtern stehen muss, so ist bróður bána nicht als ein compositum, sondern als zwei wörter zu fassen; darum muss aber auch, statt þinn bróður-bána (dein bruder-mörder), þins bróður bána (deines bruders mörder) gelesen werden.

Strophe 18.

Da biörr für brior (gebräu, s. Alvissmal, s. 40) steht, so ist es zweisilbig, so dass biörreifan (durch bier er-hitzt) richtig vier silben ausmacht.

Strophe 19.

1. Ueber name und mythische persönlichkeit der Ge-fion, s. *Fascination de Gulfi*, p. 144; *Les Gètes*, p. 221. Der name Gefion (Bucht-liebend) gehört zur wortsippe lat. cavum (aushöhlung), got. gavi (umkreis, bezirk, gau,) norr. haf (bucht, haff, meer), gefn (buchtig, meer) und bezeichnet eine weibliche meergottheit.

2. Gefion sagt: Ihr beiden verwandten Ansen solltet hier innen, im friedlichen hause und beim freundlichen

gelag, euch nicht, wie feinde draussen, mit bissigen worten bekämpfen, sondern höchstens blos mit neckereien, die unter befreundeten (gagnhollir, s. Des Hehren Sprüche, s. 131) erlaubt sind, euch gegenseitig mit witz aufziehen; Loki ist aber, sagt sie, allzu ausgelassen.

3. Statt Lopzci des C. R. ist zu lesen Lopts ek þat veit (ich weiss betreffs Lokis); der genitif Lopts hängt von þat (das des Lopts) ab.

4. leikinn (spielend, scherzend), fr. enjoué.

5. Statt fiörgvall im C. R. ist fiör-gioll (lebens-gejöhl) zu lesen. gioll (ioll) ist oben s. 217 erklärt; mit fiör (lebenskraft, lebensfreude) verbunden bedeutet gioll die geräuschvolle ausgelassenheit des lebenslustigen. In Strassburg sagt man lèwes-dà (lebenstag) für ausgelassene geräuschvolle lustbarkeit (s. Strassburger Volks-gespräche, s. 64).

6. fria (buhlen um jemand, liebkosen) bedeutet hier anreizen; es ist abgeleitet von frii (buhle, s. s. 150).

Strophe 20.

1. nú (nun) ist, wie þá (denn, da, str. 10), eine seelen-modalitätspartikel, welche den schelmischen ton ausdrückt.

2. glepia abgeleitet von glap (geräuschvoller, betäu-bender schlag) bedeutet verwirren; glepia at geði (im sinn verwirren) einem den sinn verwirren.

3. inn hviti (jener, dir wohl bekannte, blonde).

4. sigli (halsschmuck); — man könnte bei diesem wort an orientalischen ursprung denken. Die welthandeltrei-benden Phœniker machten ihre zahlungen nach einem gewicht, phœn. schikal (heb. schekel) von bestimmtem werth. Später wurde der schikal ein geprägtes gold- und silberstück, welches durch handel nach Persien, unter andern, nach Ephesus kam, wo man es siglos (Xeno-

fon, Anal. 1, 5, 6) und in andern griechischen städten
siklos nannte. Bei den asiatischen Doriern hiessen die
siglosmünzen siglai, welche frauenzimmer auch als ohr-
gehänge trugen. Durch Byzantinischen handel konnte der
siglos als ohrringgehäng (sigli) in den Norden gekommen
sein. Ich ziehe aber vor, das wort sigli auf goto-slavischen
ursprung zurückzuführen, wie ich es, nach anleitung
Grimms (Gram. 1, 150; II, 111, 112) schon 1837 gethan habe
(s. Poëmes islandais, s. 424). Dem sanscrit svalyas
(s. ob. s. 30) entspricht got. sauïl (fr. svali, sôli, norr. sôl,
vgl. slav. slava, f. svala glanz, ruhm). Dem got. sôil entspricht altd. suhil und altsächsisches sygil, angels. sigil
(sonne, name des runischen sonnenzeichens). Sonnen-
und mondförmige medaillons, münzen, und brakteaten,
welche zum frauenschmuck dienten, behielten den namen
sigli (sonne) und mani (mond). Das wort sigli, als hals-
gehäng bedeutend, kam wahrscheinlich aus dem altsäch-
sischen und angelsächsischen in die norræna.

Strophe 21.

1. Von or (ut, us, draussen) ist das adjectif örr (ausser
rand und band, unmässig) abgeleitet; örr hat sich, phonisch und logisch, vermischt mit övr (ofr, drüben hinaus)
abgeleitet von of, wovon auch got. ubils (überdraussen,
maaslos übel) norr. illr (f. ŷvlr, bös) stammen.

2. örviti (unverständig, bedachtlos).

3. örlög (ursätze) bedeutet hier die guten und bösen
geschicke, das glück und unglück.

4. statt viti (wisse) ist veiti (ertheile) zu lesen, weil
es hier nicht darauf ankömmt dass Gefion die geschicke
des Loki wisse, sondern dass sie, unerachtet des Nornen-
spruchs, ihm gutes aus wohlwollen, oder böses geschick

aus zorn, zu vollziehen (drygia) oder zu ertheilen die macht habe.

5. iafngörla sem (ganz so wie).

Strophe 22.

1. deila vîg með verum bedeutet den kampfesausgang (sieg oder niederlage) zwischen den kämpfern richtig und gerecht vertheilen; vgl. unten deila mat með verum.

2. slævorum ist kein plural noch comparatif, sondern der datif singular des adjectifs slævurr welches eine nebenform von slær (f. slahr, slavr, schlaff) ist und schlaff, stumpf, muthlos, im gegensatz von hvatr (scharf, muthig, kühn), bedeutet.

Strophe 23.

1. die zweite halbstrophe ist vielfach corrupt; statt vartu ist fôrtu (du fuhrest) zu lesen.

2. fyr iorð neðan ist eine unächte glosse um zu sagen dass Loki in Jotnenheim unter der erde gefahren sei.

3. statt kỳrmolkandi ok kona, ist fiölkunnandi kona zu lesen : 1) weil nirgends gesagt ist dass Loki eine milchkuh gewesen; 2) weil, wenn er es gewesen, dies zu erwähnen hier nicht am platze ist.

4. der halfvers im C. R. okhafir þû þar borit ist unächt: 1) weil überzählig; 2) weil der alliteration ermangelnd; 3) weil er eine unnütze erklärung von kona sein sollte; 4) weil es aus str. 33 herübergenommen ist.

5. der alliteration und des rhythmus wegen, ist, hier und strophe 24, args nach aðal zu setzen.

Strophe 24.

1. Die von Gunnarr Palsson vorgeschlagene lesung sîða (siebeln) für sîga (absteigen), ist zu billigen, weil diese

strophe offenbar von magischen operationen, von wahrsagerei und hexerei handelt, welche, zur rationalistischen zeit des dichters, nicht nur in miscredit, sondern auch, wegen der unzüchtigkeit der Alhirûnen (Heiligthumsgeheimsprecherinnen) und der zauberer, als unzüchtig (arg, s. s. 227) verachtet waren. Sîða (zauberei mit dem sieb treiben), bedeutet siebeln.

2. Samsey (Samsinsel) ist gebildet wie Hlès-ey (Hlès-insel). Samr (Finstere, Schwarze) ist, wahrscheinlich wie Hlèr (glanz, glatt) ein epithetischer name des Œgi. Der hund Samr scheint eher nach seiner schwarzen farbe als nach dem Samland (Lappland) benannt zu sein.

3. vett (winde, gewinde, drehthüre) ist gleichbedeutend mit hlið (lied, deckel, thürflügel).

4. vitki (vorweiser, vordeuter) ist ein weissage (anglos. vitega, vitga; vgl. altd. wisago).

Strophe 25.

1. Ueber name und mythische persönlichkeit der Frigg, s. *Fascinat. de Gulfi*, p. 250.

2. frà örlögum segia (von den geschicken sprechen) sie besprechen, erwähnen.

3. rök (entwickelungen, zugetragenes, geschehenes) bedeutet hier die unrühmlichen abenteuer.

4. firra (fern halten, entfernen), firrask (sich von etwas fern halten), etwas vermeiden.

Strophe 26.

1. statt baðm ist hier und in Helgakviða Hiörv. 16, barðm zu lesen. Bar-ðmr, abgeleitet von bera (tragen), wie gr. por-th-mos von porein (durchgehen), bedeutet schoos (als träger). Aus barðmr hat sich gr. formos (schoos), altd. baram (schoos), norr. barmr gebildet,

wie goth. bagms aus bagðms, und norr. baðmr aus
bagðmr (s. Des Hehren Sprüche, s. 54); barðmr ist
gleichbedeutend, aber unverwandt mit faðmr (schoos,
als fassender).

<h2 style="text-align:center">Strophe 27.</h2>

1. statt likan ist glikan zu lesen (vgl. Gudbrandr
Vigfusson, Eyrbyggiasaga 2).

2. über vreiðom vegit, s. ob.

<h2 style="text-align:center">Strophe 28.</h2>

1. meinstafir (schmachmittel, wodurch schmach bewirkt wird), hier schmäliche thaten.

2. statt des præsens ræð ist offenbar das præterit rêð
zu lesen.

3. der nur dreisilbige halbvers ist durch ein wort,
nämlich ær (früher, vordem), das wegen des folgenden
er ausgefallen ist, zu ergänzen.

<h2 style="text-align:center">Strophe 29.</h2>

1. über name und mythische persönlichkeit der Freyia
s. *Fascinat. de Gulfi*, p. 266.

2. yðra (eure) kann hier nicht wohl stehen für þina
(deine); durch yðra (deine und der Frigg schmach)
würde die Freyia die schmach der Frigg eingestehen, was
nicht anzunehmen ist; statt yðra ist æðri (höhere, grössere) oder wohl besser ỳgri (schrecklichere; comp. von
ỳgr) zu lesen.

3. Hier bedeutet öll viti, wie in strophe 21, nicht, alle
zum voraus wissen, sondern, alle zu vollziehen oder zu
ertheilen im stande sein; Freyia will sagen: du Loki
solltest deine schrecklichen schandthaten (den tod Baldurs
bewirkt zu haben) verheimlichen, in betracht dass Frigg
alle deine geschicke, obgleich sie es nicht selbst aussagt,
zu vollziehen die macht hat (vgl. str. 51).

Strophe 30.

1. **vamm**, n. (zur sippe: lat. **vomere**, kotzen gehörig) bedeutet eckelhaftes, schmäliges, **schandfleck**.

2. **hörr** (gierig, lüstern, hurer) gehört nicht zur sippe d. **harn**, sondern zur sippe **gähren**, sansc. **yas, ghar** (gähren), engl. **gore** (gährung aus moder), d. **goor** jauche, harn, harm), gr. **chara** (gährung aus freude), d. **gram** (gährung aus harm), **grimm** (gährung aus zorn), **gier** (gährung aus begier), engl. **girl** (aus pubertät lüsternes mädchen), d. **gorre** (lascive stute), **hure** (lascive); zur selben sippe, nur phonisch erweitert, gehören sansc. **gar-sh**, lat. **horror** (f. horsor), etc.

Strophe 31.

1. **flår** (f. flagr, aufgeblasen, balgig, windig) trügerisch, leer.

2. **fremr** (comparatif vom adv. **fram**) entspricht dem got. **framis**.

3. **ógott um gala** (ungutes ansingen), wie durch einen zauberansang unglück heraufbeschwören.

Strophe 32.

1. **fordæða** ist ein von **fordåð** (miss-that, fr. for-fait) abgeleitetes abstraktes substantif, und bedeutet hier **frevel, greuel** in bezug auf die greulichen operationen (giörningar) der zauberei. Hier ist der greuel in der Freyia personifizirt gedacht.

2. **siðstu** (für siðan-es-tu) seitdem dass du.

3. **at bróðr þinom** (bei deinem bruder), redensart für: deinem bruder beiwohnend, mit ihm verehlicht

4. statt **siðo** (C. R.) ist **seiðþu** (du besiebeltest, behextest durch seiðr) zu lesen; **siða** steht auch activ: **siða einn** (einen besiebeln) für **siða å, siða til, siða i**.

5. frata (prazig, prozig sein) hat mit dem homonymen frata (farzen) nichts gemein; es ist abgeleitet von einer ungebräuchlichen nebenform von frekr (frech).

Strophen 33.

1. über name und mythische persönlichkeit des Niörðr, s. unten str. 34.

2. và (wehe, ungemach, schaden) ist weiblich (Helgakv. Hund. II, 3; Haraldssaga harf. 36), so dass, wenn wie gewöhnlich der accent auf và liegt, dann nothwendig statt litil müsste litit gelesen werden; soll, was mir wahrscheinlich ist, litit beibehalten werden, so muss vâlitit als ein compositum (an-schaden-geringes) angesehen werden; vgl. fanga-litill (zum auffangen zu gering).

3. varðir ist, nach Egilsson, der plural von vörð (particip pass. fem. von veria) welches beschützte (als gattin) bedeutet, und das correlativ des masc. verr (beschützender als gatte) ist.

4. fái sèr vers (den eheherrn bei sich empfangen, im erotischen sinn).

5. eða statt vorgesetzt steht hier, wie manchmal, dem substantif nachgesetzt, für eða hòrs hvars (oder irgend einen galan); deswegen sind die zwei accent-worte vers und hvars auch die träger der alliteration.

6. von den drei er, im dritten vers, ist das erste zu lesen: hitt ær undr (das eher ein wunder ist), das zweite er àss, ist zu erklären: dass ein Ans; das dritte ist zu lesen er hèr (ist hier).

7. undr (f. vundus, gewinnung) gehört zur wortsippe vinnan (f. vindan, erringen, erlangen); undr ist das durch magie schwer (vgl. vandr, schwergewonnen; vàndr, schwierig, bös) erlangte, das wunder, dann

das, als ausserordentliches, angestaunte (lat. miraculum, gr. thaumat); undr ist aber nicht verwandt mit angels. vuldor (angestauntes), das, wie das lat. vultus (antlitz), zur sippe vlita (anschauen) gehört.

Strophe 34.

1. Niörðr (f. Vnirdus) ist umgesetzt (vgl. sansc. Varanasi und Benares) aus Vrindus (brunn, quell), vgl. skyth. Tama-Vrindus (Oceans-quell), gr. Tèmè-Hrindè, lat. Temerinda, Plin. Hist. nat. (s. *Les Gètes*, p. 248), und bezeichnet ursprünglich, als symbol, den Urquell der gewässer, wie Gautr (Guss) den Ursprung der Götter und menschen. Der name Vrindus (Niörðr) gehört zur sippe sansc. vridh (hervorschiessen), vriddhas (aufgeschossen, gewachsen), norr. vrinda (hervorschiessen, sprengen), brinna (für brinda, hervorschiessen als quell, brunn, oder als brunst, flamme), gr. hràdiks (schossähnlich, schoss, zweig; vgl. gunaiks), lat. radics (schossähnlich, wurzel), gr. hridsa (schoss, wurzel), got. vaurts (f. vrunts, schoss, wurzel), lat. fronds (schoss, zweig, laub), altslaw. roditi (f. vroditi aufschiessen lassen, zeugen), rode (f. vrode, zeugung), narode (erzeugtes, volk).

2. Als Urquell der gewässer Vrindus (Niörðr) betrachtete man einen urteich oder ursee, aus dem die bäche, flüsse, ströme entstanden und sich ins meer ergossen, so dass Vrindus (Niörðr) zum Meerquell (scyth. Tama Vrindus; cf. ital. Madre del Mare, portug. Mai das agoas) wurde. Aus dieser anschauung bildeten sich mehrere symbolische mythen, unter andern der hier angeführte. Man hatte bemerkt, dass die teiche und seen (vrindus), in den thälern, manchmal zu unreinen senklöchern (norr. austrr) wurden, weil die, bei schnee-

schmelzen oder bei gewittern, angeschwollenen berg-
bäche, durch die felsspalten-rinsale, in den see unreines
gewässer schütteten. Demnach bildete sich der symbolische mythus: die Bergströme (Hymis töchter) pissen,
von den felz-runzen (gîl) herab, dem Vnirdus (Niörðr)
in die mündung (seeöffnung) und machen ihn so zu einem
senkloch (austrr) von unreinem gewässer, oder zu
ihrem harntrog (hlandtrogi).

3. Statt austr (nach osten) ist austrr (senkloch) zu
lesen; austrr (für haustrr, vgl. lat. haustrum, das ein-
schöpfen) gehört zur sippe gu (schütten, erweitert zu gus,
giessen), und bedeutet das senkloch, oder die künstliche
oder natürliche vertiefung (lœgð) im boden, worin sich das
unreine wasser sammelt und versenkt. Im schiff bedeutet
es den theil des kiels wo sich das kielwasser (lat. sentina
für senctina, senklochige) sammelt. In der schmiede heisst
der austrr das schaumfass (fen-fata, s. Völundarkv.
fen-fötur, abschaumfässer, statt fenfiöturs), anderswo
das sumpfloch (aurgat, örgat); hier bedeutet es die vertiefung in der ebene oder den teich in den sich die von
den bergen, durch die runzen (gîl) herabfliessenden gewässer sammeln. Der reine urquell (vrindus, Niörðr) oder
quellbecken (hve) wird hier, im symbolischen mythus,
als zu einem sumpfloch geworden, dargestellt.

4. Anstatt héðan (von hier aus) ist neðan (unterhalb) zu lesen, denn Niördr kam nicht von hier aus (aus
Jotnenheim) zu den Ansen; neðan regiert den genitif
gîls (unterhalb der runze).

5. Im C. R. steht, statt gisl (geisel), das richtige gîls
(des geklüfts); gîls gehört zu austrr neðan, und ist blos wegen der alliteration in den zweiten vers vom dichter gesetzt
worden; austrr neðan gîls ist das senkloch unten am
geklüft: der singular gîls steht collektivisch für den plur.

gîlia (der rinnsale, runzen); gîl gehört zur sippe lat.
hiare (klaffen), slav. ziiati (klaffen) und bezeichnet,
wie gîà, den fels-spalt (vertiefung, vgl. gliufr, golf,
kluft, runze, thalweg) worin die gebirgswasser hinunter
fliessen.

6. sendtr at goðom (zu den Göttern gesammelt, bei
ihnen aufgenommen) ist verschieden von sendtr goðom,
zu den Göttern gesandt); von sama (zusammen) kommt
senn (f. semð, versammlung) sammt, und got. sendian
(zusammentreffen lassen), norr. senda (senden);
senda einom (einem zuschicken); senda at einom (mit
einem zusammentreffen lassen), von ihm aufnehmen
lassen.

Strophe 35.

1. Statt er omk ist zu lesen er à mik (ist für mich).

2. likn (erleichterung, heilung, fr. soulagement) bedeutet hier schadenvergütung, ersatz.

3. Statt langt heðan ist zu lesen lægð neðan (vertiefung unterhalb); lægt (lægð, bodenlagerung, boden-
vertiefung), hier synonym mit austr.

4. Im C. R. steht statt gils (der runze) unrichtig gisl.
Niörðr war nie ein geisel bei den Ansen, sondern ein
gegen ansische gottheiten eingetauschter Vanengott. Durch
die falsche lesart gisl verführt, hat Snorri den Niörðr zu
einem geisel gemacht (Gylfaginning, 23). Da man zu
geiseln die besten im volke wählte, so hätte hier dem
Niörðr seine qualität als geisel nicht als schmach vor-
gehalten werden können. Bei dieser gelegenheit ist zu
bemerken, dass gisl (f. gisll, gîslr, geisel, lat. obseds) mit
den homonymen gisl (geisl, geisel, geistel) nichts zu
thun hat; dieses ist der diminutif von got. gais (norr.
gêr, gr. gaisos, lat. gæsum) und bedeutet pfeil

(stachel, peitsche); jenes ist contrahirt aus get-salr (dän. gidsel) und bedeutet empfang-gabe (gabe gegen empfang, austausch; vgl. wech-sel), dann ersatz, bürge, geisel, so wie lat. obseds (einsatz, versatz, bürge) und das rom. obsidatico (einstand, bürge, fr. ôtage) den geisel bezeichnet.

5. iaðarr (einfriediger, angels. eodor, mitteld. eter, einfriedigung, rand, zaun) steht für früheres gaðar (gatter), vgl. lat. cadus (einfassung, fass, gr. kados); als person bedeutet iaðarr (einfriediger) den beschützer, besitzer, herrn; vgl. Hiaðningar, Hèdinn.

Strophe 36.

1. Statt, mit C. R., þer à þô òna verr ist þerat þô vàno verri zu lesen, und zu erklären: dein sohn Freyr sollte doch, wie man bei deiner incestuösen ehe erwartet (vàno für à vano, bei erwartung), nicht noch schlechter (als du) sein!?

Strophe 37.

1. Ueber name und mythische persönlichkeit des Týr, s. *Fascinat.*, s. 268.

2. Statt des einsilbigen beztr ist zweisilbig betistr zu lesen.

3. Statt ballriða ist boll-riða (balltreiber, ballschläger) zu lesen. Der ball zum spiel (böllr, vgl. gr. palla) war ursprünglich nicht rund, sondern topf- oder weckenförmig; er kommt schon frühe sowie der knatt-leikr (kugelspiel, klot-schieten der Ieverländer) vor (Gislasaga, 26); bollriða (ballschläger) ist verschieden von balld-riði (Atlakv., 21), welches einen reitenden kämpfer bezeichnet, welcher an der spitze (belli) eines schweinsrüsselförmigen haufens (svînfylkt, at ranafylkt) kämpft.

Strophe 38.

1. statt tilt (passendes) ist tillât (zulass, nachlass, nachgiebigkeit) zu lesen. Die einzige erklärung von tilt die sich sprachlich anhören lässt ist von Bugge, der es als neutrum eines adjectifs tilr (zum ziel führend, passend) betrachtet; aber 1) ist das adj. tilr nicht gebräuchlich, 2) wäre tilt statt eines substantifs nicht passend, 3) ist die bedeutung passend hier zu unbestimmt; bera tillât með tveim heisst zwischen zwei gegnern nachgiebigkeit hervorbringen (vgl. vitni bera, zeugniss vorbringen).

2. statt innar, (jener) das nochmals in hinnar (jener) wiederholt wäre, ist nothwendig enn ær (oder eher) zu lesen.

3. frâ slîta (wegschlitzen), hier abbeissen.

Strophe 39.

1. Týr (Licht, Himmel); über namen und attribution, s. *Fascination de Gulfi*, p. 268.

2. Hróðurs vitnir (Verwüstungs-vorzeichen) wofür auch Hróðsvitnir steht (Grimnismâl 39), ist der gefesselte Fenriswolf der, wenn er loskommt, zum kriegs- und verwüstungszeichen (viti) wird (s. *Fascination de Gulfi*, p. 298). Da der wolf kampf und verwüstung vorbedeutet, so bezeichnet vitnir allein, poetisch, den wolf.

3. statt ulfgi ist, wegen der alliteration, die ältere form ulf-gi zu lesen. Ulf ist im datif, regirt von hefir vel (es gehabt ihm wohl, vgl. lat. bene se habet, gr. kalôs echei); die partikel gi steht für eigi (ævigi, in welcher zeit auch) negatif gefasst, wie fr. jamais, nimmer; gi gehört zur sippe lat. cunque; sie ist wie cunque enklitisch geworden.

4. statt **bondom** (banden), das zur alliteration nicht passt, ist **vörðom** zu lesen; **vörðr** (bewahrer, festhalter) bezeichnet auch die fessel, das band.

5. **Ragna rökurs** ist nicht als compositum sondern, weil zwei alliterationen enthaltend, als zwei wörter zu setzen.

Strophe 40.

1. **þat varð kono** (das widerfuhr deinem weib), das musste sie, wider ihren willen, dulden.

2. **öln** (für valun, lat. ulna f. vulna, gr. ὀlένὲ) ist abgeleitet von **völr** (stab) und bezeichnet 1) den stab-ähnlichen knochen des oberarms von der achsel bis zum elle-bogen (**öln-bogi**), dann 2) das längenmaas dieses knochens, die elle, 3) eine elle wollenzeug (vâðmâl), und 4) den werth einer elle vâðmâl.

3. **penningr** (f. pendingr, schalenartig); aus dem lat. **patena** stammt altd. **phatena, phanna** (pfanne), und **penningr** (pfannenartiger) welches, wie **skellingr** (schaalenartiger, s. ob.), einen kleinen schaalenartigen brakteat bezeichnet (vgl. patellæ Iridis, regenbogenschüs-selchen, Grimm, Myth., s. 665); **penningr** hat mit **pfand** (gebanntes) nichts gemein, denn pfand ist das altd. **pfant**, das aus dem mittellatein **pannum** (band, bürg-schaft; vgl. veð, band, pfand) entstanden ist, welches aber seinerseits aus dem deutschen **bann** (f. band) entlehnt war.

4. über **vesall**, s. Des Hehren Sprüche, s. 48.

Strophe 41.

1. **Freyr**; über den namen und mythische persönlich-keit des Freyr, s. *Fascinat.*, p. 265.
2. statt **ulf** ist **vulf** zu lesen, s. str. 39.

3. statt à r (des flusses) ist, mit E t t m ü l l e r (Germ. XIV, 313), V â n a r zu lesen 1) wegen der alliteration mit vulf, 2) weil â r zu unbestimmt wäre statt des bestimmten mythologischen flusses V â n, der hier bezeichnet wird. V â n zur sippe v â (wehen)gehörig, bedeutet a u f g e w e h t e, und bezeichnet die durch den wind aufgewehte springfluth, welche auch b a r a (fluth), fr. b a r r e, engl. b o r e heisst; im sanscrit ist ihr name v â n a, dem norr. v â n (springfluth) entspricht. In der norr. mythologie bezeichnet v â n die grossfluth (ital. fiumana), welche entsteht aus dem zorngeifer der aus dem rachen des gefesselten Fenriswolfs fliesst; s. *Fascinat. de Gulfi*, p. 288.

4. ò s i f y r V â n a r (an, der mündung der Vân) da wo die Vân ausfliesst; ò s n. (f. v â s, sanscr. â s, lat. ò s) gehört zur sippe v a (wehen) und bedeutet eigentlich a t h m e r; zur selben sippe gehören sansc. a n a s (f. v a n a s, hauch), a n i k a s (nase), gr. a n e m o s (wind), altd. u n s t (sturm), got. ansts (lat. adspiratio, anhelatio, favor), norr. ö n d (geist), etc., welche ursprünglich, wie alle u r s p r ü n g lichen wörter, c o n s o n a n t i s c h anlauteten (s. *Poëmes islandais*, p. 371).

5. In þ v î n æ s t (diesem zunächst) ist þ v î neutrum, weil ò s, auf das es sich bezieht, hier als neutrum statt des masculins ò s s (f. ò s r), gebraucht ist.

Strophe 42.

1. k e y p t a nehme ich nicht als particip fem., sondern für den infinitif k e y p t a (got. k a u p a t i a n, zuschlagen, vgl. gr. k o p t o, schlagen); l ê t s t u (f. l ê t t - s k - t u, du liessest dir), k e y p t a (als kauf zuschlagen), s. G r i m m, Wörterbuch III, 198).

2. über den namen G ỳ m i r, s. ob.

3. M u s p e l l (f. M u d - s p e l l, Holzverderber, F e u e r), s. s. 66.

4. Myrk-viðr (Dunkelwald) ist 1) der wald auf den Niðafiöll (Nidisgebirge) hinter denen der mond untergeht, 2) später der grenzwald zwischen dem reich des Atli (des Hunnen) und des Giûki (des Burgunders).

Strophe 43.

1. statt Beyggvir (str. 45) und Byggvir (str. 46) ist besser Bỳggvir zu lesen; das *v* nach *g* ist kein bedeutsames element, sondern blos durch den guttural phonisch hervorgerufen. Vom alten primitiven thema bava (blasen, athmen, leben, gr. fu, lat. fu, engl. be), stammt 1) bûa (durch anbau beleben), bauen, bewohnen, 2) bỳggia (anbau bewirken), 3) bỳggvi (anbauer, bewohner). Als personennamen ist Bỳggvir ein epithetischer name des Freyr, welcher der niederlassung, dem anbau als Herr (Freyr) vorstand. Da aber die attribute oder die kraft (sansc. çakti) der gottheiten öfters in ihren frauen und dienern spezialisirt und personnifizirt wurden, so bezeichnet Bỳggvir den Hausmeister des Freyr.

2. öðli drückt abstrakt das aus was einer an geburt (aðal) angezeugt und an vermögen (öðal) als ererbt besitzt.

3. Ingunar (für Ing-vinar, des gehöfts freundes) ist wie Ing-uni (f. Ing-vini) ein epithetischer name des Freyr. Da offenbar Ing, in Ing-ævones (Tacitus) und Yng, in Yngvi und in Yng-lingr identisch sind, so ist als ursprünglich die form Ving anzunehmen; ving zur sippe vang (umfangend, fach), angr, eng gehörig, bedeutete dach und fach (gehöft, z-wang). Der wendische name Ingo und der nordische Ingvi bedeuten Höfisch. Der Vane oder Vende Freyr hiess Yngvi und seine nachkommen Yng-lingar; er selbst hiess auch Ing-vinr (Gehöft-freund) als gott der geheiligten behausung. Zur sippe Ving (Vang) gehörte auch sansc. yuga (f. dyuga,

zwang, joch), gr. zugon (f. diugon, lat. jugum f. diu-
gum), slav. lith. jungas, slav. iego.

4. sæligr verwandt mit d. sèlig (sèlde, lat. saluts,
salvus) gehört zur ältern sippe lat. servare (f. sverare,
verwahren), lat. sera (verwahrung, verschluss).

5. mölda gehört zu melia (für mölia; got. malvian,
s. Holtzmann, Æltere Edda, s. 211).

6. Statt ì liðu (in glieder zermahlen) ist ì liðum (an
allen gliedern kleinmahlen) zu lesen.

Strophe 44.

1. löggra (für vlöggra, altd. vlokaron, d. flackern)
bedeutet mit einem tuch, flagge, wedel, flackern; hier
bedeutet es wie ein hund wedeln (dän. logra, s.
Cleasby-Vigfusson), niederträchtig schmeicheln; vgl.
flagari (schmeichler), fr. flagorner; statt des wieder-
holten þat ist zu lesen þà.

2. snâpvist (naseweis) ist zusammengesetzt aus
snàpr (schnaufend, schnarchend) und dem neutr. oder
adverb von vîs (weise).

3. Statt snâpir (schnauft) ist snôpir (er seufzt,
knurrt) zu lesen, weil weder dieselben worte, noch dieselbe alliteration nicht zweimal nach einander stehen
dürfen.

4. at eyrom eins vera (bei den ohren eines sein)
bedeutet als sklave oder höriger einem gehören und ge-
horsam sein, oder gleich hafa nef ì eyra einum (einem
den schnabel ins ohr stecken) ihm in den ohren liegen
oder ihm etwas hinterbringen, wie Odins raben dem Odin,
oder die taube dem Mohammed.

5. klakka (plappern, schwatzen).

6. und kvernum (unter oder bei mühlsteinen, als
niederer mahlknecht beschäftigt).

Strophe 45.

1. bráðr (rasch) hier prompt bedienend.

2. gumar (inhaber) sind besitzer, hausherrn, bewirther.

3. hróðugr (stoltz erfreut).

4. Hropts megir (des Ropfwinds oder Odins söhne) bezeichnet hier insgesammt die Götter als dem Odin angehörige.

Strophe 46.

1. deila mat með mönnum (speise unter die menschen, nach rang und bedürfniss, vertheilen.)

2. Die zweite halbstrophe hat noch keine befriedigende erklärung erhalten. Enthielte diese halbstrophe, wie ich früher geglaubt (*Poëmes isl.*, s. 339), einen neuen vorwurf gegen Byggvir, den der feigheit (dass er nämlich sich feig ins bettstroh verstecke, während die helden kämpfen) so müssten : 1) die verben (mattu, vàgu) im præsens stehen, weil die feigheit als gewohnheit immer fortbestände; 2) nähme man es als zweiten vorwurf welchen Loki dem Byggvir machen würde, nachdem er ihn zuvor der ungeschicktheit in der vertheilung der nahrungsmittel beschuldigt, so ist zu bedenken, dass Loki nie in einer strophe gegen dieselbe person zwei verschiedene anklagen vorbringt. Zudem forderte man von den dienern als unfreien nie kampflust wie von den freien. Die zweite halbstrophe muss demnach blos die bestätigung der in der ersten halbstrophe enthaltenen anklage sein. Deswegen lese ich, statt þik (dich) þikt (genehmes, an speise und trank, guten gast-empfang) und erkläre die strophe folgendermassen : du verstehst nicht die speise unter die menschen nach rang, verdienst, und verdürfniss zu vertheilen; deswegen traf es sich auch schon mehrmals dass,

nachdem männer wacker gekämpft hatten (vàgo), sie, am abend, nicht labsal (þikt) finden konnten, in der zum empfang der gäste mit trockner erwärmender streu (stroh, heu) bestreuten hausflur (flet), und dass sie deshalb dem Bŷggvir fluchten, den sie als den himmlischen Vertheiler der irdischen speisen betrachteten.

Strophe 47.

1. Ueber namen und mythische persönlichkeit des Heimdall, s. s. 93.

2. Wenn, wie ich glaube, hvî nè lêtsk-at-tu (warum sänftigst du dich nicht) richtig ist, so muss man die doppelte negation (nè, at) als eine verstärkung derselben ansehen, wie auch in ne man-at die negation doppelt steht; vgl. fr. ne-pas (s. *Cours de Linguistique*, p. 127-230).

3. veldr einum er (bewirkt einem dass).

4. mælgi (redseligkeit) hier übermaass der rede.

Strophe 48.

1. liôta lîf (hässliches leben) für unangenehmes, mühsames, niedriges leben.

2. Statt aurgo baki (mit schmutzigem buckel) lese ich â Urgo baki (im rücken der Himmelsgurt), denn : 1) ist der burgwart Heimdall so wenig als St. Peter an der Himmelspforte kein nachtwächter dessen person oder dessen rücken der feuchten nachtluft oder dem nebel ausgesetzt gewesen, sondern ein thorwächter der Himmelsburg und hüter der Ansenbrücke, sowie Môðguðr die hüterin der Giall-brücke ist; 2) ist die halbbogenförmige Asbrû (Ansenbrücke), oder der regenbogen, an dessen oberster biegung (buckel, rücken) die Himmelsburg des burgwarts Heimdall steht, nichts nasses, sondern eine vafurlogi (waberlohe) in deren nähe oder an deren oberster

biegung (â baki) von feuchtigkeit, nebel, oder thau, keine
rede sein kann. Loki spottet den Heimdall bloss darüber
aus, dass er, als burgwart, sich von seinem posten nicht
entfernen darf, dass er stets verweilen müsse auf dem
obersten buckel des regenbogens. Der regenbogen wird
mit einer Luft- oder Himmelsgurt verglichen, und deshalb bezeichnet durch ûrga (für vurga, vrungo, got.
vruggo) das zur sippe angels. vringan (engl. wring,
drehen, ringen) gehört und schnür-riemen, gurt, gürtel
bedeutet, hier aber den regenbogen metaphorisch bezeichnet (vgl. lith. Laumès josta (Laume's gurt); fr.
Courroie de St. Léonard).

Strophe 49.

1. lètt er þèr (dir ist leicht, fr. tu as le cœur léger), du
bist muthwillig.

2. leika lausom hala (den unbehinderten schweif
spielen lassen) ist ein bild das der brünstigen stute entlehnt ist, welche den schweif erhebt (brettir, s. Helgakv Hiörvards, 20-22) und schwenkt (veifask; Stur-
lunga saga 3, 30).

3. hiörr (got. hairus, altsächs. Cheru, vgl. Cheru-
iskai) gehört zur sippe sansc. çar, gr. keiro, und bedeutet ursprünglich, wie hier, scharfer stein, dann stein-
waffe, schwerdt.

4. garn (für gvarn, gewundenes, sansc. kvar, weiter-
bildung von var, drehen) bedeutet hier einen aus därmen
gedrehten strick.

Strophe 50.

1. fyrstr (für fyristr) vorderster.

2. öfstr (eifrigster) gehört zur sippe yfr (aufgebracht,
zornig), afa (s. s. 217), vgl. d. eifer.

3. þrifa (straff machen, festhalten, greifen), þrifa à einn, auf einen einen angriff machen um ihn zu greifen.

4. þiassi (f. tvi-hasti, zweiheerig, tyostirer, zwei-kämpfig) bezeichnet den Jotnen der sich im tvîhast (mitteld. tyost, jost) hervorthut.

Strophe 51.

1. Statt þà er ér à ist, wie zum theil schon Bugge ge-fühlt hat, zu lesen : þar's þer à (damals als ihr auf).

2. Ueber vöngom s. s. 239, ing; über den plural s. oben s. 218.

Strophe 52.

1. lettari (muthwilliger, aus muthwillen freundlicher).

2. þâ er, wenn richtig, sagt aus dass die sache mehr-mals geschah; liest man dafür þar's (damals als), so ist die sache nur einmal geschehen.

3. þù lètsk (du liessest dich herbei) erlaubtest dir; das particip boðit mèr (das mich eingeladen sein) ist ein accusatif abhängig von lêtsk.

Strophe 53.

1. Die vorangestellten worte in prosa sind als unnütz und als unächt zu streichen, und blos Sif zu lesen.

2. Statt hrîmkalki ist hring-kalki (ring-schaale) zu lesen; hrîm (reif) ist niemals eis; hrîmkalkr kann also nicht schaale aus eis gemacht bedeuten; noch weniger bedeutet es silberschaale, wegen der weissen farbe des silbers wie des reifs; denn in reif liegt nicht der begriff des weissen, sondern des staubartigen, weil hrîm auch den schwarzen staubartigen russ bezeichnet; kalkr ist schaale, nicht kelch (s. ob. s. 143), hringkalkr be-deutet eine schaale mit gold- oder silber-ring oder reif

(got. raip, norr. reip, altd. reif; vgl. reim, altd.
riumo, angels. reoma, d. riemen) am rande, oder in der
mitte. Solche ringe zierten : 1) die helme (vgl. hialmi
hringreifðum, mit ring bereiften helm, Fornald. sög. I,
491), 2) die näpfe (skutla silfri varða, mit silber bereift;
Rigssprüche, str. 29), und 3) die schwerdtgriffe
(malmi hringi variðr; Sigurd. kviða III, 68). Der verfasser unseres gedichts, der die Skirnisför kannte
(s. str. 42), hat die halbstrophe 53 daraus entnommen; in
Skirnisför stand aber, wie hier, ursprünglich hring-
kalki, das von den copisten falsch zu hrimkalki ver-
schrieben worden ist, da hring in der cursiv-schrift dem
hrim ähnelte.

3. heldr (f. haldir, got. haldis, angels. hald, altd.
halt) ist conjunctives adverb des comparatifs von hald-
gehalten, gehoben (vgl. lat. cellere, collis), im sinn
von höher, lieber, mehr; es ist entgegengesetzt dem
siðr (niederer, weniger); sowie siðr als conjunction mit
dem subjunctif gebraucht den sinn von : damit weniger
(lat. quominus) ausdrückt (s. str. 10), so hat auch heldr
mit dem subjunctif den sinn von : damit lieber; heldr
þú latir vera (damit du eher sein lässest); s. Strassburger Volksgespräche, s. 104.

4. hana eina (diese eine, wenigstens diese) ist im
munde der Sif, auf sich weisend (gr. deiktikòs), statt
mik (mich) gebraucht.

5. með Asa sonum (unter den Ansen-abkömmlingen)
bezeichnet als geschlecht, die götter und göttinnen welche
vammalausom (mackellos) sind, das heisst welche Loki
noch nicht besudelt hat.

Strophe 54.

1. Statt der unnützen einleitenden worte in prosa ist
blos Loki zu lesen.

2. vor ef ist, der assonnanz wegen, das alliterirende Sif ausgefallen.

3. vör (zurückhaltend, züchtig) ok gröm (grausam, spröde gegen männer) at veri (bei deinem mann, als ehe-frau, fr. en puissance de mari); vgl. at bróðr, str. 32).

4. vor einn ist das ausgefallene enn (aber) nothwendig einzusetzen.

5. ek vita þikkium-k (ich-wir denken zu kennen) drückt, durch eine malitiöse vergemeinschaftung (gr. koinônia), aus : wir beide glauben zu kennen.

6. hôrr (f. gôrr, gährend, geil) galan, gr. kouros (junggesell), korè (mannsüchtiges mädchen), s. s. 222.

7. af Hlôrriða ist stärker als at Hlôrriða, weil es ausdrückt, dass Loki, als galan, die mit dem Hlôrriði ver-ehlichte (at Hlôrriða) auch (ok) dem Hlôrriði abge-spannt hat, so dass auch Sif die ehe gebrochen hat.

8. der vers: ok var þat inn lævîsi Loki ist später als glosse hinzugedichtet; er ist unächt 1) weil überzählig, 2) weil eine unnütze erklärung, 3) weil das wort Hlôrrîði wodurch magisch Thôr herbeigerufen wird, am ende der strophe stehen muss.

Strophe 55.

1. Statt Beyla ist zu lesen Bȳggla (f. Bȳggvila, das charitative diminutif von Bȳggvir), ist die frau des Bȳgg-vir, und symbolisirt, als liebliche dienerin, die den frauen zufallende attribution (sansc. çakti) ihres gemals.

2. heiman (nach haus) sagt aus, dass Thôr vom äusser-sten (hintern) Osten, auf dem weg nach haus begriffen ist; da aber sein name Hlôrriði von Loki, unvorsichtiger weise, ausgesprochen worden ist, so war er durch den ausruf magisch beschrieen, und erscheint alsbald da wo er beschrieen worden ist (vgl. Wenn man den wolf

nennt, kommt er gerennt). Da Thôr auf seiner rückreise aus Iotnenheim bei Œgir im vordern Austrveg einkehrt, so ist diess ein beweis dass das gastmal bei Œgir im nahenden frühjahr statt gehabt hat, am ende des winters, wo Thôr aus dem Osten zurückkehrt, wo die Iotnen nicht mehr in ihrer vollen kraft sind, und wo die Ansen anfangen frisch aufzuleben; es erklärt diess auch warum Thôr zwar anfangs dem gastmal nicht beiwohnen konnte, aber zu ende desselben noch erscheint.

3. þeim ist in den ersten halbvers zu setzen, um den dreisilbigen halbvers vollständig zu machen.

4. guma (besitzhaber, häuptlinge, bewirther) bedeutet nicht menschen (im gegensatz von goð, sondern vorgesetzte; hier bezeichnet Byggla damit 1) den Frey ihren herren, 2) den Odin, den häuptling der Ansen, und 3) den Bragi und Œgi, die vorsitzenden des gastmals. Gumi (f. Gumia, besitzer; altdprûtigam, besitzer der braut) drückt ursprünglich den begriff bewohnend aus (lat. humus, bewohnter grundboden, gr. chthoms, chamai), weil man besitzt was man bewohnt und erbaut; gumnar sind die angehörigen leute des gumi, lat. hemones (homines, leute des vir, des clan-vorstehers), die heermannen; Gymir (Hymir, Ymir) ist der mythische Anbauer, bewohner, beschützer, häuptling der urwelt.

Strophe 56.

1. Byggvis kvæn (des B. ehefrau); Byggla, obgleich dienerin (haushofmeisterin) des Frey, war doch keine unfreie sklavin (þyr); weil Freyr die unfreien zu freien machte (s. str. 37); als freie dienerin stand sie mit Byggvir in der ehe (gesetzlichkeit). Loki kann ihr nicht vorwerfen, dass sie eine sklavin und die concubine eines sklaven sei; er wirft ihr vor dass, obgleich richtige ehe-

frau (kvæn) des Bỳggvir, sie, durch hurerei, mit schmach
besudelt sei.

2. ôkynian (ungeheuer) ist sprachlich so zu erklären :
kyn (got. kuni, f. kunia, das können) bewirkung, er-
zeugung, geburt; das homonym kyn (f. kynia) bedeutet
schwere, magische, bewirkung, wunder (vgl. undr
str. 33), kynian (magisches, wunderbares, ungeheures)
mit dem præfix ô (für un mangelhaft, gefährlich; vgl.
ô-âran, mangelhafter, schlechter jahresertrag, d. untiefe
gefährliche tiefe) bedeutet ô-kynian, gefährliches ungeheuer, vgl. ô-veðran gefährliches unwetter (vgl. Grimm
Gr. II, s. 160).

3. deigia ist abgeleitet von deig masse, weiche masse,
teig; deigr (teigicht, weich); engl. dey (teig-affe, back-
knecht, milchknecht); deigia ist eine magd die im teig,
im käse, im moor arbeitet und sich dabei beschmutzt;
vgl. anglos. hlafdige (laib-bäckerin) hausfrau, engl.
lady; miôlk-deigia (milchmagd); deigia hat hier die
bedeutung schmutzige bäckerin.

4. dritinn (beschissen, beschmutzt, fr. enmerdée).

Strophe 57.

1. über ragr (argr.) s. ob. s. 95.

2. þrûðhamarr; über hamarr, s. s. 86; þrûðr (f.
þrugðr, drängend, drückend, stark) gehört zur sippe
drängen, drücken, stark sein, lat. fortis f. forctis
(s. *Cours de Linguistique*, p. 63); da Thôr ein starker
(þrûðugr) gott ist, so heisst seine pflegetochter þrûður
(Stärke); sein heim þrûðheimr (Starkheim), sein hammer þrûðhamar'r (Starkhammer).   —

3. Die form Miöllnir ist so zu erklären : von mâl
(abtheilung) kommt got. malvan und norr. melia (zer-
theilen, mahlen); zu malvan gehört miöl (n. für milv,

mialv, mehl); von miöl stammt miöll (f. die wie mehl zermalmte); von miöll ist das adjectif miöllinn (zermahlend) abgeleitet, das als substantif die person al-form Miöllnir (Zermahler) bekommen hat.

4. fyr-nema (vorher-wegnehmen).

5. klĕttr (f. klapiðr, zerkliebt) gehört zur sippe gr. klep (abreissen, stehlen), lat. clepo, got. hlifa und bedeutet 1) vom fels abgekliebter stein, gr. laas (f. hlavads), lat. lapids, 2) kugelstein (vgl. klĕ, hängkugelstein), herða-klĕttr (schulterkugel) f. kopf, fr. boule (tête).

6. fiörr (f. fer-hvus, got. fair-hvus, sansc. parâgas, gr. proegos, proochos, vorgänger) bezeichnet den geist oder lebensdunst (sansc. paragas), der den körper führt und belebt, dann das leben, das lebendige, die menschenwelt, vgl. sansc. puruschas (f. pra-vasas, verweser, geist, leben), alt. firahî, menschen; norr. firar (wackere, helden).

Strophe 58.

1. Er hĕr ist, mit dem Suhmischen text, dem ersten halbvers voranzustellen, und Jarðar zu vervollständigen, nicht durch burr, sondern durch Vĕorr, denn es handelt sich hier nicht um die qualität des Thôr als Sohn der Jörd, sondern um sein geschäft und seine pflicht als Erdbeschützer gegen die Jotnen. Loki will sagen der Erdbeschützer (Thôr), dessen pflicht es ist, draussen die Jotnen zu bekämpfen, ist nun froh, dass er hier herein in den schutz und frieden gekommen ist.

2. statt hvî ist, mit dem Suhmischen text, þvî zu lesen. Loki will sagen : weil du nun nicht mehr draussen in kampfgefahr, sondern nun innen unter dach bist, darum bist du so kühn.

3. von þrasi (strakk, kühn, zend. dharschi, gr.

thrasus f. dhrasus) stammt das schwache verb þrasa
(den kühnen, frechen spielen); zur selben sippe kommt
auch þôra (f. þorsa, got. daursian, sich kühn machen,
wagen, engl. dare).

4. statt ennþâ þôrir þû ekki ist mit dem Suhmischen
manuscr. zu lesen þâ þû þôrir ekki, und þâ auf das folgende er zu beziehen.

5. statt ulfinn ist Vulfinn (jener Wolf dort) zu lesen.

Strophe 59.

1. verpa einum upp (einen aufwerfen) ist, wie
svipta einum ofan oder svipta à herðar, ein, im Ring-
kampf (sviptingar), gebräuchlicher ausdruck, um zu sagen
einen so aufwerfen (fr. tomber quelqu'un), dass er mit den
schultern den boden berührt (fellr à bâki aptr; Egils-
saga, p. 508); wer so aufgeworfen (upp-orpinn) wird,
gilt (auch bei den Hosenlüpfern des Haslithals) für völlig
besiegt; er ist ein gefangener (næmr), das heisst er muss
sich dem vorhaben (upp-nâm) des siegers, auf gnad und
ungnade, ergeben.

2. statt ok à austrvega ist zu lesen ok at austrvigum
(so wie in den ostkämpfen) wo Thôr die Jotnen völlig zu
besiegen pflegt; ok (auch, so) hat auch die bedeutung so
wie; ex. ok âðr er sagt (wie vorher gesagt), segðu
ok ek vilia vita (sage so wie ich es wissen möchte;
Skirnisför, 3).

Strophe 60.

1. frà-segia seggium (den leuten erzählen).
2. über siðst, s. oben s. 220.
3. hnuktir gehört zur sippe: knicken (zusammen-
nicken, zusàmmenschrumpfen), vgl. kropturliga (s.
s. 160.)

4. handski steht weder für handiskr (zur hand gehörig), noch für handskinn (handfell), sondern ist verderbt aus hand-skûr (handanzug); skôr (f. skôhr, goth. skohs, lat. soccus f. scocus) gehört zur sippe engl. shake (schüttern, schieben), got. skevian (f. skehvian, sich schieben, gehen), skiuban (f. skuhvian), schieben; d. schoch (schober), schuh (anschub, anzug für füsse und hände).

5. þumal (stümmel) diminutif von d. dùme (stumpf); zweiter diminutif þùmlungr (däumling).

Strophe 61.

1. Thôr wirft gewöhnlich den feurigen Hammer mit beiden händen, welche mit eisenhandschuhen versehen sind; hier zeigt aber Thôr dem Loki die eine rechte hand (hendi inni högri), in der er den donnerkeil trägt, um zu sagen, dass wenn er diesen auch nur mit einer hand schleudere, er Loki doch so tödtlich treffen (drepa) werde, dass diesem alle gebeine zerbrochen werden.

2. Hrungnisbâni (Hrungnis-schläger) epitheton des Miöllnir; bâni (f. badni) gehört zur sippe sansc. badh (schlagen), gr. fonè (f. fodnè), lat. fendo (schlagen, obfendo, anschlagen, defendo, abschlagen).

Strophe 62.

1. ætla ek (ich gedenke) ich hoffe, verspreche mir.

2. statt des blos dreisilbigen langan aldr ist ær langen aldur zu lesen. ær (er, eher, vielmehr) ist, wegen der assonanz, mit dem vorigen mer, ausgefallen.

3. statt skrŷmis ist zu lesen Skrŷmnis (prahler), welches die personalform ist für das adject. skrŷminn (prahlerisch), von skrûm (prahlerei) abgeleitet.

4. àl (f. vàlh) gehört zur sippe fela (f. felha, bergen),

gr. pella (haut), lat. pellis (fell), und bedeutet leder;
âl-reip (leder-riemen) entspricht dem got. skauda-raip
(haut-riemen).

5. der vers ok mattira þû þâ nesti nâ ist unächt
1) weil überzählig, 2) weil unnütze erklärung des folgenden verses.

Strophe 63.

Koma (f. kvima gelangen, sansc. gam f. gvam) hat
sich, wie lat. (c) venio, der form nach, mit seinem derivat
kvimva (kommen machen) vermischt; so dass koma,
mit dem instrumental, bedeutet geleiten, bringen. Zu
dieser sippe gehören norr. koma (f. kvimva) ankunft,
sammlung, gr. kôme (ankunft, dorf), got. qvûms (ankunft), gr. kômos (aufzug), lat. cômis (bequem, freundlich), cômere (zurechtmachen), gr. komeo (zurecht
machen), comits (begleiten), comitare (begleiten), co-
mitium (zur versammlung gehörig), got. gaqvums
(versammlung), lat. commissari (in begleitung schwär-
men); dem norr. koma (für kvimva, kommen machen),
entspricht æolisch pempein (schicken; vergl. lat. qvin-
que, æol. pempe), welches später ins attische einge-
drungen ist; dem subst. koma (f. kvimva) entspricht
æolisch pompa (aufzug, geleit), lat. pompa.

Strophe 64.

1. statt der sonderbaren wiederholung von fyr Asom
und fyr Asa sonum ist das zweitemal bestimmt Asŷ-
nium zu lesen, da ja die spottreden Lokis sowohl die
Ansinen als die Ansen angegriffen haben.

2. hugr (geist, muth) bedeutet hier muthwilliger geist.

3. hvetia (wetzen, schärfen), anreizen.

4. ganga ut (ausweichen), den kampf vermeiden, im gegensatz zu ganga til (vorgehen), den kampf aufnehmen.

5. statt vegir (kämpfst) ist besser vegr er (bist kampfbereit) zu lesen.

Strophe 65.

1. statt eiga, das unerklärlich, ist der accusatif plur. eign (eigin, besitzthümer) zu lesen; dieser accusatif ist abhängig von leiki yfir (springe drüber, spiele drauf).

2. der singular er hèr inni *er* kann sich nicht auf den plur. eigin beziehen, sondern ist apposition zu logi (flamme), dem heerdfeuer, das hier innen im saal lustig brennt; vgl. Des Hehren Sprüche, s. str. 72.

3. brenni þèr â baki (brenne dir am rücken) so dass, dem brande den rücken kehrend, und deiner habe beraubt, du davon elend davon ziehest.

4. Da das gedicht mit dieser letzten strophe völlig abgeschlossen ist, so rühren die darauf folgenden schlussworte in prosa nicht vom dichter her; sie sind wie die prosa-einleitung unächt (s. ob. Einleitung), und stammen vom selben verfasser wie diese. Um eine gewisse schicksalsgerechtigkeit eintreten zu lassen, erzählt der verfasser die bestrafung Loki's, besonders in bezug auf die von Skaði (str. 49) ausgesprochene prophezeiung, und fügt hinzu, dass die schrecklichen zuckungen des Loki, wovon die blinden heiden fabeln, und wodurch die erde erzittert, für die christliche zeit nichts anders bedeuten als was man jetzt erdbeben (landskialptar) nennt.

IV. ÜBERSETZUNG.

Loki's Wortstreit.

(Œgi's Trinkgelag.)

Loki.

1. Sag du das, Eldir!, bevor du noch einen
    schritt weiter gehst;
  was hier innen haben für trinkgespräch
    der Sieg-Götter söhne.

Eldi.

2. Von ihren waffen und ihrem kampfruhm sprechen
    der Sieg-Götter söhne;
  der Ansen und Alfen, die da drinnen sind,
    ist keiner, in worten, dir freund.

Loki.

3. In Œgis prachthalle doch man eintreten muss
    das gelag anzusehen! —
  krakeel und wirwarr den Ansensöhnen ich bring! —
    und mische so schmach in den meth.

Eldi.

4. Bedenk doch, wenn du eingehst in Œgis prachthalle
    das gelag anzusehen,
  wenn schimpf und rüge du schüttst auf die milden
    sie das an dir abwischen werden.   [Grössen,

Loki.

5. Bedenk doch, Eldir! wenn wir zwei allein sollten
uns zusetzen mit schelten,
ich an entgegnungen schon reich sein würde,
wenn du ein wort zu viel sagtest.

Loki (in der halle).

6. In diese hall ist angelangt, dürstend
auf weitem weg, Lopt,
die Ansen zu bitten mir zu geben einen einzigen
trunk klaren meths.

7. Warum schweiget ihr Götter!, die ihr so trotzig,
dass ihr sprechen nicht könnt? —
wählet mir beim gelag ehrenplatz und hochsitz,
oder weiset von hier mich weg!

Bragi.

8. Ehrenplatz und hochsitz, beim gelag, dir erwählen
die Ansen nimmermehr!
denn die Ansen wissen welchen leuten sie schulden
frohes gelag zu ertheilen.

Loki.

9. Du erinnerst dich, Odin!, wie wir beid', vor zeiten,
zusammen mischten das blut;
keinen trunk, du erklärtest, kosten zu wollen,
der nicht uns beiden credenzt würd'.

Odin.

10. Erheb dich denn, Vidar!, und lass des Wolfs vater
beim gelag sitzen!
damit Loki uns nicht mit lästerwort grüsse,
in der halle des Œgi.

Loki.

11. Seid heil ihr Ansen! Ansinen seid heil!
    und alle ihr hochseligen Götter!
  nur jener Ans nicht, der obenan sitzt,
    Bragi, auf der prachtbank.

Bragi.

12. Einen rapp und mäher, von meinem gut, ich dir geb,
    und so, mit armring, dir büsset Bragi,
  damit du die abgunst nicht vergeldest den Ansen; —
    nicht mache die Götter dir gram!

Loki.

13. Das ross und den armschild wirst beides du
    niemals vermissen, o Bragi!
  Von Ansen und Alfen, die hier innen sind,
    scheust du dich, am meisten, vor schuss.

Bragi.

14. Ich weiss, wenn ich, für draussen statt für innen,
    zu Œgis hall, wär' gekommen,
  ich trüge dein haupt in der hand mir davon;
    dies zahlte ich dir für den lug!

Loki.

15. Rasch du bist auf dem sitz; nicht solltest du prahlen,
    Bragi, protzig auf der bank!
  kämpfen du geh', wenn gereizet du bist!
    ein kühner vor nichts sich bedenkt.

Idunn.

16. Bragi! ich bitt dich, lass' bewirken die blutband der
    und aller wünsch-söhne   [kinder
  dass mit schmähworten du nicht Loki anredest,
    in der halle des Œgi!

Loki.

17. Schweige du, Idunn!, von allen weibern erklär ich dich
die mannssüchtigste zu sein,
dieweil, glänzend gewaschen, deine arme du legtest
um den mörder deines bruders.

Idunn.

18. Ich sprach nicht mit Loki in lästerungsworten
in der halle des Œgi;
den durchs bier erregten Bragi besänftige ich;
nicht will ich dass, im zorn, ihr euch schlaget.

Gefion.

19. Warum solltet ihr beiden Ansen, hier innen,
euch zusetzen mit bissigen worten?
das weiss ich von Loki dass er scherzlaunig ist,
und sein lebens-muthwill ihn anreizt.

Loki.

20. Schweige du, Gefion!, sonst muss ich erwähnen
wie dir den sinn verwirrte
jener blonde gesell der den halsschmuck dir gab,
und dem du legtest das bein über.

Odin.

21. Boshaft, Loki! du bist, und ganz verstandlos
dass gram der Gefion du machst,
da doch, ich denk', der wesen geschick, jedes sie
eben so wie ich.   [ertheilt

Loki.

22. Schweige du, Odin!, du verstandst ja niemals,
zwischen helden den kampf recht zu schlichten;
oft gabst du, welchem nicht geben du solltest,
dem muthlosen, den sieg.